루마니아 일기(외)

한스 카로사 지음 / 곽복록 옮김

차 례

■ 이 책을 읽는 분에게

작가며 의사였던 한스 카로사는 병의 문제를 통해 인간의 구원의식을 다루고 있다. 그의 작품들은 '좌절로부터 구원을 이끌어내는 것'이라는 모토를 지니고 있다. 그의 문학적인 노력은 스스로 인간다운 인간이 되기 위한 것이었고, 다른 사람에게는 그러한 길을 가르쳐 주기 위한 것이었다. 그는 자서전 형식으로 자기 인생의 여러 면을 추구하면서 '만인 공통의 운명'을 관찰할 수 있는 가능성을 보여준다. 따라서 그의 모든 작품은 다른 사람들을 위한 안내자가 될 수 있기 위해 자기의 삶을 서술한 것이며, 특히 스스로의 직접적인 전쟁 경험을 통해서도 획득할 수 있었던 것들이 그의 문학 작업을 통해 간결한 문체로써 묘사되고 있다.

〈의사 뷔르거 박사의 운명〉은 매우 인간적인 한 의사가 자기의 능력 부족에 대한 의사로서의 양심의 고충으로 마침내는 자살의 길을 택하게 되는 비극을 그린 작품이다. 이 작품은 20세기의 '젊은 베르테르의 슬픔'이라고 할 수 있는데, 그것은 우선 〈베르테르〉는 괴테의, 〈뷔르거〉는 카로사의 처녀작이라는 점에서 공통점을 가지며, 그보다 더욱 베르테르나 뷔르거 두 사람 모두 매우 인간적인 감정에 의해 자살로 인생을 마감하고 있기 때문이다. 뷔르거가 그의 처음의 의사 시절에는 환자를 충분히 돌볼 수 있는 것에 순수한 기쁨을 느끼나 점차 스스로에 대한 회의와 고뇌 때문에 자연으로 도피하고자 하는 것과, 베르테르가 인간 관계에 점점 실망을 느끼게 되면서 자연을 강하게 느끼고 자연과 융합하고자 하는 점에서 두 사람은 공통성을 지니고 있는 것이다. 다만 뷔르거가 베르테르보다 정열적이지 못하다는 것은 괴테와 카로사의 성격 차이라 볼 수 있으며, 괴테가 정열적인데 비해 카로사는 매우 내면적인 조용한 성품을 지닌 작가였다. 특히 이 작품의 마지막 장시長詩인 도주逃走는 뷔르거의 절망과 고충을 충분히 암시하고 있다.

〈루마니아 일기〉는 카로사 자신이 직접 군의관으로 참전했던 1차 세계대전의 경험을 토대로 쓴 작품이며, 전쟁을 통한 병과 죽음의 문제의 날카로움을 보여주고 있다. 여기에 나타나는 단편적인 사소한 일들의 묘사는 인생의 다양한 면을 보여주고 있으며, 그러한 점에서 '사소한 일에서 전체를 본다'는 괴테적인 것과 통한다고 볼 수 있다.

인간은 전쟁을 통해 고통과 공포와 파괴와 죽음을 체험하나 이 파괴적인 힘은 영혼을 통한 힘에 의해 소멸되며, 그리하여 순교자들은 정신의 힘 덕택으로 그들의 고난과 신앙을 지탱할 수 있게 된다. 전쟁의 병적인 것과 어두운 것은 궁극적인 것이 아니고 뜻이 깊은 세계 질서를 마련하는 것이며, 인생에서 카오스는 나타날 수 있는 것이고 그것은 항상 또다시 광명에 의해 투시되어지는 것이다. 여기에 대한 예들이 이 작품에서 잘 나타나 있다고 하겠다.

옮긴이

의사 뷔르거 박사의 운명

1908년

❦
7월 30일

오후에 찾아온 마을 처녀가 아직 내 머리에서 떠나지 않는다. 외출복을 차려 입었으며 얼굴빛이 매우 누렇고 야윈 그 처녀는 얼마를 주저하다 들어와서 쉰 목소리로 가슴의 진찰을 청했다. 맥박은 호흡과 경쟁이라도 하듯 뛰고 있었다. 심장 바로 위에, 나는 넓고 깊은 병근病根을 발견하였다. 틀림없이 이 처녀는 몇 주일밖에 살지 못할 것이다. 허나 이 불쌍한 처녀는 내가 타진하고 청진기를 갖다 대는 등의 행위가 매우 이상하게 보였던지 곧 "히히……" 하고 웃음을 터뜨렸다.

나는 엄숙한 태도를 취함으로써 처녀를 진정시켜 보고자 하였으나 헛수고였고, 그녀의 웃음소리는 점점 거칠어져서 경련적인 기침을 일으켜 옷을 입을 수 없을 만큼, 그리고 눈물이 나도록 계속적으로 기침을 하며 웃으면서 진찰실을 나갔다.

❦

8월 2일

환자를 진찰하러 가는 대신 나는 아침 일찍 적교_{吊橋}를 지나 재목 유치장이라고 불리는 넓은 길을 내려갔다.

이 길은 강가와 산맥이 굽이진 기복의 제일 끝에 있는 언덕 사이를 지나가고 있다. 이곳도 5년 동안에 많이 달라졌다. 사람들은 바위를 깎아 대지를 넓혀 나가고, 음침하고 모진 정원이나 안마당을 가진 아담한 몇 채의 집들이 층층을 이룬 조그만 대지 위에서 불그스름한 바위에 바싹 붙어 있다.

대로 만든 것처럼 가볍게 강기슭을 두 번씩 묶어 놓은 조그마한 적교에 가만히 서서 나의 눈길에 모든 정력을 담고 그 일대를 다시 한 번 둘러보았다. 맑고 맑은 흰 빛깔로 된 황홀한 안개가 강산을 에워싸고, 아직 밝지 않은 산꼭대기 위로 하늘을 감돌고 있어 그것이 먼 경치를 매우 크게 만들어 주고 있다. 그러나 가까이에는 — 아! 나의 마을이여! 왜 오늘에 이르기까지 아직도 내가 이를 바라볼 때마다 내 가슴이 뛰는 것일까? 날카로운 화강암의 끝이, 합류되는 두 물줄기 사이에 비수처럼 끼어 무겁게 짓누르는 것을 유유히 받치고 있다. 바람벽, 아치, 지붕, 철모를 뒤집어 쓴 탑, 낡은 뾰족집의 옴쏙옴쏙 들어간 잇바디 등 여러 가지 건물들이 성당 둘레에 불안하게 옹기종기 솟아 있고, 그 성당은 햇빛으로 그을린 큰 둥근 지붕을 하늘에서 장중하게 드러내고 있다. 동쪽으로부터 한 척의 배가 은빛으로 번득이는 비늘 같은 물결을 헤치며 물소리도 요란스럽게 왔다. 검은 연통이 다리 앞에서 몹시 기웃거렸다.

사람들이 상륙한다. 갑자기 웃음소리, 피리·휘파람 소리, 명령하는 소리와 벨소리 등이 들려온다. 유유히 나부끼는 기, 상쾌히 흔들리는 좁은 기, 기선은 기슭에 기대 서 있다. 손수건을 흔드는 사람들, 녹색의 파란 색깔의 흐름은 붉은 배 바퀴에서 흰 거품을 내고 있다.

태양은 점점 높이 솟아 지금껏 안개와 그늘 속에 잠겨 있던 모든 것이 크고 뚜렷하게 솟아올라 눈이 저절로 닫히고 모든 감각이 다시 안으로 열린다. 나는 아침 일찍이 몇 번인가 고관들의 집이 번뜩이는 비탈과 서민들이 사는 긴 회색의 곳을 지나 시야에서 사라지는 강줄기가 아직 좀 가물거리는 계곡 입구까지를 바라보던 그 아침의 일이 생각났다. 그 무렵 나는 지금과 얼마나 다른 기분을 갖고 있었던가! 밤이나 낮이나 동정심에 가득 차 살았고, 많은 다른 사람들의 운명이 곧 내 가까이에서 이루어질 때면 혹은 나 자신의 운명도 그렇게 만들어지지나 않을까 하고 예감하고는 가슴이 서늘해졌던 것이다.

❧
8월 5일

나는 변해 간다. 나는 나 자신을 변하게 하는 신을 알지 못한다. 병자의 억측이나 괴로움에 대한 나의 통찰은 깊어 간다. 그러나 왜 이젠 옛날처럼 평화를 가져다 주지 못하는가? 죽어 가는 생명을 이어 나가게 하는 인술을 쓰면서 나의 양심의 가책은 왜 점점 심해 가는가?

❦

8월 8일

아버지가 돌아가시면서 폐병 환자와 그 치료법에 일생을 바치라고 다시 한 번 명령하셨을 때, 아버지는 나를 너무 높이 평가하셨거나 혹은 너무 낮게 평하셨거나 둘 중에 하나일 것이다. 첫해에 환자가 많이 오지 않고, 오는 환자에 대해서 한 사람 한 사람 그의 가슴속 깊이 간직한 희망이나 불안까지 이해해 주던 그 당시엔 나는 의도醫道의 깨끗한 행복감을 느꼈다.

많은 사람들의 신뢰, 완쾌된 사람들의 감사, 불치의 환자들에 대한 슬픈 사랑, 이 모든 것들이 나에게 남 몰래 정화淨化의 불꽃을 이어 주었다. 충심으로 남의 일에 몰두하고 있을 때 나는 얼마나 많은 이익을 보고 있는 것처럼 느껴졌던가! 하지만 수많은 사람들이 나를 찾게 되면서부터 나는 아무런 기쁨 없이 가슴속 깊이 간직한 것을 쏟아 내놓는 사람처럼 되어 버렸다.

나의 대합실 마지막 의자에까지 환자로 가득 차 있는 것을 볼 때 모든 환자가 나의 피를 빨아먹고자 하는 유령처럼 되어 버린다.

❦

8월 9일

나는 매일 과학자나 발명가가 큰 일에 있어서나 작은 일에 있어서나 세상을 한없이 넓혀 가고 있는 것을 본다 ─ 왜 나에게만 때때로 세상은 이다지도 좁아지는가? 기운이 날 때에는 나는 나 자신을 희생시켜 보겠다고 꿈꾸어 본다. 하지만 누구에게? 아직

나 자신을 바쳐야 할 귀신을 모른다. 때때로 높은 산 꼭대기에 누워서 푸른 하늘에 유유히 떠 가는 구름이나 때로는 큰 배를 응시하는 것 외에는 아무 것도 할 수 없다. 그리고 그러한 때에 나는 나의 넋을 위하여는 아무것도 침범할 수 없는 탑을 쌓고 모든 추억을 위해서는 무덤이라도 팔 것을 원한다.

8월 12일

오후에 젊은 구두장이가 아래쪽 구舊시가에서 나를 데리러 심부름꾼을 보냈다. 그가 사는 회색집은 습기로 녹색 곰팡이 얼룩이 져 있었다. 돌로 만들어진 공이 바깥벽에 꽂혀 있어 주교들이 성채에서 반항하는 시민들을 압박하던 시절을 상기시키고, 좁은 창문 밖의 붉은 화분에서는 메꽃 종류의 덩굴이 바람에 나부껴 벽 깊숙이 팬 곳에 웅크리고 앉아 다 빠진 이를 길가로 내밀고 있는 화강암으로 된 조그마한 표범의 검은 머리를 어루만지고 있었다. 오랜 병환의 시련이 원래는 거친 얼굴을 이상하게 매만져 거의 고상하게 만들어 놓았다. 눈은 엄숙히 빛나고 목소리는 부드러워지고 일거일동은 자유스러웠다. 그는 이미 한 달이나 누워 있었다. 몇 번이나 도구를 잡으러 일어나려고 했지만, 몸을 움직이면 폐가 자극되어 심한 기침이 났다.

그의 아내는 벌이하러 나가고 자기의 슬픔을 남에게 보이기 싫어 그는 한나절을 혼자 누워 있었다.

열을 재는 동안 나는 습기 찬 방 안을 둘러보았다. 끊임없이 붉은빛을 내고 있는 등잔 뒤에 성모 마리아 상이 습기 찬 벽에 걸려 있고, 그 위에는 은총으로 가득 찬 교회당의 문과 벽이 수백 번 뒤덮인 사진이 한 장 걸려 있었다.

마리아는 구하였도다 — 라고 유리구슬로 장식된 문구가 어떤 표지, 즉 어떤 정경을 나타내고 있었다. 그 그림에는 키 큰 인간의 비참한 모습이 잠자리 밖으로 구부러져 묵주를 감은 손을 모아 모든 것은 신의 뜻이라는 듯이 귀의歸依의 표정으로 미소를 띠며, 벌린 입과 바로 그 아래 방바닥 위에 놓여 있는 접시에 이어져 있는 붉고 두터운 핏줄 같은 광선을 곁눈으로 보고 있었다. 그 위쪽의 구름 속에는 왕관을 쓰고 홀과 어린 예수를 안은 성모가 나타나 있었다.

그와 같은 그림과 세 자루의 밀초를 그는 2년 전에 외팅의 보티프 교회에 헌납하였다고 떨리는 목소리로 이야기하였다. 그가 각혈하는 동안 이 교회의 성모의 은총에 의지하였던 바 명백한 기적이 나타나 죽음에서 구해 주고 난 뒤의 일이었다. 게다가 빨리 기력을 회복하여 곧 그는 다시 힘차게 일했다. 그러나 석 달 전에 새로운 각혈이 있었다. 그는 다만 성모에게만 희망을 걸고 의사 따위는 부르려 하지 않았다. 의사 따위를 부르는 것은 성모를 모독하는 일이라고 두려워하고 있었다. 정말 성모 외의 다른 방법으로 완쾌되기보다는 차라리 죽기를 원했다는 것이다. 솔직히 말해서 내가 기분 나쁘게 생각할는지 모르지만 나를 부르러 보낸 것은 자기 아내 때문이다. 그의 울부짖는 듯한 지긋지긋한 기침 때문에 낮일로 지칠 대로 지친 가엾은 아내가 잠잘 수 없으니 아내를 위하여 그의 기침이 덜 나게 해줄 물약이나 무엇을 처방해 달라는 것이었다.

그에게 말을 시키면서 나는 이상한 감동을 받았다. 이 쇠약한 넋이 지니고 있는 망상이나 반항적인 도취나 남의 도움에 대한 신랄한 멸시 등, 전 같으면 나를 불쾌하게 하였을지 모르는 이러한 것들이 지금의 나로서는 그것이 얼마나 존경할 만하고 친밀한 것으로 느껴졌던가! 나는 그의 임종이 가까웠음을 생각하고 의식이 있으나 고통과 호흡 곤란을 될 수 있는 대로 적게 느끼게 해주고자 결심하였다. 그러나 그때 어떠한 경우에라도 환자를 포기해 버리지 않는 아버지가 머리에 떠올랐다. 그리하여 나는 이 사나이를 치유할 수 있는 환자나 다름없이 다룰 것을 결심하였다.

마지막으로 나는 그의 사정을 여러 가지 물어봤으며, 주州에서 경영하는 보험에서 아무것도 받지 않았느냐고 물은즉 그는 고개를 흔들었다. 나는 그것으로 납득이 되지 않아 여러 가지를 물어보았더니 상병자 은급傷病者恩給(다치고 병든 사람에게 지급되는 연금. 은급은 일제 강점기에 정부기관이 법정 조건을 갖추어 퇴직한 사람들에게 주던 연금을 일컫는데, 본문에서는 보험금의 의미가 강한 듯함 : 편집자주)에 대한 거부할 수 없는 권리가 그에게 있다는 것을 알았다. 간지奸智와 거짓말로써 그러한 돈을 사취詐取하고자 하는 사람도 많이 있는데도……

그가 받을 권리 있는 것은 모두 다 찾을 수 있도록 해주겠다고 약속하였다. 그는 감사하다는 눈초리를 끊임없이 빛을 내고 있는 등잔 쪽으로 던졌다. 그리고는 그 이상 아무 말도 하지 않았다. 한 번 더 진찰하러 와 달라는 청도 하지 않았다.

⚜
8월 13일

그렇다. 지금 내 마음을 가장 많이 차지하고 있는 것은 죽어 가

고 있는 사람들이다. 나는 그 사람들을 구해 줄 수 없으리라는 것
을 알고 있다.

✤
8월 15일

그들은 나를 만족히 여기고 있다. 때때로 겉보기에는 곤란한 일
을 손쉽게 성공하는 의사가 가까이 있다는 생각은 많은 사람들을
안심시키는 것이다. 그들의 병이 완쾌됨으로써 나 자신도 더욱더
건강해진다면 모르지만, 그러나 내가 다른 사람의 육체를 불건전
한 것으로부터 해방시켜 주는 데 비하여 그 불건전한 것의 넋이,
내 속에 남아 숨막힐 듯한 압박감을 주는 입김이 나의 생명을 흐
리게 하고 짓누르는 것같이 느껴질 때가 가끔 있다.
이 정적, 그들이 나에게 대해 칭찬하는 이 '거룩한 인내' 그것
이 어떠한 절망에서 생기는 것인지 그들이 안다면!

✤
8월 18일

아침 일찍이 마을을 떠나 독미나리가 우거져 있는 넓은 골짜기
위로 솟아오른 태양 속에 수증기가 은색으로 떠오르는 것을 바라
보는 것이 내게는 하나의 새로운 즐거움이다. 그리고 나서 뒷산을
기어올라 벌써 따뜻해진 풀밭까지 가서 숨막힐 듯한 조그마한 꽃
향기 속에서 낮게 현악을 연주하는 귀여운 산벌을 좇아 매우 음

침한 협곡으로 들어서니 이 빠진 낫 같은 창백한 달이 깊은 밤중
처럼 다시 머리 위에 반짝이는 것을 볼 수 있다…….

아직 여러 가지 것이 어둠의 혼돈을 이야기하고 있다. 새의 아
름다운 피투성이가 된 날개가 히이드 관목 속에 걸려 있고, 상처
가 아물지 않은 두꺼비가 적황색 파리 떼가 윙윙대는 속을 죽을
힘을 다하여 몸을 질질 끌어 가고 있다. 그러나 나는 모든 괴로움
에서 벗어나 계속 위로 돌진해 간다. 그 위에서 한 바위에 기대어
크게 숨쉴 때, 내 발 아래 도처에서 덥고 엄숙한 늦여름을 볼 때,
세모꼴로 된 곡식단이 가득 있는 언덕을 보고, 그 사이에 검은 시
계가 있는 회색의 마을 탑들이 부엉이처럼 바라보고 있는 것을
보고, 그 훨씬 뒤에 몇 줄기 강물이 흐르고 있는 마을을 보고, 이
러한 모든 것들이 포근한 낮 속에 안정되어 솟아 있는 것을 바라
볼 때, 아! 내 가슴은 어렸을 때처럼 다시 사랑스럽게 넓어지고,
잇달아 전율이 일어나 나는 영원한 자유를 예감한다.

⚜

8월 20일

만일 뒤흔들리는 마지막 암흑 속에서 세계가 우리들과 함께 회
전하면서 사라져 버린다면 그때엔 무엇이 존재할 것인가? 거기엔
아직 무엇이 존재한다는 것이 가능한가? 깊은 밤 속에서도 때때
로 억세게 비치는 그 내부에서 외로이 번쩍이는 그 기관은 소멸
할 수 있을까? 생의 충일이 이 기관에서 비로소 그의 특질을 받
는 일이 가끔 있지 않았던가? 이것이 사라져도 좋은가? 그렇지
않으면 어둠 속에서 뿌리째 뽑힌 불꽃처럼 지각 속을 떠다니면서

존재할 것인가? 그리하여 이 하잘것없는 눈을 더 이상 필요로 하지 않을 것인가?

❀

9월 1일

체구가 조그마한 미친 노파가 다시 뛰어들어와 제 본성을 발휘했다. 정말이지 나는 그 여자 앞에서 가면을 쓸 필요가 없을 것이며, 그 여자는 누구를 상대로 하고 있는가를, 그리고 내가 다른 사람들처럼 오직 자비심에서 사람들 사이를 돌아다닌다는 것을, 그 여자는 잘 알고 있다. 어느 날 저녁에 나의 외투가 유별나게 흔들리는 데서 그 여자는 그것을 알아차렸고, 또 어느 때 내가 사람들과 매우 명랑하고 즐겁게 담화하면서 웃는 것을 듣고 곧 이러한 사람은 웃기를 잘하며 아무것도 그를 괴롭히지 않으리라, 확실히 천국에 자리잡을 것이니라 하고 혼자 생각하지 않을 수 없었다는 것이다.

그 여자는 킥킥거리고 몸을 움츠리고 웃는 동안에 심한 기침을 했다. 그러자 매우 낮은 목소리로 이전부터 해오던 불평을 늘어놓는다. 조그마한 유리창문이 여전히 목구멍 깊숙이 박혀 있어 바람이 불자 그것이 닫힐 때가 있다. 그러면 그 여자는 질식해 버리고 만다. 나는 그 여자의 목구멍 속을 거울로 비추어 보고 약을 조금 발라 주고 조그마한 창문이 확실히 보인다고 확언하고 3주일 이내에 그것을 제거할 수 있다고 약속하였다. 그리고 사나운 날씨에는 외출하는 것을 금하고 오는 일요일에 다시 오라고 했다.

그 여자는 만족하여 울음 반 웃음 반으로 나의 양 손에 입맞추

고 나서 다리를 끌면서 밖으로 나갔다. 그 여자의 외모는 이젠 정
말 비참한 지경에 이르렀고, 그의 뺨은 움푹 들어가고 신의 햇빛
을 받아 본 적이 없는 것처럼 흙색으로 변해 있었다.

돋보기 안경 뒤에는 둥글고 흐릿한 눈이 있고 벌어진 동공 바
로 뒤에 있는 수정체는 단단하고 흐린 조그마한 돌처럼 보였다.

❧

9월 3일

그래, 나는 아침에 몸소 사람들 사이에 뛰어들어 많은 사람들
을 위로하고 치료해 주고 저녁에는 아무런 후회도 없이 다시 사
람들에게 떠나갈 수 있는 사람의 신세가 되었으면 하고 원해 보
곤 했다.

❧

9월 8일

나는 때때로 나의 환자들의 병 증세나 내 행동에 대해서 어쩔
수 없이 환자들을 속이게 되어 조그마한 거짓말을 하거나 숨기거
나 하는데, 그것 역시 거짓이 아닌가? 누가 그것이 아주 조금이라
도 마음속으로 거짓말을 하고, 성실에서 소원된 느낌 없이 한 마
디라도 진실이 아닌 말을 할 수 있겠는가? 그런데 이러한 일이
매일같이 일어나서 가면을 쓰는 것이 직업처럼 되어 버려 마침내
조금도 수치를 느끼지 않을 만큼 된다고 한다면—그러면 고귀한

자아로 통하는 길이 도대체 어느 곳에 있을 것인가?

시인 게오르게의 1908년 9월 20일의 한 편지에 "옛날에는 조국을 위해서 죽고 또 새로운 사상을 위하여 화형火刑마저 달게 받는 것은 위대하고도 아름다운 일이었다. 그러나 세상은 변했다. 가장 우수한 사람들까지도 조국에 있으면서도 이젠 집에 있는 것처럼 편안하지 못하다. 게다가 그들은 아직 공통된 고향을 갖지 못하고, 또한 사람들도 이제는 새로운 사상으로 아무도 괴롭힐 수는 없다. 소수의 외로운 사람의 가슴속에는 비로소 참다운 비극이 연출되고 싸움이 벌어지고 구원이 이루어지는 것이다. 오늘날에 있어서는 자기 자신의 꿈속에 열이 식고 이제부터 온화한 별이 되어 지구 둘레를 떠돌아다니는 노래를 죽어 가면서 부르는 것만이 용감하고 아름다운 것이다."

그의 말이 옳은지 어쩐지를 나는 알지 못한다. 오늘날에는 수많은 명예의 전쟁터가 있다.

⚜

10월 2일

길 어디에나 시들어 가는 낙엽이 뒹굴고 있다. 종종 나는 공원 쪽을 바라보지 않을 수 없다. 공원에 있는 나뭇잎의 붉고 노란 모자이크가 하나 둘 떨어짐에 따라 하늘이 끝없이 넓어진다. 벌써 산들은 다시 새로운 눈의 은색 분지分枝와 함께 다시금 뚜렷해진다. 저 눈 위에서 태양도 그의 광선을 냉각시키는 것이다.

❧

10월 6일

약을 조제해 줄 때마다 "이 약은 전혀 해롭지 않습니까? 독은 없습니까?" 하고 물어보는 사람은 도대체 어떤 사람일까?—마치 전혀 해롭지 않은 어떤 힘이 그 무엇에 유용한 것처럼! 살아 있는 모든 것이 그의 생명을 유지하는 데 매일매일 그의 숨은 조직체 내에서 독을 충분히 만들어 내어 그 안에서 응용해서는 안 되는 것처럼! 나에게는 몇 번이나 특수한 독소가 있다고 느껴졌던가. 그리하여 나는 이것을 적은 먼지만큼 마심으로써 사람들 중에서 가장 자유롭고 행복하고 재능 있는 사람이 될 것이다.

❧

10월 10일

때때로 하루가 일반 사람들에게는 축제처럼, 나에게 있어서는 시름 속에 저물 때 가만히 마을을 빠져 나가고 싶은 유혹에 빠진다. 아마 다시는 되돌아가지 않겠다는 생각을 하며 즐거워하기도 한다.

숲으로 뒤덮인, 그리고 돌멩이가 어지럽게 흩어져 있는 산등성이에 빈 터가 퍼져 있다. 사방의 틈바구니에는 들장미와 매자나무 덤불이 우거져 있다.

이미 다 낙엽이 졌으나 아직 진홍빛의 열매가 가득 달려 있다. 서로 뒤엉켜 자라는 떡갈나무가 활 모양으로 구부러져 빈 터 주위를 에워싸 조약돌 위에 푹 패어 아래로 내려간 언덕에서 끝나고 있다. 이곳은 몸서리쳐질 만큼 무서운 곳이다. 아래쪽 시골을

멀리까지 바라볼 수 있다. 나는 가끔 가슴을 두근거리면서 이곳에
서서 어둠이 골짜기와 도시와 강 위에 잦아드는 것을 바라본다.
그리하여 여기저기에 조그마한 불들이 켜져 그것이 서로서로 연
결되어 서서히 지상의 성좌가 되면, 아! 하늘에 있는 별로 향하는
동경이 내 맘속에 눈뜨게 된다.

　이러한 저녁의 해 저물 무렵의 경치의 장엄함을 샘물처럼 애인
에게 퍼부어 줄 수 있다면……. 마지막 귀뚜라미 소리가 단조롭게
끝나고 다만 개미 집의 큰 흙 둔덕의 준동蠢動만이 가까이에서 살
살 낮은 소리를 낼 때 뒤늦은 물총새가 위협하듯 높은 휘파람 소
리를 내어 시내 쪽으로 내려가고, 먼 하늘의 냉기가 마지막 황혼
속에 밝게 열에 들뜨고, 눈은 첫 별의 성실한 눈빛을 발견한다.
불안과 욕망이 나에게서 사라진다. 언젠가 나를 인간사회에 붙들
어 두는 아무것도 없으면 기꺼이 죽으리라는 것을 나는 잘 알고
있다.

　그러나 아무도 자기 자신의 마음속으로 되돌아가는 것보다 전
락할 수는 없는 것이다.

　어제 나는 매자나무 덤불 속에 손을 넣어 손가락을 다치면서
열매가 가득 달린 작은 가지를 꺾어 그것을 될 수 있는 대로 멀
리 어둠 속으로 내던졌다. 어느 여자를 위하여 밤에 그의 열린 창
안에 던져 주는 것 같은 달콤한 두려움을 가슴에 지니고.

　게오르게 R에게 보내는 1908년 10월 15일자 편지에서.
　"이러한 것은 내가 너무 많이 감당하였기 때문이다. 나의 마음
은 폭풍우처럼 떨고 있다. 하지만 마음을 진정시켜 나의 집에서
나가는 사람은 수없이 많다. 나는 결코 외롭지 않다. 왜냐하면 누
구나 나에게 와도 좋으니. 그러면서도 나는 하루에 일곱 번 미덕

을 잃어버린다. 그럼에도 불구하고 사람들은 나에 대하여 한층 더 순결해지고 고독해진다고 고백하고 있다. 나는 야간을 알리는 늦은 시간에 종이 울리면 유쾌한 기분으로 빨리 잠을 물리친다. 나는 전염의 위험을 피하고자 하지도 않을 뿐 아니라 오히려 나아가 그것을 구하고 어디의 누군지도 모르는 사람을 위하여 만일의 경우에 대비하고 있다……

아니다. 나는 도망치지 않는다. 나는 몹시 열이 나서 나의 쇠사슬의 금속이 저절로 녹아 없어질 때까지 머물러 있겠다."

⚜

10월 20일

크링그호프의 환자를 돌보러 가야만 하기에 나는 오후 선편으로 출발하였다. 이미 나는 가장 선량한 사람들로부터도 소외되어 버려서 그들과 서로 이해하기 위해서는 가면을 쓰고 마음에도 없는 거짓말을 하지 않으면 안 되게 되어버렸다는 것을 뜻밖의 만남으로써 올바로 알게 되었다.

견진성사堅振聖事를 행해 주기 위해 여행을 하고 있는 주교가 나보다 몇 분 늦게 승선했다. 남풍으로 인해 날씨가 온화했다. 모든 다른 여행자와 마찬가지로 몸집이 조그마한 부드러운 모습을 한 늙은 주교는 승속僧俗의 수행원을 데리고 확 트인 갑판 위에 서 있었다.

나의 눈길은 자꾸만 그에게로 쏠렸다. 그의 소박하면서도 매우 활발한 태도, 때때로 수많은 작은 주름살을 지으며 미소하는 창백한 얼굴, 몹시 운 것처럼 어두운 눈시울에서 금테안경 너머로 바

라보는 눈. 이 모든 것이 그의 복장과 꼭 어울렸다. 흰 고수머리
는 보랏빛 모자가 덮고 있었다. 얼마 후에 그것을 벗어 손수건인
것처럼 긴 수단繡緞 속에 넣고 그 대신에 금색과 푸른 색깔의 끈
이 달린 검은 성직모를 젊은 하인에게서 받았다. 금단추가 달린
단화 위쪽에 보랏빛 명주양말을 통하여 사랑스러운 발목을 알아
볼 수 있었다.

나는 다른 승객들과 따로 떨어져 주교 일행에게 멀지 않은 곳
에 서 있었다. 갑자기 그는 날카로운 눈초리로 나를 바라보고 나
에게 머리를 끄덕여 보였다. "젊은 뷔르거"라고 낮은 목소리로 처
음엔 그의 동료에게, 다음에는 나를 향하여 말했다.

"여러분, 잠시 실례합니다."

그는 벌써 내 쪽으로 다가와 악수를 청했다.

"당신 아버지를 나는 잘 알고 있습니다."
라고 그는 다정스럽게 이야기를 시작했다.

"지금도 나의 집안 일을 돌봐 주고 있는 누이동생은 선친의 요
법으로 고친 첫 환자 중의 한 사람입니다. 그때 우리들은, 누이는
살아날 가망이 없다고 이미 단념하려고 했지요."

나는 아버지가 그 병 증세를 자주 이야기하고 경과를 상세히
나에게 설명해 주었다는 것을 말했다.

주교는 깊은 생각에 잠겨 있는 것처럼 강을 바라보고 있었다.
나는 벌써 우리의 대화가 끝난 것으로 생각하고 있었으나 아직
도 그가 나에게 말하고 싶은 것을 가슴에 지니고 있다는 것을
곧 깨달았다.

그는 목소리를 낮추어 교묘하게 캐는 어법으로 지금까지 해온
것보다 더 강력하게 일반 세상에 작용하지 않으면 안 되며 또 나
의 아버지의 발명이 나의 동료들에게도 인정받고 완전히 이용하

도록 하는 일을 서서히 성취시키지 않으면 안 된다고 조르기 시작했다.

그가 말하고자 하는 바는 다음과 같다.

"당신 아버지는 희망을 안겨 주었습니다. 그 희망이 가난한 환자들에게도 이루어져야 한다고 한다면, 당신은 모든 다른 의사들처럼 다만 양심적으로 그리고 능숙하게 진찰하는 것만으로서는 안 됩니다. 생계를 유지하고 대중과 국가를 구하도록 애써야 합니다. 당신이 진지하게 이 일을 해 나가고자 한다는 것을 우리가 알기만 한다면 지방의회에서 나의 세력과 내 친구의 세력은 당신 편이 됩니다. 예를 들면, 당신의 의약으로써 확실히 나을 수 있는 환자만을 수용하는 큰 병원을 세우는 데 대해서 어떻게 생각하십니까? 당신 아버지를 알고 그의 의도를 지지하고 있던 사람들은 모두 당신에게서 이와 같은 조처가 있기를 기대하고 요구하고 있습니다. 또 의심이 많은 사람들에 대해서도 어떤 치료법이 우월하다는 것을 증명하는 데에는 많은 힘을 모으는 것보다 더 분명한 방법이 있겠습니까? 당신 아버지는 계획하는 도중에서 돌아가셨습니다마는 당신은 젊고 또 상속자입니다. 실행을 태만히 하면 모든 일은 허사가 될 수밖에 없습니다. 찬란히 빛나는 개개의 성공은 이를 막지는 못할 것입니다. 이렇게 말하고 있는 것은 지금 당신은 환자가 어떻게, 혹은 어디서 오거나 다 받아들이지 않으면 안 되기 때문에 당신의 그 약 효과를 완전히 이용하고 아무런 지장 없이 그것을 관찰할 수 있는 경우가 극히 드물기 때문입니다. 보통의 경우엔 당신은 살아날 희망이 없는 사람에게 불려 갑니다. 병자의 빈곤과 악습이 당신의 성과를 흐리게 하고 현혹시키는 경우가 많을 것입니다. 게다가 당신의 치료가 잘되어 나가는 것을 탐탁치 않게 여기고 있는 사람들의 비방이 덧붙여집니다."

　그는 입을 다물고 조심성 있게 나의 눈을 들여다보았다. 아! 나는 그 말 한 마디 한 마디에 진정한 두려움을 느끼고, 그 부탁을 저버릴 수 없다는 것을 알았다. 즉 나의 아버지가 무덤 속에서 나에게 이야기하고 있는 것이다. 그리고 나로서는 때로 매우 간단하고 쉬운 일을 하는 데에도 나의 무력함을 어느 때보다도 더 심하게 느꼈다. 떠듬떠듬 자신없이 나는 대답하였다.

　"주교님이 내 아버지의 상속자가 되라고 조리 있게 말씀해 주시는 그 말씀을 받들어 나는 나보다 더 훌륭한 사람에게 그것을 넘겨 주지 않으면 안 될 것같이 느껴집니다. 나 자신은 ─ 아……하루하루는 단순한 의사로서 지낼 재질이 주어졌다는 것을 나에게 알려줍니다. 그들과 더불어 괴로워하고 그들과 더불어 희망을 품는 사람들의 세계와 동떨어진 병자라든가, 가난한 사람 같지 않은 가난뱅이라든가, 승방僧房을 갖지 못한 중이라든가, 처자도 집도 밭도 갖지 못한 농부라든가 말입니다 ─ 환자라 할지라도 다만 6번이라든가 7번이라고 번호표가 붙어 깨끗이 기입되어 있는 임상 감정서와 체온표와 함께 내 앞에 누워 있는 그러한 환자로서는 끝까지 살려 보겠다든가 혹은 목숨을 내걸겠다는 그 고귀한 호기심을 내 가슴속에 일깨울 수 없을 것입니다. 그 사람됨을 알지 못하고 다만 내장만을 치료해 준다는 것은 나로서는 결코 할 수 없습니다. 불치의 환자, 살아날 가망이 없는 사람, 이들은 나의 가장 깊은 곳에 있는……"

　나는 침묵을 지키지 않으면 안 된다는 것을 눈치챘다. 다행히도 배가 이미 강가에 거의 도착하고 있었다. 강가에는 검은 사람의 무리 앞에 일일초의 덩굴로 갈색 머리를 휘감은 백의의 소녀가 꽃다발을 손에 들고 서 있었다. 마을 종이 모두 울렸다. 주교는 그의 수행원을 데리고 서둘러 내려가면서 걱정된다는 듯이 나를 보고 미소지었다. 대부분의 승객들은 여기서 상륙하였다. 나는 홀로 남아 있었다.

백의의 소녀가 아직도 큰 소리로 시를 낭독하고 있는 것이 들려왔다. 배는 물소리도 요란스럽게 떠나갔다.

❧

10월 23일

아주 피곤하나 밤늦게 이 일기를 쓴다. 나는 내 자신에게 잠잘 때가 되었다고 타이르면서도 아직 잠을 못 이루고 있다. 두 주일 전부터 나는 다시 나의 마음을 쏟을 사람이 생겼다.

그것은 로오자 에겔이라는, 도기 공장에서 도기를 만드는 사람의 귀여운 딸이다. 그의 어머니가 진찰시간에 진찰해 달라고 로오자를 데리고 왔다. 완치가 불가능할지도 모를 만큼 매우 나쁜 상태였다. 몸을 안정시키고 있으면 약이 세 배나 잘 들을 테니 아이를 침대에서 못 나오게 지키라고 그 여자에게 부탁하였다.

작은 로오자는 열세 살 나고 가냘픈 아이로서, 매우 흰 둥근 얼굴에는 엷은 주근깨가 가득 있었고 잘 웃는 큰 회색 눈과 훌륭한 붉은 금발을 가졌으며 그의 긴 속눈썹은 꽃술처럼 섬세하고 노랬다.

오늘, 나는 거리로 나갔다. 그들은 숲이 무성한 골짜기에서 살고 있으며 그 골짜기는 보통 '물레방아 골짜기'라고 불리고 있었다. 비가 그치고 흐린 하늘 아래 대기가 반짝이고 있었다. 앞마당이 길가에까지 내려와 있고 마지막 포도잎과 계수나무의 무거운 송이가 비스듬한 울타리 위에서 물방울을 떨어뜨리면서 흔들리고 있었다.

썩은 판잣집은 쓸쓸한 모습을 지니고 있었다. 조그마한 사각형 안에는 이중 창문이 되어 있고 유리창 사이의 좁은 틈 아래쪽에는 새파랗고 곱슬곱슬한 이끼가 가득 차 있었다. 그 위에 어린아이들의 소중한 물건들이 눈에 띄었다. 공장 쓰레기에서 주워 온 것 같은 여러 가지 사기로 만든 짐승이 있고 그 한가운데 귀여운 얼굴을 한 아기 예수가 있었다. 그것은 단단한 은으로 수놓은 옷을 입고서 축복하는 듯 오른손을 치켜들고 꼼짝도 않고 길을 향하여 미소짓고 있었다. 작은 로오자는 침대에 누워 있지 않았다. 차디찬 방바닥에 앉아 어린 누이동생들과 열심히 놀고 있었다. 단지 내의와 스커트를 입고. 나는 그 주교의 말이 생각났다. 접시가 두 개 있었는데 한 개에는 물이, 또 한 개에는 모래가 가득 들어 있었다. 그것으로 아이들은 마룻바닥에서 유쾌한 듯이 뺨을 상기시키면서 여러 가지 과자와 둘둘 만 빵과 별 등을 반죽해서 만들고 있었다. 그리고 난 뒤 예배당 같은 것과 조그만 무덤 같은 것을 두서너 개 만들어 그 무덤에 장식으로 오색이 찬란한 콩알을 반죽에 편도를 꽂아 넣듯이 꽂아 넣고 있었다.

로오자는 나를 보자 질겁하고 웃으면서 단숨에 침대 속에 뛰어 들어가 기침을 몹시 하기 시작하였다. 나는 성난 표정을 하려고 하였으나 기침 때문에 경련을 일으켜 눈물을 흘리면서도 나를 쾌활하게 바라보고 있는 로오자의 눈을 보았을 때 그렇게 할 수 없었다.

나는 잠시 후 "일어나도 좋다고 허락할 때까지 조용히 누워 있지 않으면 죽을지도 몰라" 하고 말하였다.

로오자가 그때 마침 마지막 콩알을 조그마한 묘지에 박고 있는 동생들을 보고서는 속으로 우스운 나머지 몸을 주척주척하는 것을 나는 알아차렸다. 그의 어머니가 들어왔다. 뒤이어 그의 아버

지가 들어오자 그녀는 엄숙해졌다. 나는 진찰을 시작하였다. 내가
타진하고 청진하고 있는 동안 모두들 엄숙하고 조용하게 기다리
고 있었다.

현재로 봐서는 좋아진 것도 나빠진 것도 없었다. 왼쪽 폐의 반
이 병들어 있었다. 약한 몸에 비해 열이 너무 높았고 빠른 맥박은
열이 더 오를 가능성이 있음을 나타내고 있다.

✢

10월 24일

내가 언젠가 한 번 칭찬받는다고 한다면, 그것은 위대한 사람의
입으로나 아니면 괴로워하는 사람, 말 없는 사람 중의 한 사람의
입으로가 아니면 안 될 것이다.

✢

10월 29일

어제 저녁에 내 집에서 나와 함께 나간 어떤 환자의 청으로 나
는 어떤 단체를 만들어 매주 모이고 있는 사람들 틈에 끼이게 되
었다.

둥글고 음침한 천정으로 된 방은 그렌츠부르크의 매우 오래된
역사에서 취재한, 훌륭한 낡은 그림으로 장식되어 있어 내 마음을
흐뭇하고도 즐겁게 해주었으나 사람들은 나를 초조하고 말없게
만들어 버렸다. 잠시 후 한 사람이 식탁 곁에서 일어섰다. 젊은

사람이었으나 주름진 이마와 안경, 그리고 거무스름한 이와 사려 깊은 태도 등이 늙은이 같은 인상을 주었다. 그는 조리 있는 문장으로 시대의 찬미자임을 고백하고, 현대 기계문명 속에 내포되어 있는 시적 내용을 찬미하고 지나간 날의 송가나 비극을 창조해 낸 천재들이 지금 살고 있다면 조종할 수 있는 비행선을 건조했을 것이라고 확언한 후, 이어 허물어져 가는 근처에 있는 마을의 폐허에 대해서 열변을 토하고 그 보존을 위하여 관청에 보호를 요구하였다. 그는 때로는 살아 있는 사람에 대해 고인들을, 때로는 고인들에 대해 살아 있는 사람들을 언급하고 마지막으로 옆방에 진열되어 있는 일본과 중국의 찻잔을 구경시키기 위해 청중들을 옆방으로 인도했다.

나는 견딜 수 없어 적당한 기회를 노리고 있다가 가만히 거리로 빠져 나왔다. 나의 생각은 어린 로오자 곁에 가 있었다. 그는 바깥에 있는 밤의 암흑에 휩싸인 '물레방아 골짜기'에 누워 열에 신음하며, 틀림없이 그의 모래와 사기로 된 동물과 은색으로 번쩍이는 아기 예수의 일보다 더 큰 꿈을 꾸지 않을 것이다. 아! 로오자의 가련하고도 병든, 점점 사라져 가는 존재가 그 현명한 감격자에 비해 나에게는 성녀의 생명같이 생각되었다.

예술이나 자연에 있어서 가장 고귀한 보배도 다룰 줄 모르는 사람의 소유가 되어서는 아무 소용도 없다!

많은 원소가 모였다고 해서 결코 세상을 이룰 수는 없는 것이다. 자기 자신의 중심에서 유리되어 참다운 기쁨이 생기는 곳으로 들어갈 수 없는 욕심쟁이의 탐욕은 정말 고칠 수 없는 것이다.

❦

11월 1일

나는 외로운 사람이기에 남을 기만하려 하지 않는다. 그러나 호두나무가 그의 입김이 닿을 수 있는 범위 안에서는 해충이나 독벌레가 가까이 오지 못하게 하듯이 자기 자신의 감격의 불꽃 속에서 타버리지 못하는 사람에 대해서는 용납하지 않으리라.

❦

11월 6일

아버지께서 살아계셨더라면 얼마나 나를 조롱하고 경멸했을 것인가! 반은 비겁해서 또 반은 거만해서 나는 남의 말을 잊어버린다. 나는 아버지의 사업을 파멸시키고 욕되게 하고 침묵을 지키고 있다. 이 섬세한 교수 아들은 경과가 매우 좋다. 열도 기침도 피섞인 가래침도 최초 몇 번의 복용으로 훨씬 적어졌다. 기껏해야 한 두어 달만 지나면 병의 근원은 아물 것이다. 그런데 오늘 인사할 때 나는 이상한 공기를 느꼈다. 그러나 나는 교수들의 과장된 멀리하는 듯한 공손함을 마음에 거리끼지 않도록 애쓰면서 — 부끄러운 나머지 질식될 뻔하였으나 — '내가 좀 오랫동안 진찰하러 오지 않는 것이 이 사람들의 기분을 상하게 하였구나'라고 생각되어 나는 곧 진찰하기 시작하였다.

흉부 기관을 진찰하면서 병이 나아지기는커녕 방임상태에 있었다는 것을 알고 나의 처방을 지키고 있는지 어떤지 물어보았다. 그러자 오랫동안 알약을 주지 않더라고 활발한 어린아이가 일러

주었다. "왜?" 하고 나는 물어 보았다. 그의 어머니의 당황하고 화가 나서 말하는 변명과 그의 아버지의 흥분해서 참견하는 고함소리를 듣고 나는 일의 전모를 파악할 수 있었다.

이 가정의 전 의사였던 의사 훼엘니히트를 공원에서 만났을 때 그는 어린아이의 안색이 좋아졌다고 칭찬하였다. 그러자 이 어린아이가 떠들어대며 의사 뷔르거가 준 회고 쓴 알약 이야기를 했고, 훼엘니히트는 매우 근심스러운 표정을 짓고 동료인 뷔르거의 치료법이 폐의 혈액순환에 좋은 작용을 한다는 것은 얼마든지 있을 수 있는 일이다, 허나 그것으로 인해 심장의 근육이 몹시 상한다고 한다면 무슨 이익이 있는가? 그 해로운 점에 대해서는 그로서도 또 다른 의사들로서도 의심할 여지가 없는 것이니, 서로가 친한 친구 사이지만 나로서는 나의 아이들만큼이나 이 작은 루돌프가 소중하니까 단 한 번만이라도 좋으니 진찰해 볼 수 있도록 자기를 인정해 달라고 훼엘니히트가 말하는 것이었다.

양친은 그 말에 감동하여 매우 부끄럽게 여기고 걱정하면서 훼엘니히트가 하자고 하는 일을 할 수 있도록 해주었다. 그는 교수와 함께 집으로 가 타진과 청진을 해보고는 점점 걱정스러운 표정을 지었다. 그러나 곧 심장의 불규칙한 고동이 분명하게, 그러나 잘 훈련된 사람의 귀에만 들릴 만큼 이미 나타난 것을 일찌감치 알아낼 수 있는 자기는 매우 행복하다고 말하였다. '이 정도의 상태'는 그리 힘들지 않고도 나을 것이라고 말하였으며, 물론 다음과 같이 덧붙이는 것을 잊지 않았으리라는 것을 다음의 말에서 알 수 있었다.

"그것은 그렇다 하고 젊은 뷔르거는 정말 지혜 있는 사람입니다. 사실인즉 그의 아버지의 치료상의 고루한 생각만 없앤다면 그는 크게 성공할 수 있을 것인데."

라고!

솔직하지 못한 강한 발언의 한 마디도 놓치지 않았다. 나는 교수와 그 부인의 눈을 바라보고는 발길을 돌려 오면서 그 발언에 대한 항변이 이미 머릿속에 떠올랐다. 많이 쓰면 독이 되지만 조금씩 나누어서 복용하면 고도의 치료가치가 있는 물질을 우리가 알고 있다는 것. 물론 아무런 해가 없는 약도 모르는 사람이 쓰게 되면 때로는 해로운 것이 된다는 것. 심장관막의 불규칙한 고동은 화학적 물질로는 결코 일어날 수 없다는 것. 폐에 있어서의 혈액 순환을 용이하게 해주는 그 힘은 곧 심장에도 매우 큰 도움이 된다는 것 ― 이러한 모든 것과 다른 여러 가지 것이 완전히 나의 머리에 떠올라 아무리 몽매한 자들이라도 깨우칠 수 있도록 강연을 해야 한다는 의욕이 용솟음쳤다.

그러나 극심한 혐오감이 연설에 대한 의욕을 감퇴시켜 버리고 말았다.

⚜

11월 12일

풍부하게 은색이 섞인 금빛 머리를 땋고, 왼쪽 눈동자에 조그마한 흰 점이 있는 낯선 부인이 오늘도 찾아왔을 때는 이미 황혼이 짙었었다. 나는 편지를 봉하고 막 촛불을 끄려할 때였다. 그때 대기실에서 살금살금 걷는 그 여자의 발소리를 나는 들었다.

수줍은 듯이 노크를 한 후, 들어와서 기차를 놓쳤기 때문에 늦게 찾아오게 되어 미안하다고 사과하고 다시 그 어린애 같은 울음 섞인 목소리로 호흡곤란, 현기증과 밤에 잠을 이루지 못하는 것 등에 대해서 한탄하기 시작하였다.

"다시 한 번 진찰해 주실 수 없겠습니까?" 하고 가볍게 물어
보고는 옷을 벗기 시작하였다.

그 여자가 처음 찾아왔을 때와 꼭 같은 불안이 맘속에 일어났
다. 의사는 환자로서 찾아오는 부인의 호의를 절대로 받아들여서
는 안 된다던 아버지의 이상한 말씀이 다시 머릿속에 떠올랐다.
그 여자는 상반신을 벌거벗고 의자에 앉았다. 어둠침침함이 그의
살결에 인燐과 같은 희미한 광채를 주었다. 그 여자는 가슴을 내
의로 가리고 있었으나 왼쪽 가슴이 맥박이 뛸 때마다 맥박과 함
께 심히 뛰어 심장이 나쁘다는 것을 나타내고 있어서 그것을 보
는 것이 거의 괴로울 지경이었다. 나는 청진기를 대었으나 나의
귀에는 모든 것이 둔하게 소란한 잡음 속에 빠져 버렸다. 곧 이어
나는 그 여자의 심장보다도 나의 심장이 훨씬 크게 고동하는 소
리를 들었다. 나는 그 여자의 눈초리를 찾아보고자 하였으나 그러
기에는 너무 어두워졌다.

갑자기 그녀는 옷을 던져 버리고 두 팔로 몸을 감쌌다. 그러나
그 순간 욕망을 억제할 수 없다는 듯한 몸짓으로 나에게 팔을 내
밀고 내 쪽으로 몸을 기울였다. 우리들의 머리카락이 서로 맞닿았
다. 이제 나는 모든 욕망을 뒤범벅으로 만들어 버리고 달콤한 도
취 속으로 빠져 들어갔다.

순간 전화벨이 울렸다. 나는 정신을 가다듬고 뜨거운 팔에서 억
지로 빠져 나와 수화기 쪽으로 갔다. 로오자 에겔의 아버지가 공
장에서 거는 것이었다. 각혈을 중지시킬 약을 가지고 급히 와 달
라는 내용이었다.

"나는 지금 곧 어떤 어린애에게 가 봐야겠습니다. 각혈입니다."
나의 목소리는 내가 생각하던 것보다 조용하고 침착하게 울렸다.

그 부인은 여전히 반쯤 벌거벗은 채로 안락의자에 앉아 있었다. 그리고 두 손으로 얼굴을 가렸다. 내가 어떻게 하여 갑자기 길에 나올 수 있었는가를 나는 알지 못한다. 나는 뒤돌아보지도 않고 급히 걸었다.

❧

11월 14일

조그마한 강 저쪽 편의 집을 떠나 시내로 이사 오고 난 뒤부터는 나의 잠은 열에 들뜨고 있는 것 같다. 그것은 밖에서 끊임없이 흐르고 있는 물소리 때문이라고 생각된다. 머리 위에 손을 갖다 대고 있으면 무어라고 말할 수 없는 최면술적인 선회旋回가 잠자고 있는 사람의 정신 둘레를 빙빙 돌고 있는 것 같다. 그 때문에 깊이 휴식할 수 없으며 많은 꿈을 꾼다.

❧

11월 16일

나 자신이 병에 걸린 것이 아닐까? 어젯밤에는 어떤 얼굴이 나를 괴롭혔다. 그것은 다만 순간적인 일이었으나 확실히 그러하였다. 나는 피곤하여 진찰실의 안락의자에 누워서 멍하니 어둠 속을 응시하며 생각에 잠겨 있었다 —그때 가물가물 타오르는 촛불 옆에 아버지가 책상에 앉아 계셨다. 아버지는 겨울 외투를 입고 계셨으며 촛대 곁에는 모자가 놓여 있었다. 송장처럼 엄숙한 노란 얼굴은 나의 환자부患者簿를 보고 있었다. 아버지는 그 명부를 뒤적거렸다. 그의 눈은 감고 있는 것처럼 보였다. 그러나 그는 모든 것을 보았고 극도로 조심스럽게 읽은 후에 마지막 페이지에서 아버지는 손가락으로 이름을 하나하나 짚어 내려갔다.

나는 몸도 목소리도 마비된 채 그냥 누워 있었다. 내가 힘껏 "아버지!" 하고 부르려 했을 때 모든 것은 사라지고 말았다.

✤

11월 19일

작은 로오자의 어머니가 진찰시간에 나에게 말했다. 그 아이는 내가 그 방에 들어가는 순간, 모든 사람이 놀랄 정도로 매우 건강해 보이며 목소리도 약간 맑아지지만 내가 나오기만 하면 곧 여러 가지 병고가 전보다 더 심하게 엄습해 온다고.

✤

11월 21일

왜 나는 그 아름다운 이상한 여자의 뜻대로 되지 않았던가? 양도할 수 없는 영혼의 귀중한 보물은 정말로 사라져 버렸는가? 나는 이미 그러한 경쾌하고 거리낌없는 심정으로 나갈 수 없는가?

✤
11월 29일

1시가 넘었는데도 잠이 오지 않는다. 창문을 열어놓고 깨어 있으리라. 아! 많은 성좌들이 밤하늘에 엉켜 있구나! 그 여인의 얼굴! 어찌하여 나는 그 얼굴을 내 가슴속에서 발견할 수 없을까? 눈을 감고 마음의 눈을 날카롭게 해봐도 아무 소용 없었다. 오랜 시일을 어둠 속에만 있어서 나는 장님이 되어버렸는가? 그렇지 않으면 다만 극장 안의 침침한 빛이 그렇게도 많은 아름다움과 신비를 희미하게 드러낸 것일까? 아니다. 아니다. 오! 얼마나 이 가슴이 사뭇 고동치는가! 착각도 꿈도 아니다. 그러나 어찌하여 나는 나를 뒤흔들게 하는 모습을 기억 속에 간직하는 힘을 이다지도 조금밖에 갖지 못하였는가? 그 여자는 나의 눈초리를 목덜미에 느꼈을 것이다. 왜냐하면 갑자기 뒤돌아 나를 큰 눈으로 뚫어져라 쳐다보아 나는 마치 체포된 도둑처럼 눈을 내려 뜰 정도였으니까. 그러나 그 여자는 태연히 의자 등에 기대어 사소한 사건들을 어린아이 같은 호기심으로 뒤쫓는 것처럼 보였다. 게다가 어떤 배우가 잘못하여 병을 떨어뜨려 우유가 식탁과 마룻바닥에 흐를 때 그녀의 나지막한 웃음소리는 다른 사람의 웃음과 섞였다. 나는 그녀를 불안하게 하여 그녀의 관심이 내게만 쏠리도록 강한 시선으로 그녀를 응시했으나 허사였다. 헛수고였다. 그러나 가까스로 연극이 끝나고 병석에서 처음으로 일어난 사람처럼 피곤한 듯이 문쪽으로 나가는 순간 — 그때였다. 그때 그녀는 잠시 내 쪽을 돌아봤으나 가볍고 아무렇지도 않다는 표정으로 나에게서 떠나가 버렸다.

✤
12월 3일

저번의 그 신앙심 깊은 구두장이는 그래도 이따금씩 나를 데
리러 보내곤 한다. 그에게는 나의 약이 매우 잘 듣는다. 그의 폐
는 믿기 어려울 만큼 빨리 나아 그는 벌써 가끔 바깥으로 나가
곤 한다.

성모에 대한 그의 신뢰는 변함이 없었다. 습기 찬 벽 앞에는 변
함없이 등불이 켜져 있었다. 이제 그는 내가 그를 위하여 처방을
써줄 때마다 성스러운 여왕님이 나의 마음을 비춰 주신다고 생각
하고 있었다. 그에게 건강보험료가 왔는데 그는 좀 더 받고자 하
는 욕심을 갖게 되었다. 그는 몇 군데의 기독교 직공양성협회에
들어 있어서 내가 든든한 증명서를 써주면 그 조합에서도 보조를
받을 수 있으리라는 (데) 생각이 들었다. 이젠 그 엄숙한 병고의
번쩍임도 그의 눈에서 사라지고 없었다. 오늘 그의 부인이 나에게
손 씻을 물을 내놓는 것을 잊었다고 야단치던 그 목소리는 이젠
결코 부드럽지 않았다.

✤
12월 5일

한나 코르넷. 이것이 극장에서 본 아름다운 미지의 여성의 이름
이었다. 그 여자는 교회당 앞 광장에 있는 큰 백화점의 화장품부
를 맡아보고 있다. 내가 그 여자에 대해서 알고 있는 것은 이것이
전부다. 그러나 이것만으로도 나로서는 며칠 동안 우울하던 내 맘

을 바로잡는 등대로서 충분했다. 그날 밤 이후 아직 나는 그녀를
한 번도 만나지 못했다. 그것이 어쨌다는 것인가? 내 가슴속에는
그녀를 만날 수단을 짐작하고 있다. 늦게 집으로 돌아오는 길에
그 여자를 전혀 생각지도 않을 때, 황혼의 신비스런 수단에 의해
갑자기 그 여자가 나타나는 수가 있다. 이럴 때 나는 그 여자가
아무것도 꾸민 것이 없는 노란색 넓은 방 한가운데에 식물 같은
금빛 짐승의 무늬를 놓아 짠 검은 옷에 몸을 감싼 것을 본다. 젊
고 말 많은 여직공들 사이에서 그녀는 참나무 책상에 앉아 철사
와 꽃과 얼룩무늬의 엷은 비단과 색색가지 깃털들을 열심히 다루
고 있었다.

갑자기 그녀는 몸을 돌려 도구들을 옆으로 내던지고 밝은 방에
서 어둠 속을 바라보는 사람처럼 눈을 크게 뜨고 곧장 나에게로
와 점점 커지다가 정체가 희미해져서 바로 나의 눈 앞에서 녹아
없어져 버린다.

⚜
12월 6일

나는 무엇을 하고 있는가? 어떤 유희를 하고 있는가? 이미 죽
음에 바쳐진 나라는 자가 설혹 생각만이라고 하지만 다른 생명을
나의 곁으로 유인해도 좋은가? 아니다. 아니다. 나는 이러한 행복
을 바랄 수는 없다. 나는 끝까지 홀로 있자. 홀로 부서지리라.

✦
12월 7일

저녁 5시경 산 위에 있는 환자를 떠나왔다. 전나무 숲을 지나 내려오는 동안에 눈이 내리기 시작하였다. 좀 전에 베어 넘겨 놓은 나무가 여기저기 언덕배기에서 길가로 삐죽이 나와 톱으로 잘린 생생한 흰 부분이 나 있는 쪽으로 향하고 있었다.

나는 지나가면서 지팡이로 한 그루 한 그루의 나무를 두들겼다. 어느 것이나 다 여운을 남기며 약하기는 하나 무엇이라고 말할 수 없을 만큼 사랑스러운 소리를 내었다.

갑자기 사뿐사뿐 내리는 눈의 밝음 속에 한나의 얼굴 모습이 떠올라 고개를 끄덕이며 미소짓고는 사라져 버렸다. 내 가슴은 찢어질 듯하였다. 잠시 후에 나는 걷는다기보다는 나는 듯이 아래쪽으로 내려왔다.

"나의 생활이 당신의 그것과 좀 비슷하다고 생각되어지지 않나요? 내가 얼마나 아름답게 이 생활을 견디어 나가고 있는지 아세요? 나의 수명은 이미 다 되었어요. 나는 나의 손을 나에 대해 아무것도 모르는 사람을 위하여 매일매일 피로하게 해야 하죠. 그래서 손이 아파요."

하고 그 여자가 나에게 말하고자 하는 것처럼 생각될 때가 가끔 있다.

✦
12월 13일

또다시 하루가 지나갔다. 나는 반쯤 잠들어 있었다. 눈이 감기기 전에 이것 하나만을 빨리 써두자.

크라프트 교수 부부가 찾아와서 아무래도 그들의 루돌프를 돌봐 주어야 되겠다고 청했다.

"선생님께서 조금이라도 그 당시의 우리 입장과 바꿔 생각해 보신다면, 우리가 저번 의사로 인하여 얼마나 걱정했었는가를 생각해 보신다면 용서해 주실 마음이 생겨서 불쌍한 어린아이로 하여금 부모의 경솔에 대한 보복을 하게 하시지는 않을 것입니다. 우리들은 충분히 엄한 벌을 받았습니다. 아이의 병세는 점점 가망없이 되어 가는 것 같으니 곧 와 주십시오. 의사 훼엘니히트에게는 앞으로의 왕진을 거절하였습니다."

라고 말하는 것이었다.

어린아이는 쇠약해져 침대에 누워 있었다. 뺨은 열로 인하여 상기되어 있었고, 지치기는 했지만 반짝이는 눈에 미소를 띠고 멀리서 나에게 양손을 내밀었다. 진찰해 본 결과 내가 두려워하고 있었던 것보다 그렇게 나쁜 상태가 아니라는 것을 알았다. 나는 양심에 걸리는 거짓말을 하지 않고도 그의 양친을 안심시킬 수 있었다. 아이들의 폐는 쉽게 완쾌되기 때문이다. 같은 병근이라 할지라도 나이가 열일곱 살 되는 사람 같으면 그 불에 타 없어져 버릴 것 같은 경우라도 다섯 살 난 어린아이의 경우에는 가끔 약화되고 제한되어 차츰차츰 그 불을 끌 수도 있게 되는 것이다.

훼엘니히트의 처방을 잠시 보여 달라고 청하였다. 그는 처음엔 혈액을 갱신시키는 징크제劑와 함께 최근에 유행하게 된 폐병 시럽을 처방하고 있었다. 그러나 그 후에 그는 완치가 되지 않음을 알자 방법을 바꾸어 내가 어린아이에게 몇 주일 동안 복용시킨 약을, 더군다나 그가 거부하던 나의 약을 처방하였다. 다만 정제錠劑로서가 아니고 환제丸劑로서, 게다가 내가 사용한 분량의 열 배

42

도 더 되는 양으로 만들게 하였다. 물론 그는 양을 많이 씀으로써 효력이 강할 것을 기대하였을 것이 틀림없다.

내 아버지께서 가끔 설명하신, 낫게 하는 힘은 약의 양을 적게 주면 줄수록 강하게 나타난다는 그 이상한 사실을 그는 잊었던지 아니면 믿지 않았던 것이다.

나는 마음을 최대한으로 넓게 가졌다. 원망 따위로서 마음을 좁히지는 않았다. 의사 훼일니히트에게 가서 모든 것을 설명하고 나와 함께 이 환자를 치료하자고 청한다면—그가 응할 것인가? 그는 그것을 어떻게 받아들일 것인가!

❧
12월 15일

오— 운명이여! 시간이여! 나는 시장의 어둠침침한 골목을 지나 집으로 걸어가고 있었다. 그때 한 노파가 수건으로 머리를 감싸고서 어떤 집 현관에서 넘어질 듯이 뛰어나와 내가 누구인가를 확인하듯이 잠시 나를 바라보고는 앞으로 뛰어가다가 다시 되돌아와 "뷔르거 선생님!" 하고 더듬거리면서 말했다. 그리고는 그는 급히 서두는 듯한 말투로 설명하였다. 자기는 병원 의사에게 가는 길인데 자기 집에 세들고 있는 처녀가—그렇게 되리라고 생각하고 있었지만—점포에서 매우 과로했기 때문에 그저께부터 한기가 나고 기침을 하더니 지금 입에서 피를, 새빨간 피를 쏟고 있다고……

"제발 좀 살펴 주십시오, 선생님! 그 처녀는 마을에서 하는 건강보험의 일원으로서 병원 의사에게 무료로 진찰받을 수도 있습니다. 그러나 병원이 무슨 소용입니까? 무료가 무슨 소용 있습니까? 아까는 선생님께서 하늘에서 오신 것같이 보였습니다. 선생님께서 가끔 수도원으로 왕진 가신, 그 고귀하신 슈타니스라 님이 (나의 조카입니다만) 계신 그곳에서 가끔 선생님을 뵈온 적이 있기 때문에 곧 선생님이시라는 것을 알았습니다. 하나님께서 의사를 내가 지나가는 길에 보내 주셨는데 무엇 때문에 다른 의사에게 뛰어갈 것이 있겠는가 느껴졌습니다. 와 주십시오. 빨리 와 주십시오."

이렇게 말하면서 그 노파는 나를 집 안으로 끌고 들어가 계단을 두 개씩 올라가게 하였다.

작은 방을 지나 그 방으로 들어가면서 나는 한나 코르넷이 침대 위에 앉아 있는 것을 보았다. 조그마한 등잔이 그녀 옆의 나지막한 의자 위에 놓여 있었다. 그때 막 입술에서 떼어낸 헝겊에 큰 분홍색 얼룩이 져 있었다. 나는 그녀의 눈 속을 바라보았다.

그의 눈은 맑고 열기를 조금도 띠고 있지 않았다. 천천히 그녀는 자그마한 가위를 자기 앞에 놓고 나를 친절하게, 그러나 의아스럽다는 듯이 살펴본 다음 집주인이 떠들썩하게 지껄이는 동안 나에게 왼손을 내밀어 거의 무뚝뚝하게 악수하고는 "와 주셔서 감사합니다"라고 말했다.

나는 온 힘을 기울여 철저히 진찰한 후, 이 각혈은 위험한 종류의 것을 예상시키지 않는다는 것을 인정하고 필요한 말만을 하였으며 일절 일을 하지 말라고 명령하고 처방을 쓴 다음 밤에라도 나의 도움이 필요한 경우에는 곧 사람을 보내라고 부탁했다.

"기꺼이 선생님 시키시는 대로 다 하겠어요."

그녀는 미소를 띠면서 말했다.

"그래도 이 모자 하나만은 다 끝내도록 해주세요. 이것은 어떤 아름다운 젊은 부인이 주문한 건데, 오후에 벌써 일곱 번이나 사람을 보냈어요. 1분만 여기 계셔 주세요. 선생님이 계시면 내게 나쁜 일은 일어나지 않을 테니까요."

이때 처음으로 나는 그 여자가 여러 가지 검은 헝겊으로 싸인 철사와 짚으로 만들어진 것들과 리본과 꽃을 시트 위에 갖가지 색깔로 여기저기 흩어놓은 것을 보았다. 그것은 마치 그 여자가 심심풀이로 이러한 것들을 가지고 장난하고 있는 것처럼 보였다. 나는 무엇이라 말해야 좋을지 몰라 멍하니 거기에 서서 아름답고 아담한 소녀의 모자가 그의 손 아래서 마술에 의한 것처럼 만들어져 가는 것을 바라보고 있었다.

—한밤중

나는 깊은 첫잠에 빠져 있었다. 그때 야간용 벨이 날카롭고 길게 울렸다. 나는 반쯤 옷을 주워 걸치고 창가로 뛰어가 창을 열고 아래를 내려다보았다. 아래에는 아무도 없었다. "누가 벨을 눌렀어요?" 하고 소리쳐 보았다. 죽은 듯한 정적만이 감돌 뿐이었다. 나는 하인을 깨웠다. 그는 아무 소리도 듣지 못했다고 말했다.

⚜

12월 16일

—아침

꿈결에 들린 벨소리는 완전히 나의 잠을 깨워 놓았다. 외투를 걸치고 길가로 나섰다.

길은 몹시 얼어 있었다. 멀리 작은 달이 몽롱한 구름 사이를 나는 듯이 빠져 나가며 성당 위에 걸려 있었다.

어떤 골목길에서 강을 넘겨다볼 수 있었다. 어느 것이나 다 눈으로 덮여 둘레가 불룩 솟아오른 얼음덩어리가 수없이 어둠 속을 흐르고 있었다. 하나의 집은 어둠에 싸여 죽은 듯이 고요하였고 어느 창문에도 불빛이 비치지 않았다.

—저녁

그 여자의 자그마한 방—이 안의 모든 것이 그 무엇인지 모르게 쓸쓸히 이곳에서 친밀한 어떤 것도 느끼지 못하고 영주할 것을 생각지 않는 한 여성의 이야기를 속삭이고 있는 것인가! 망가진 등나무 의자가 둘레에 놓여 있고 책상 위에 염색한 명주 헝겊과 인조 모슬린과 꽃 속에서 황동으로 만든 사진틀에 기병장교의 퇴색한 사진이 얼굴을 내밀고 있었다. 벽시계는 말없이 서 있었고 먼지투성이의 서가 위에는 갈색의 책들이 즐비하게 놓여져 있었다.

침대 저쪽 편에 있는 세면대 위에 있는 금박을 한 아름다운 거울은 너무 화려해서 이 방과 어울리지 않았다. 창문 앞의 검은 나무대 위에는 순수 무색의 유리로 만들어진 높은 구세주의 상이 놓여 있었다. 그것은 옛날 이야기에 나오는 이상한 사람을 생각나게 하였다. 오른손은 축복하기 위하여 쳐들고 있었으나 왼손은 투명한 가슴속에 박혀 있는 홍옥紅玉 같은 붉은 심장을 부드럽게 가리키고 있었다.

그것은 오전이었다. 건너편 큰 건물의 그림자로 인하여 음침하게 된 좁은 방 안은 아직 어둠침침하고 햇볕이 비치지 않았다. 한나는 체온계를 겨드랑이 아래에 꽂고 아직 졸린 것 같았다. 각혈의 재발을 막고자 밤에 몇 번이나 주어진 마취제 때문이었다. 이 상像은 누구 것이냐고 물어보았다.

"집 주인인 노파의 것이에요."

환자는 피곤한 듯 말하고 다시 끄덕끄덕 졸았다. 그러나 드디어 합각머리 너머로 햇볕이 쬐게 되어 방 안은 대낮이 되었다. 햇빛을 받아 한나는 벌떡 일어나 거울 속의 자기를 바라보니, 햇빛이 홍옥같이 붉은 심장을 지나 그 여자의 얼굴 위에 떨어졌다. 그 여자는 자기 이마가 속세의 것이 아닌 것처럼 붉게 상기되는 것을 바라보고 미소를 지었으나 곧 다시 눈을 감고 이불로 몸을 감싸 버렸다.

⚜

12월 27일

나의 진찰시간에 부인들을 모두 멀리 할 수 있다면! 부인들은 비단 소리를 사뿐사뿐 내면서 들어와 잠시 동안 호소하다가 한숨을 짓고는 아무렇지도 않다는 듯이 가볍게 옷을 벗어 버린다. 정말 많은 부인들이 남편에게 마저 숨기는 것을 주저하지도 않고 내 눈 앞에 드러낸다. 오늘 어떤 부인이 옷을 벗으면서 미소지었다.

"선생님! 선생님 앞에서는 부끄러워할 필요가 없겠지요. 선생님은 이미 허다히 많은 부인들을 보셨으니—"

이 말을 들은 뒤 한나의 고결하고도 맑은 모습이 나에게서 멀리 사라지는 것같이 느껴졌다. 마치 그 옛날에 모든 행복한 사람들과 순결한 사람들이 사는 천국에서 축출당한 것처럼.

그렇게 되어야 하나? 나는 다시 한 번 행복하게 되는 것을 진지하게 생각해도 좋을까?

다른 환자들을 다 왕진한 후에 비로소 나는 그녀에게로 가는 것이었다. 이젠 저녁마다 함께 지내게 되어 버렸다. 대부분의 경우 말하는 것은 나였다. 여느 때 같으면 이 시각쯤에는 나를 엄습한 피로가 어디론지 사라져 버려 나는 얼마든지 이야기할 수가 있었다. 어렸을 때의 사소한 일들이 다시 되살아났다.

그녀는 때때로 어머니같이 함께 괴로워해 주는 것처럼 듣고 있었다. 나는 나 자신의 생명과 나의 어린 시절까지도 그 여자 덕분에 거느릴 수 있는 것처럼 느껴졌다.

그녀 자신은 말이 적었다. 그러나 항상 여러 가지 일을 많이 이야기하고 있는 것같이 보인다. 그 여자가 전과 다름없는 태도로 조용히 내 얘기를 들으면서 나와 마주 앉아, 팔을 가볍게 버티고 느슨하게 깍지 낀 손가락 위에 살며시 턱을 괴고 한가운데서 마주친 활 모양의 짙은 눈썹 아래의 새까만 눈으로 등잔을 쳐다볼 때 모든 것은 꿈과 환상이 되어 버린다.

❧

12월 29일

그녀는 나를 사랑하는 사나이 이상의 것으로 보고 있는가? 내가 그녀에게서 그 무엇인가를 기대하고 있는 줄을 그녀는 느끼고 있는가? 나를 구해 낼 수 있는 말을 그녀는 언젠가 할 수 있을까?

1909년

❧

1월 6일

나는 그 여자의 침대 곁에서 그림으로 장식된 은잔을 바라보고 있었다. 그것은 그 여자가 설날에 "약값이 너무 비싸지 않도록 사례로써"라고 농담하면서 나에게 선사한 것이었다. 그때 그녀가 책을 찾으려고 촛불을 내 머리 너머 벽에 붙어 있는 조그마한 책장 쪽에 내밀었다. 나는 갑자기 등에 촛물이 떨어져 따끔거리는 것을 느꼈다. 이것이 어떤 부호符號의 모든 축복과 의미를 지니고 내 가슴속을 얼마나 울렸던 것인가! 그 여자는 아무것도 깨닫지 못했다. 나는 가만히 떨어져 따끔거리는 대로 내버려 두었다.

❧

1월 16일

그 여자는 다 이야기해 버리려 했다. 그녀가 '이야기'라고 부르고 '신성한 죄'라고 부르는 것을 참회해 버리고자 하였다.

벌써 상당히 어두워졌다. 그녀는 침대 위에 앉고, 나는 그녀 곁에 앉아 있었다. 밤이 되었는데도 등잔을 켜지 않았다. 나는 꾸준히 이야기에 귀를 기울였고, 과오라든가 죄악이라는 것을 티끌만큼도 느끼지 못했고, 다만 그 여자의 운명과 감격했을 때의 이 여인이 얼마나 아름다운가를 느꼈다.

이 여자에 비한다면 나는 얼마나 보잘것없는가! 이 여인의 삶에 비한다면 나의 고뇌, 그 따위 것은 그 얼마나 빛이 바래져 버리는 것인가!

그 여인에게는 세 살 난 어린아이가 있다. 그것이 결국 전부였다. 왜냐하면 이 여인의 모든 희망도 고통도 이 어린아이에 의한 것이기 때문이었다. 그녀의 애인이었던 젊은 장교는 그녀와 알기 전에 식민지에 근무코자 신청해 놓고 있었다. 그러나 뜻하지 않게 헤토로족族의 반란이 일어나자 긴급소집영장이 날아왔다. 그것은 한나가 어렴풋이 임신했다는 것을 느끼고 있었으나 입 밖으로 내놓을 만한 용기를 갖지 못하였을 때였다. 그 중위는 하늘에 승리와 명예가 가득 찬 것을 보았다. 몇 달 후에 대위가 되어 귀국하여 한나와 결혼한다는 것은, 말하자면 기정사실로 되어 있었다.

나는 그가 꼭 그렇게 하였으리라고 믿어 의심치 않는다. 그녀는 남자에게 버림받을 그러한 여자는 결코 아니다. 그러나 그 중위는 빈터후크에 도착한 후 두 주일 만에 티푸스에 걸려 죽었다. 그 당시 이 사실이 그녀에게 얼마만큼 큰 충격을 주었으며, 그녀를 압박코자 하는 고통이 곧 태어날 아이에 대한 황홀한 사랑으로 변한 것을 지금 이 여자의 입으로 듣는다는 것은—오! 인간의 영혼 속에서 일어난 일이 나로 하여금 이 이상 더 높고 경건한 마음을 갖게 한 적은 한 번도 없었다. 이때 비로소 그 여자는 어머니로서의 자랑스러운 기분을 갖게 되었다. 그리하여 비난을 두려워하지 않고 아직 태어나지 않은 어린아이를 어떤 행복처럼 보았던 것이다. 이윽고 새까만 눈을 가진 아름다운 사내아이를 분만하였다. 2년째 되던 해에 이미 결혼한 그의 언니가 정답게 이 아이를 받아들여 주었다. 이제 한나는 다시 먹고 살 일을 생각하지 않으면 안 되었기에, 어린아이가 언젠가 고아처럼 거리를 헤매는 신세가 되어서는 안 된다고 생각해서 그녀는 새로운 일자리를 찾는 데도 수입이 많은 것에만 치중하게 되었다. 그리하여 우리 마을에 오게 된 것이었다.

이것이 그녀의 운명이다! 아, 낯선 타향에서 헤매지 않으면 안 되는 수많은 소녀들의 운명이다! 그러나 이 여자는 이 운명에 임해서도 얼마나 현명했고 또 품위를 잃지 않았던 것인가! 한번은 오는 크리스마스로 꼭 1년이 될 때 아기에 대한 그리움이 그녀를 사로잡았다. 그래서 휴가를 얻어 스톡홀름에 있는 그의 언니네 집으로 달려갔다. 한밤중에 언니의 집에 도착하여 조그마한 침대 곁으로 다가갔다. 어린아이는 갑자기 환해지면서 애정을 담뿍 담은 말투에 잠을 깨고 불안한 듯이 울기 시작하였으나 불빛 속에 드러난 얼굴이 자기 쪽으로 굽어지는 것을 보자 기억이란 것이 어린아이의 머릿속에 남아 있을 리 만무한데도 곧 안심하여 꿈꾸는 듯한 몸짓으로 한나의 눈을 붙잡으려 하다가 다시 잠들어 버렸다.

보통때는 매우 말이 적은 이 여자의 사랑스러운 얼굴을 바라볼 수 없었으며 그녀의 침통한 목소리만 들려왔다. 그것은 끝내 흐느낌으로 변해 버렸다.

나는 할 말을 찾지 못했다. 진실의 힘이 내 가슴속에서 타오르기 시작하였다. 나는 어둠 속에서 그녀의 손을 찾다가, 갑자기 우리 둘은 부둥켜안고 입맞추며 이불 위에 쓰러졌다. 그리고는 엉엉 울었다. 그러나 잠시 후 오랫동안의 일로 인해서 남 모르게 쌓이고 쌓인 피로에 압도되어 울다가 나는 깊이 잠들고 말았다.

가까이에서 몹시 기침을 하는 통에 급히 눈을 떴다. 방 안은 불빛으로 밝았다. 그 무엇인지 모르는 어떤 풀 수 없는 어둠이 꿈속에서 가슴을 짓눌렀다. 나는 일어나 한나를 쳐다보았다. 이불을 휘감고 나의 곁에 있는 촛대 옆에서 잠자코 있던 그녀는 치밀어

오르는 가슴의 경련을 진정시키고자 하였으나 헛수고였다. 간신히 안정을 되찾은 그녀는 웃으면서 말했다.

"이봐요, 새벽 4시예요."

집에서 나는 밤 사이에 각각 다른 곳에서 두 번이나 데리러 왔었다는 말을 들었다. 곧 왕진해 달라고 먼저 부탁한 곳은 작은 로오자의 양친이었다. 진찰시간 전에 나는 거리로 갔다. 소녀는 쇠약해 보였다. 맥박은 고르지 못하고 손가락은 싸늘하고 창백하였다. 주사를 놓자 곧 기운을 차리고 여러 가지 이야기를 지껄이며 나를 놓아 주려고 하지 않았다. 소녀는 주워 모은 그림과 우등상으로 받은 작은 카드를 전부 모아 둔 상자를 침대시트 위에 흩어 놓았다. 나는 하나하나를 샅샅이 들춰 보고 마지막엔 큰 투명한 종이를 눈에 대고 창 밖을 내다보라고 강요당했다. 밖을 내다보니 점점 밝아지던 산들이 몸서리칠 만큼 음울한 붉은 포도주색을 쏟아 놓은 것같이 보여 마치 최후의 심판날이 오는 것 같았다.

밖은 여명黎明으로 가득 찼다. 심한 남풍이 반짝거리는 설경 속을 휘몰아치고 있다. 기슭의 얼음이 흔들려 수많은 큰 조각이 된다. 모든 것이 흔들리며 진동한다. 마음은 어떤 부담을 지고 있다는 것을 희미하게 느끼고 있다.

오후 4시, 낯선 여환자의 청에 의해 의사 E와의 상의를 요청받았다. 폐렴이 아무리 해도 차도가 없다는 것이다. 늙은 의사는 겸손하고 친절하다. 유감스럽게도 그는 내가 제의하는 약 처방에 동의하지 않는다. 그것도 다만 그 자신이 위엄 있게 또 정직하게 인정하고 있는 바와 같이 이 약의 효능을 알지 못하기 때문이다. 이러한 경우에 계속하여 상의해 보았댔자 소기의 목적을 달성할 수는 거의 없으리라고 생각했다. 길에서 그와 헤어지고 난 뒤 나는

집으로 돌아와 식물 염기鹽基를 독특한 조합법으로 처방하여 둘이
서 처방한 약 대신에 그것을 병자에게 복용토록 전하자 병자는
곧 알아차리고 동의하였다.

그렇다. 내가 한나의 의사임을 이제야 깨달은 건 이미 늦은 것
이다. 그것이 가능한가? 우리들이 처음으로 키스한 설날 밤, 그
여자가 나에게 은잔을 선사한 그 밤부터 그는 내게 있어서는 환
자로써 느껴지지 않았다. 오늘 아침까지만 하더라도 잊고 있었다.
그녀의 병세에 대해서는 한 마디 말도 하지 않았고, 아무런 처방
도 주의도 하지 않았다. 그녀의 가슴속에는 상당히 위험한 것이
나타나 있는데 간호도 하지 않고 진찰도 하지 않았다. 몇 번이나
한밤중까지 그녀와 이야기의 꽃을 피웠고 그녀의 건강을 빌며 포
도주를 마셨다. 이것은 그녀의 부드러운 뺨에 붉은 반점이 생기게
하였다. 또 나는 그녀가 매우 좋아하는 독한 러시아 담배를 그 여
자를 위하여 가져다 주었다. 아! 내가 그녀의 눈동자에 점점 광채
를 띠어 가는 죽음의 번쩍임에 넋을 잃고 쳐다보고 있을 때 그녀
의 몸의 다른 부분을 잊고 있었던 것이다. 그리고 다행히도 이 불
행한 여인은 자신의 불행을 예측하지 못하고 있는 것이다. 나는
뷔르거의 치료를 받게 되면서부터 병세가 호전되어 날마다 건강
해진다고 기쁨에 넘쳐 위문하러 오는 여자들에게 진심으로 말하
곤 했다. 그럴 때의 그녀는 진실을 말하고 있는 것이라고 깊이 믿
고 있는 것이다.

❧
1월 17일

오전에 다시 의사 E와 대진對診했다. 하룻밤 사이에 병세가 좋
아졌다. 열은 내리고 병들어 있는 쪽의 둔한 목소리도 맑아졌다.
"당신의 새로운 만능약을 쓰지 않아도 잘 나을 수 있다는 것을 아
시겠지요?" 하고 그 늙은 의사는 웃으면서 내게 눈을 번쩍거렸다.

늦게 버드나무가 이곳저곳에 서 있는 강가로 내가 좋아하는 길
을 걷는다. 비가 은색의 겨울 경치를 모두 녹여 버렸다. 얼마 전
까지만 해도 하얀 소금처럼 서리가 반짝이던 나뭇가지가 지금은
벌거숭이가 되어 바람에 흔들리고 갈갈이 찢어진 새둥지가 바람
에 팔딱거리고 있다. 새로 나온 나뭇가지 끝에 남아 있는 붉은 딸
기가 독 품은 먹이처럼 번쩍이고 있다. 하늘과 땅이 저 언덕 쪽에
서 어둡게 섞이고 있다.

❧
1월 18일

오늘 한나에게 엄격하고 단호하게 안정 가료를 명하자 그녀는
조금은 놀랐으나 곧 진정하여 이젠 천사처럼 꾹 참고 조용히 하
고 있다.

✤
1월 19일

오후 늦게 전화로 들판에 있는 어느 마을에 불려 갔다. 관자놀이가 여전히 아팠다. 갑작스레 되돌아온 추위와 많이 내린 눈을 기쁘게 여기며 나아감에 따라 도회의 소음이 등뒤에 조그마해져 갔다. 곧 큰 까마귀의 불쾌한 소리가 발 아래 길고 넓은 겨울의 항구에 깊숙이 울릴 뿐이었다. 눈이 쌓인 탄탄한 얼음덩어리 위에 앉아 날개를 퍼덕이면서 곱게 주름잡힌 물 위를 움직이고 있었다. 몇 마리는 얇은 양철 굴뚝에서 파란 연기가 나는 죽은 듯이 고요한 배 쪽을 바라보고 있었다.

내려다보고 있는 사이에 누르스름한 새가 한 마리 휙 하고 날아왔다. 그놈은 참새같이도 보이고 멧새같이도 보였으며, 끊임없이 날개를 퍼덕거리면서 관목줄기에 매달려 몸을 옆으로 자유롭게 움직이면서 서리 맞은 마른 산형화 열매를 쪼고 있었다. 그러나 그가 발견한 것은 빈약한 것임에 틀림없을 것이다. 불만인 듯한 울음소리를 남기고 검은 눈초리로 먹고 싶다는 듯이 대담하게 나를 바라보았다.

나는 부질없이 호주머니를 다 뒤져 보았으나 한 조각의 빵 부스러기도 찾아낼 수 없었다. 빠른 걸음으로 길을 재촉하며 점점 빨리 걸었지만 새는 나의 곁에서 떠나지 않았다. 내가 그쪽으로 쳐다보면 도망갔다가 다시 가까이 날아왔다. 끝끝내는 가로수에 날아와서는 가지에서 가지로 체조를 하듯이 날아다니며 몹시 지저귀면서 나를 따라왔으며 겨울 공기를 욕심껏 마시는 것처럼 주둥이를 벌렸다. 나는 어쩔 줄 몰라 다시 한 번 호주머니를 뒤졌으나 새는 갑자기 날카로운 소리를 내고 숲 쪽으로 날아가서 다시는 되돌아오지 않았다.

집으로 돌아와서는 또 반 시간을 한나 곁에 있었다. 낮에는 별 일 없었으나 밤엔 약간 열이 났다.

❦

1월 26일

환자 수는 매주 증가하고 있다. 다른 의사들이 포기한 이 근처의 폐병환자들이 모두 잇달아 멀리서 혹은 근방에서 나를 찾아오는 것을 감수하지 않으면 안 된다.

❦

2월 16일 뵐트쥬탯턴

아니, 그 여자를 구하지 못하는 한 두 번 다시 그렌츠부르크를 떠나지 않겠다.

이 하루가 어찌 그리도 긴지. 그러나 이젠 단 하루다. 그리고 그 앞에 끝없는 밤이다. 아! 걱정이란 어떤 것인지 옛날에 맛본 적이 있었던가? 세상에서 버림받은 산간벽지의 가난한 사람들, 그들은 내가 이곳에 온 기회를 놓치지 않으려고 많이 진찰을 청해 왔다. 나는 최선을 다했다. 그러나 단 한 가지 생각이 떠나지 않았다. 그것은 곧 시市로 떠나는 마차를 타는 것이었다. 정각 5시에 나는 마차를 탔다. 이미 우리들은 그 마지막에 정거장이 있는 거리로 꼬부라졌었다. 그때 한 늙은 농부가 좁은 길을 뛰어넘어 길

을 가로질러 숨을 헐떡이면서 뛰어와 모자를 흔들었다. 그의 서라
는 쉰 목소리가 고삐에까지 옮아갔다. 마부는 누구냐고 물어보지
도 않고 마차를 돌렸다. 그 사나이의 얼굴은 창백했고 이마에서
구슬 같은 땀을 흘리면서 신음하는 듯한 목소리로 말하였다.

"마차를 돌리시오! 빨리 내 딸에게로 되돌아가 줘요. 내 딸은
다른 의사에게 보이고 싶어하고 있다오. 병세가 어떠한지 알고 싶
어하는 거야. 신부님은 딸이 이미 다 죽어간다고 말하나 그렇게
믿어지지 않아요."

무엇 때문에 나는 모든 것을 추억하고 있는가? 내가 두려워하
고 있던 대로 되었다. 시골 사람들에게 길을 물으면 반드시 먼 것
을 매우 가까운 것처럼 말한다. 10분이 아니라 25분이 지나고 나
서야 겨우 그 농부의 집에 도착하였다.

환자는 매우 젊은 처녀였다 그의 몸은 죽음과 싸운다기보다는
오히려 생명과 싸우고 있었다. 얼굴은 이미 시체처럼 창백하였고
심장의 고동은 가슴의 음향 때문에 들리지 않았다.

그녀는 벌써 말할 수조차도 없었다. 그러나 돌과 같은 청회색
눈의 날카롭고 엄격한 시선은 나의 눈 속으로 파고 들어 그 시선
은 몽롱하게 되고 유리알처럼 움직이지 않게 된 후에도 나의 눈
동자에 고착되어 있었다. 나는 모르핀을 갖고 있었으므로 그녀의
고통을 덜어주기 위해서 그 용액의 많은 양을 주사기 속에 넣었
다. 허나 이미 그럴 필요가 없어졌다. 갑자기 평온해지고 호흡이
거의 돌발적으로 멈추어지고 그와 동시에 그 여자의 이마에는
신비한 흰 번쩍임이 스쳐 지나갔다. 난폭하게 애원하는 듯한 고
통의 표정이 사라지고 아름다운, 가까이할 수 없는 엄숙함이 남
았다.

누군가가 창문을 열었다. 나는 그 자리에 있었던 사람들의 기도

와 흐느껴 우는 울음소리 속에서 그렌츠부르크로 달리는 기차의 기적 소리를 뚜렷하게 들었다. 이 죽음을 목격하고부터는 모든 초조감은 사라져 버렸다. 이 하루가 저물기 전에 나의 충고와 수고를 요구하는 사람들을 나는 조금도 피하지 않았다. 거의 가벼운 환자만이 나섰다. 그 중에는 얼마 전에 나를 방문한 적이 있어 안면이 있는 사람들도 있었다.

아버지께서는 이러한 종류의 사람들을 얼마나 좋아하셨던가. 그들은 의사에게서 불가능한 일을 기대하지 않는다. 언어의 치료력에도 가슴을 터놓고 귀를 기울여 주고 또한 조금씩 쌓이고 쌓이는 약 효과에 대해서도 감사의 마음을 가진다.

⚜

2월 17일

제일 가까운 여관도 상당히 먼 모양이었다. 그리하여 나는 선량한 농부의 호의를 받아들여 죽은 딸이 눕혀져 있는 다락방에서 밤을 새우기로 하였다. 아침 기차를 놓치지나 않을까 하는 불안에 사로잡혀 오랫동안 잠을 이루지 못했다. 잠시 후에 일정한 간격을 두고 되풀이되는 날카로운 소음이 나의 잠을 깨워 놓았다. 그것은 조그마한 돌멩이가 조금 튀어올랐다가는 떨어지는 것 같은 소리였다. 촛불을 켜 보니 곧 그 원인을 알 수 있었다. 아랫방의 천장을 겸하고 있는 거칠게 만들어진 낡은 다락 바닥의 틈바구니를 이은 곳을 통하여 곡식알이 나갈 구멍을 찾아내어 이따금 그 한 알이 방 아래로 떨어지는 것이었다. 나는 불을 끄고 잠시 잠이 들었으나 곡식이 끊임없이 떨어지는 소리가 언제까지나 계속되어

잠과 꿈속에까지 나를 뒤쫓아왔다. 그렌츠부르크의 진찰실에서 나는 책상 앞에 앉아 있었다. 아직 어둠컴컴하였다. 나는 전력을 기울여 오른쪽 귀를 어떤 사람의 가슴에 대고 긴장하여 불안에 떨면서 심장의 고동 소리를 듣고 있었다. 그러나 처음에는 희미하게 들리다가 점점 똑똑하게 들려온 것은 심장의 고동 소리와는 전혀 다른 것으로서 마치 높이 울리는 동굴 속에서 큰 물방울이 수면에 떨어지듯이 금속성 소리를 내면서 흘렀다. 이와 같이 사이를 두고 내 귀에 울려 왔다. 그러자 갑자기 조용해지고 나는 한 손이 가볍게 나의 머리카락을 어루만지는 것을 느꼈다. 얼굴을 들자 상반신을 벌거벗고 내 곁의 진찰용 의자에 기대고 있는 한나를 보았다. 아버지가 그녀 곁에 서 있었다. "들었냐?"라고 아버지는 낮은 목소리로 말하고 사라져 버렸다. 나는 오싹 소름이 끼쳤고 잠이 깨어 다시는 잠들지 않겠다고 결심하고 침대에서 뛰어나갔다.

샛별이 안개가 감도는 산 위에 걸려 있었다.

나는 옷을 주워 입고 뜰을 이리저리 왔다 갔다 하면서 마차를 기다리고 있었다.

❧

2월 20일

봄이 온다. 시시각각으로 많은 생명이 풀려 나온다. 텅 빈 줄기에서 날개 달린 놈이 기어 나오고, 언덕의 마지막 눈이 녹고, 흰 구름은 햇볕에서 넘쳐 흐르고, 꽃나무들은 숲속에서 달콤한 향기를 내뿜고 있다.

예감과 예언이 하늘에 떠돌고 있다.

한나도 오늘 이상한 꿈 이야기를 하였다.

그녀는 마을 밖으로 같이 산보를 가자고 계속 졸라댔다. 그녀에게 열이 없는 것을 확인하고는 결국 승낙을 하고 말았다. 우리들은 조그마한 다리를 건너고 강을 따라 걸어갔다.

햇볕에서 보니 그 여자의 뺨이 몹시 야위고 창백해졌다는 것을 알 수 있었다. 숨 쉬는 데 애를 쓰면서 마을에서 너무 멀리 가지 않으려고 조심하고 있는 모양으로 여러 번 되돌아보곤 하였다.

얼마 있지 않아 그녀는 자신의 꿈에 대해서 이야기를 꺼내기 시작하였다.

"오랫동안 모래와 자갈 위를 걸은 뒤에 우리들은 험악한 산에 마주친 것같이 생각되어요."

라고 그녀는 더듬거리면서 나의 얼굴을 보지 않고 말했다.

"내가 입고 있는 것은 삼으로 된 거친 셔츠뿐이었죠. 다만 목에 산호목걸이를 하고 있었어요. 이것은 어머니가 큰 잔칫날에는 늘 걸고 계시던 것이었어요.

나는 산을 바라보았어요. 끝이 날카롭고 눈이 부실 만큼 수많은 흰 돌들이 모인 것같이 보였고 어느 꼭대기나 하늘로 곤두서 있는 것같이 보였어요. 갑자기 저는 기어 올라가기 시작했어요. 그 무엇이 속삭여 주었는데, 당신도 그것을 좋아할 거예요. 발바닥이 견딜 수 없이 아팠는데 입 밖으로 내어서는 안 된다고 느껴 이를 악물었죠. 줄타는 광대처럼 팔을 벌리고 서서히 높이 올라갔어요. 그 동안 당신은 아래 쪽에 서서 태연히 저를 쳐다보고 있었어요.

산이 자라는 것같이 생각되었고 산꼭대기에 가까이 갈 때마다 새로운 비탈이 나타나곤 했죠. 나는 힘이 빠져 멈췄어요. 그런데 당신은, 처음에는 부드럽게 말하다가 다음에는 성을 내고 마지막

에는 위협하듯이 잔인한 말로 저를 앞으로 휘몰았어요. 나는 발바
닥에서 따뜻한 그 무엇이 돌 속으로 떨어지는 것같이 느껴져서
고통을 참지 못해 손을 비비다가 핏발 선 눈으로 아래를 내려다
보니 당신이 '위로! 꾸물거리지 마!' 하고 목소리마저 바꿔 외치
더군요. 그래서 저는 맥을 놓고 주저앉아 큰 소리로 울다가 잠을
깼어요. 너무 큰 소리로 울어서 옆방에서 잠자던 주인집 아주머니
마저 깨어났죠."

그녀는 미소를 지으려고 애썼다. 내 속의 모든 것은 눈물 속에
서 떨고 있었다.

"당신 꿈은 나라는 인간을 무엇으로 생각하고 있는 것일까요?
귀여운 바보! 당신이 그런 꿈을 꾸었을 땐 열이, 열이 있었던 거
야. 열이 있을 때 그렇게 불안한 짓이나 또 부정적인 짓을 할 수
있는 거야. 나를 믿어요. 그리고 두려워해서는 안 되오. 친절한 마
음과 괴로움을 지닌 인간이 서로 전연 인식할 수 없는 그러한 영
역에는 손대지 않기로 합시다."

우리 둘은 손을 마주 잡고 수면을 바라보았다. 내가 좋아하는
경치, 가을에 몇 번이나 작별을 고했던 그 경치가 지금 눈앞에 전
개되어 있다. 키 큰 갈대가 무성하고 정원처럼 작은 섬이 희고 푸
른 물보라가 이는 급류 속에 우뚝 솟아 있다. 마른 갈대줄기에는
생명이 깃들어 있지 않았으나 어느 줄기에도 퇴색한 여름 장식이
남아 있어 회색의 새털 같은 솜털이 달려 있었다.

영롱한 빛이 엉켜져 부드러운 갈대꽃에 뭉쳐 그것이 격류 위를
구름처럼 흐르고 있는 것 같았다.

한나의 야윈 뺨에는 눈물이 흐르고 있었으나 마음을 진정하고
명랑한 얼굴로 고요한 빛을 바라보고 있었다.

❧

2월 27일

이미 아무런 관계 없는 세계, 이미 더 많은 은혜를 받을 수 없는 세계에 산다는 것은 사람을 얼마나 자유롭게, 또 고요하게 만드는 것인가!

❧

3월 1일

저녁 6시 반에 주인집 아주머니가 나를 데리러 왔다. 집 여자가 심한 오한에 걸려 몹시 열이 난다는 것이다. 한나는 겨우 나를 맞아들이고 떨리는 손가락으로 컵을 움켜쥐고는 약을 단숨에 먹어버렸다. 그에 이어 곧 등잔불이 눈에 부신다고 호소하고 꺼 달라고 청하였다. 방 안이 어둠침침해지자 열이 오르기 시작하였다. 그녀는 나를 아버지라고도 부르고 어머니라고도 부르면서 헛소리를 하였다.

"흰 옷을 입은 여인들에게 오늘은 오지 않아도 좋다고 말해 줘요. 당분간은 걱정 없으니! 저기 거울 속에서 또 한 사람 나와요. 아니야, 두 사람이야. 아니, 아니, 많은 사람들이야. 아! 수없이 많은 사람들이야…… 모두들 팔에 병을 안고 와서 그것을 나에게 주려고 해요. 집에 있어 달라고 해주세요. 진정으로 부탁해 주세요. 될 수 있는 대로 정중하게 말해 주세요. 당신이 저 사람들을 모욕하면 내가 그 보답을 받아야 해요."

나는 다시 불을 켜려고 하였으나 그녀는 그렇게 하도록 내버려 두지 않고 나의 손목을 잡고서는 그것에 의지하여 일어나더니 가만히 귀를 기울이고 있었다. 바깥 복도에서 어떤 아이가 울고 있었다. 그러자 곧 그녀의 아기 모습이 어둠 속에서 떠올라 눈앞에 나타났다.

"모두가 작은 프란츠를 못살게 굴고 버릇을 고쳐 놓겠다고 하고 있어요" 하고 그녀는 침울하고 절망적인 목소리로 말했다. "왜 저 애를 가만히 내버려 두지 않는거죠? 물론, 그의 엄마가 영원히 그 아이와 헤어져 불쌍하게도 그 아이는 거의 혼자 외롭게 자라고집이 좀 셀지도 모르겠어요."

그 어린아이는 잠시 동안 울음을 그쳤다가 더 심하게 울기 시작했다. 그러자 한나는 심한 흥분에 빠지고 말았다. "저 아이에게 조그마한 심부름이라도 시키세요. 가게에라도 보내세요 — 곧 희색이 만면하여 좋아할 거예요. 아! 왜 의사는 나에게 언제까지나 누워 있으라고 명령하는 것일까? 나 같으면 우는 아기를 곧 달랠 수 있을 텐데. 아기 다룰 줄 아는 사람 같으면 성내거나 우는 아기를 곧 달랠 수 있을 텐데. 아기 다룰 줄 아는 사람 같으면 성내거나 우는 아기를 요술쟁이처럼 달래 버리는데……. 자랑스러운 듯이 조그마한 주먹엔 돈을 쥐고 다른 손으론 오라고 손짓을 해요……. 그는 저 흰옷을 입은 여자들을 두려워할 필요도 없어요. 어느 여자도 그의 머리카락 하나 다치게 하지 않을 거예요. 내 아기라는 것을 누구도 모르니까……."

그녀는 이불을 차 던지고 창가로 가려고 하였다. 나는 억지로라도 못 가게 하지 않으면 안 되었다.

"당신은 여기서 무슨 일이 있나요?"

그녀는 쉰 목소리로 말했다.

"정말 나를 모르겠어, 한나?"

나는 조심스럽게 부드럽고 냉정하게 말했다.

"사실이에요? 자꾸 그런 생각이 드는군요."

하고 그녀는 한숨을 지었다. 여전히 의심스럽다는 표정을 하고는―. 그러나 이미 지난날의 그 정다운 음성으로 돌아가고 있었다. 그러자 그녀는 맥이 빠져 침대에 쓰러지더니 잠들고 말았다. 그 가루약이 효과를 나타내기 시작하여 이마와 두 손에서 땀이 나고 맥박은 점점 느려져 갔다.

나는 등잔에 불을 켰다.

한 30분 가량 잠들었던 한나는 잠이 깨었다.

"이젠 좀 어때?"

"차츰 좋아 가요. 차츰차츰 좋아 가요. 다만 발이 좀 아파요. 아마 먼 곳까지 갔다 와서 그러나 봐요."

❀

3월 5일

다른 사람에게는 기적을 낳는 약도 그 여자에게는 소용이 없다. 이젠 그 여자가 훨훨 타오르는 불을 끄고자 하는 기도는 모든 불길을 더 일으켜 놓는 데 지나지 않았다.

❀

3월 11일

모르핀이 없었더라면 그녀는 오래 전에 죽었을지 모른다. 동정

심을 가지고 사람을 속이는 이 독약을 먹자마자 그녀는 날개를
달고 사뿐 높은 곳으로 나는 것 같다. 그녀는 편히 호흡하고 농담
을 하면서 웃고 잡담을 한다. 그러나 갑자기 그녀에게서 그 약을
빼앗아 버린다면 날개가 시들어져 아래로 떨어져 버릴 것이다.

✦

3월 21일

사람들을 내 곁으로 유혹하도록 항상 나에게 압박하는 것이 있
다니! 더욱이 "너의 삶이 다 됐노라"고 모든 것이 외치고 있는
나에게. 하지만 나는 어쩌면 좋단 말인가?

G씨를 왕진하도록 되어 있으나 그는 이미 외출하고 없었다.
그는 이미 거의 다 나은 것 같다고들 말하고 있었다. 그래서 곧
떠나고자 거실에서 아이들을 데리고 놀고 있는 부인에게만 잠시
인사하고 돌아가고자 했는데 그때 마침 양녀인 리다가 들어왔다.
이 소녀의 건강이 좋지 못한 데 대해서 이 아름다운 부인은 오늘
유별나게 많은 근심을 보여주었다. 리다는 옅은 갈색 머리카락의
소녀로서 튼튼한 몸집을 하고 침착한 태도를 취하고 있었다. 성숙
해 가고 있는 아이들의 이러한 모습을 나는 꽤나 좋아한다. 총명
하게 보이는 넓은 이마가 회백색의 눈 위에 그늘을 짓고 있었다.
아무런 병적인 점은 나타나지 않고 다만 열네 살 난 소녀로는 어
울리지 않는 날카로운 고통의 주름살이 콧마루에서부터 입 언저
리까지 있었다. 나는 서둘러 진찰하기 시작하였다. 그러나 G부인
은 그에 앞서 나를 다른 방으로 데리고 가서는 거기서 이 병 증
세에 대해서 알아두지 않으면 안 된다고 말하였다.

서늘하고 신 과일 냄새에 구역질을 느끼면서 문턱을 넘어섰을 때, 지금껏 잊고 있었으나 언젠가 들은 적이 있는 소문에 대한 기억이 나를 스쳐 갔다. 소문에 의하면 리다는 젊어서 죽은 G씨의 여동생이 낳은 사생아이며 G씨 부부가 고인에게 갚아야 할 어떤 모호한 명예상의 부채에 관한 이야기가 있었으므로 리다를 자기 아이로서 양육할 것을 고인에게 맹세하지 않으면 안 되었다는 것이었다. G부인은 매우 재주 있는 사람이나 이기적이고 교활한 여자이며, 특히 사내아이를 낳고 난 뒤부터는 받아들인 책임에 진저리가 나서 갖은 방법으로 리다를 해치고 괴롭혀 왔으며, 실상 그 남편의 보호가 없었더라면 소녀는 집에 머물러 있지 못했을 것이라는 소문이었다.

나는 좀더 상세히 듣기 위해 말을 조금만 하겠다고 마음먹었다.

"오래 전부터 저 애는 마음에 들지 않았어요."

하고 아름다운 부인은 빨리 입을 놀렸다.

"저 투명한 듯한 누런 피부와 거친 목소리를 알아채지 못하셨나요? 제 엄마도 폐병으로 죽었어요. 저 애 육체 속에도 그 병이 숨어 있어요. 아마 틀림없이 깊이 숨겨져 있을 거예요. 어쨌든 선생님은 곧 그것을 알아내실 거예요. 이런 노련하신 진찰의 대가의 눈을 어찌 피할 수 있겠어요? 게다가 저 애는 밤에 이를 갈며 결핵성의 얼굴을 하고 있으면서도 배가 남의 세 배나 고프답니다. 이곳의 속담으로 말하자면 '죽음의 신이 그와 함께 먹는다'고도 볼 수 있죠. 선생님, 제발 자세히 좀 진찰해 주시고 진찰비를 너무 싸게 계산하시지는 마세요."

하마터면 위로의 말이 목구멍까지 튀어나올 뻔했다. 지껄이고 있는 여자의 얼굴이 그렇게 가련할 수 없을 만큼 긴장되어 있었으며, 만약 내가 리다를 폐병이라고 선고하지 않을 경우에는 다른 의사에게 부탁해서라도 그렇게 되도록 할 것을 굳게 결심하고 있다는 것을 누가 봐도 알 수 있었다.

"이 도시에서는 선생님을 매우 칭찬하고 있어요."

하고 잠시 있다가 말을 잇고는 생각해 볼 수도 없을 만큼 진심 어린 눈으로 나를 쳐다보았다.

"저도 선생님에게는 많은 신뢰를 하고 있어요. 곧 가서 딸을 데리고 오겠습니다. 그런데 저, 한마디만 더 여쭙겠어요. 저 선생님, 조금 있다가 귀중한 시간에 틈이 생기면, 죄송하지만 병세의 종류에 대해서 몇 자 적어 주세요! 그것은요, 아무도, 심지어 내 남편까지도 폐병쟁이와 노는 것이 우리 아이들에게 위험하다는 것을 믿으려 하지 않아요. 우리 아기들은 행복하고 귀여운 아이들이에요. 나중에 와서 치료가 늦어지는 것은 그 얼마나 무서운 일인가요? 아니에요, 조금도 변명하여 체면을 세우실 필요는 없어요. 불쌍한 리다지만 그가 조그만 동생들에게는 하나의 위험, 전염의 중심을 의미한다는 것을 확실하게 단언해 주세요. 아직도 그리 늦지는 않았어요. 저 애를 요양소나 혹은 어디든지 선생님이 좋다고 생각되시는 곳으로 보낼 수가 있어요……"

부인은 리다를 부르기 위해 문을 열었다.

그 소녀는 미소를 띠고는 주저하다가 방 안으로 들어왔다. 옷을 벗으라고 말하자 그 아이는 짙은 다홍빛이 되어 더 웃지 않았다. 어떤 교도관도 또 어떠한 배반자도 이 순간의 나처럼 비참한 느낌을 가져 본 사람은 없을 것이다. 나는 청진기를 대고 심장에 귀를 기울였다. 고동은 힘차고도 깨끗하게 매우 아름다운 박자로 울리고 있었다. 그 후엔 폐로, 어디에나 부드럽고 건강한 호흡이 흐르고 있었다.

청진하는 시간을 질질 끌면서 나는 생각에 잠겨 있었다. 밖에서 초인종 소리가 울리고 곧 이어 노크소리가 났다. 그 부인은 호출을 받고 밖으로 나갔다.

"애 리다야, 너는 예쁜 아기지, 나에게 한 번 말해 봐, 응? 제일 친한 친구에게 말하는 거와 다름없이 터놓고 말해 봐, 응? 너는 언제까지나 엄마와 함께 살고 싶니? 언제든지 저 먼 곳으로 가야 한다면 매우 괴롭지 않겠니?"

"내가 이 집에서 나가야 한다는 것은 나도 알고 있어요."
하고 소녀는 침착한 태도로 말했다.

"내가 폐병을 앓고 있다는 것도 알고 있어요. 푸리츠가 다 말해 주던 걸요. 잠잘 때 엄마와 아빠가 얘기하는 것을 푸리츠가 다 들었어요. 푸랑렌에 폐가 나쁜 관리들의 딸들을 위한 병원이 있대요. 전나무 숲 한가운데예요. 거기에 나는 무료로 입원할 수 있어요. 후에 건강하게 되면 화장품 가게의 심부름꾼으로 들어가게 되어 있다고 푸리츠가 말했어요."

"집 생각이 나지 않을까?"

"그건 모르겠어요. 아마 괜찮을 거예요."
하고 갑자기 네 살이나 더 먹은 것처럼 미소를 띠고 그 소녀는 대답했다.

"리다야, 넌 행복하게 될 수 있어. 아직 너는 무슨 말인지 모르겠지만, 곧 이곳을 떠날 거야. 머지 않아. 내가 돌봐 줄게. 그렇지만 너는 그리 심한 것은 아니야. 빨리 성숙해지는 아이들에게 흔히 있는 징조에 지나지 않아. 한 두서너 달 숲속에서 조리한다면 못 알아볼 만큼 건강하게 될 거야. 후에 가게에 보내질 때엔 안심하고 갈 수 있어. 언제까지나 변하지 않도록 해요. 항상 우울한 사람이나 성질이 과격한 사람보다 조용하고도 유쾌한 사람에게 마음을 터놓고 얘기하도록 해요! 어떤 의논할 일이 있든지 도움을 필요로 할 일이 있거든 나에게 편지하도록 하고."

"네, 네. 언젠가는 편지요, 선생님."

"만약 내가 없거든 — 나는 지금 긴 여행을 계획하고 있으니 — 라인켄스에게로, 산트바하에 있는 게오르그 라인켄스에게로 편지해. 그 사람은 나의 유일한 친구이니 오늘 중으로 너의 이야기를 해두마. 얼마나 그가 기뻐할까. 빨리 주소를 적어 둬."

그 소녀의 얼굴은 화끈 달아올랐다. 그는 고개를 수그리고 손바닥을 내 쪽으로 돌려 손을 비비고 말없이 앉아 있었다. 그 소녀의 마음은 몹시 흔들리고 있는 것같이 보였다. 그는 이 순간의 귀중함을 생각지 않고 있었다. 게다가 웃옷을 벗고 내 앞에 앉아 있다는 것도 염두에 없었다. 머리를 더욱더 수그리고 그의 눈이 연한 파랑색 목걸이에 걸려 가슴 앞에 매달려 있는 은메달에 부딪쳤을 때야 비로소 벌거벗고 있다는 것을 깨닫고 급히 속옷을 어깨에 걸쳤다. 그 후 그는 연필이 달려 있는 조그마한 달력을 꺼내 무릎 위에 놓고 빈 곳에 큼직하게 속기술의 기호로 '뷔르거' 라는 이름을 썼다.

"내 이름을 쓰면 안 돼! 게오르그 라인켄스라고 써야지."

그 소녀는 입술을 깨물고 말없이 고개를 좌우로 흔들었다. 그 소녀의 눈은 이루 말할 수 없이 많은 것을 호소하고자 하는 것처럼 점점 커져 나의 눈을 바라보고 있더니 나중에는 눈물이 가득 고여 있었다. 그 소녀는 작은 달력을 보호하려는 것처럼 왼손에 쥐고 있더니 갑자기 13년 동안 쌓이고 쌓인 정열로 가슴에 얼싸안았다.

"선생님께 편지하겠어요."

라고 밖의 발자국 소리가 가까워지자 되풀이해서 말했다.

문이 급히 열렸다.

"자, 우리집 아픈 리다는 어때요? 설마 그렇게 심하지는 않겠지요?"

❖
4월 2일

M상점의 고용인들은 다른 의사를 부르든가 병원에 입원하든가 하라고 한나를 충동질하고 동시에 나에게도 그것을 승낙하겠느냐고 터놓고 물었다. 나는 승낙했다.

한나는 그것을 들으려 하지 않았다.

"지금 나를 치료하고 있는 의사가 나를 구할 수 없다면 아무도 나를 구할 수 없을 거예요."

❖
4월 8일

어젯밤에 어떤 사나이가 얼음과 흙을 삽으로 가득 퍼서 한없이 내 위에 던졌다. 그것들이 쌓이면 쌓일수록 내 가슴은 가벼워지고 따뜻해졌다.

✤

4월 21일

진찰시간이 끝난 다음 약제사에게 갔다.

우리집 현관에서 시市 서기 집의 열어젖혀진 문앞을 지나가다가 곧 머리카락이 반짝반짝하고 항상 맨발로 다니는 어린 소녀 토니를 만났다. 이 소녀는 내가 계단을 내려오면 언제나 살며시 나와서 나에게 미소를 던져 준다. 바람처럼 나타나서는 한 마디 말도 없이 쉴새없이 깡충깡충 뛰고 중얼거리고 하면서 시장 저 너머까지 나의 앞장을 서서 간다. 이따금 그 파란 눈으로 나를 곁눈질하기도 한다. 길조심을 하지 않아 돌부리를 차도 표정 하나 변하지 않는다. 약방 앞까지 와서 이제 집으로 돌아가라고 타일렀다.

그 소녀는 고개를 흔들며 다정하게 말했다.

"여기서 기다리고 있을래요."

간혹 그 모습을 나타내어 어른에게서나 아이들에게서나 매우 괴상한 사람이라고 웃음의 대상이 되고 놀림을 받는 이 늙은 약제사는 처음엔 말없이 나타난다. 그는 입을 다문 채 처방대로 약을 지었다. 내가 막 나오려고 할 때 그는 갑자기 말을 꺼냈다. 시간적 여유가 있고 또 마음이 내키면 정자로 가서 실험실과 광물을 구경하지 않겠느냐고.

보통 사람과는 좀 특이한 이 사나이의 태도와 음성이 나를 움직여 따라가 보기로 했다. 우리는 천장이 높은 벽을 지나서 밖으로 나갔다.

정원은 일종의 테라스 위에 있었다. 파란색을 띤 안개로 뒤덮이고, 꽃으로 노란 얼룩이 진 조그마한 시내의 골짜기 그 너머까지 바라볼 수 있었다. 하늘에는 커다란 구름이 움직이고 있었다. 폭

넓게 빨리 흐르는 슬레이트 같은 구름 아래 조금도 움직이지 않는 연한 미색의 크고 둥근 덩어리 구름이 형태를 흐트리지 않고 버티고 있었다.

"요오드, 그 얼마나 눈에 띄지 않는 물질인가! 우리들 눈에는 거무스레한 회색의 얇은 조각이나 분말가루로 보입니다마는 태워 보면 단숨에 오랑캐꽃 빛깔의 연기로 사라져 버립니다."
라고 말하면서 그 노인은 여러 가지 실험을 해 보였다. 나는 그 자신에 대해서도 그와 비슷한 것을 경험했다.

나의 흥미가 나의 지식처럼 그렇게 큰 것이 못 된다는 것을 그는 분명히 느끼고 있었다. 그만큼 나를 자극시켜 보겠다는 그의 열성은 강했다. 그리하여 그 자신이 열중해 버렸다. 그러나 그의 수수께끼 같은 문구는 지식층의 사람을 위한 것이라기보다는 오히려 공상적인 무식자를 위한 것이라고 느껴졌다. 사실이지 그의 말은 한 마디도 곧이 들리지 않았으나 그의 말 한 마디 한 마디에는 말로 표현할 수 없는 그 무엇이 번뜩이고 있었다. 그는 자연 현상을 마치 꿈처럼 해석하고 있었다.

그는 수정에 대해서도, 수정은 강력한 압력을 받아 어쩔 수 없이 저와 같이 매우 아름답고도 대담한 형태로 고양된 세계의 고지자告知者라고 말했다. 그러나 그의 본질이 그러한 신적인 성격을 받는 것을 거절당하고 있는 슬픈 광물적인 힘도 존재하는 것이다. 저 담백석을 생각해 보라. 그것은 그러한 무정형 물질로서 최고의 것, 즉 결정으로 될 혜택을 영원히 못 받고 있는 무정형 물질인 것이다. 이러한 수정 덩어리에는 꽃피울 것을 영원히 거절당하고 있는 나무의 괴로움과 같은 고통이 숨겨져 있지 않을 수 있을까?

그가 그 자신을 의심하는 듯한 괴상한 웃음을 띠면서 꾸며내는 기괴망측한 참말 반, 거짓말 반 같은 생각에 오래 따라갈 수는 없었다. 다만 몇 마디의 문구만이 아무런 관련성 없이 나의 기억에 남아 있을 따름이었다.

"우리들이 소년시절의 그 큰 꿈에서 깨어났을 때 세계가 우리에게 요구하는 제일 첫번째 것은 우리의 욕심을 거부하는 것이다. 이러한 일은 아무도 우리에게 증명해 준 사람은 없으나 누구나 다 같이 가슴속에 신성하게 지니고 있는 것으로 느낀다."

"어떠한 하나를 항상 바라보고 그것에 대해서 생각하게끔 주어졌다면 우리는 점점 그와 같은 것으로 변해 갈 것이다. 성인들도 그렇게 믿고 있었고 해바라기의 그 모습도 또한 그것을 입증하고 있다."

"광물이라거나 금속 따위의 제일 간단한 이 지구상의 물질에 대해서 불안한 악마적인 기쁨을 느끼는 것은, 결국 우리들 자신이 그러한 힘 속으로 다시 뚫고 들어가고자 끊임없이 원하고 있기 때문에 일어나는 일이 아닌가?"

"무엇 때문에 불완전한 것을 관찰하는 것일까? 그것은 우리를 영원히 슬픈 어스름 속에 붙들어 놓는다. 자유롭게 태양을 바라보자. 굴절하지 않은 광선의 최초의 따가운 눈부심을 두려워하지 말자. 그 언젠가는 우리도 신의 참다운 아들이 될 수 있으리라. 그 옛날 흰 나비의 날개 위에 최초의 무늬가 희미하게 나타난 것처럼 우리들에게도 영원한 것의 부호가 가만히 각인될 것이다. 그러면 죽음은 그의 힘을 잃고 틀림없이 우리를 사랑할 것이고, 환자는 우리가 어루만짐으로써 병이 낫게 될 것이다."

나는 곧 이별을 고하였고, 다시 놀러오라는 청을 받았다.

이 외로운 넋의, 나로서는 결코 알 수 없는, 불가사의한 행복은 그 자신이 만들어 놓은 껍데기 속에 생명의 양식인 공기를 물속으로 끌어내려가는 저 이상한 물거미와 같이 그는 환상과 지혜의

에테르에 싸여 있다. 그 속에서 아무 위험 없이 호흡하고 있고, 다른 사람이 그의 곁에서 질식하는 것을 모르고 있다.

약방을 나왔을 때 시계가 6시를 쳤다. 뭉게구름이 떠 있었고 찌는 듯한 바람이 맴돌면서 먼지를 불어 올리고 굵은 빗방울이 떨어지고 있었다.

토니가 층층대 손잡이에서 체조하고 있다가 나에게 웃음을 던졌다.

나는 멈칫 화난 것처럼 하고는 말했다.

"왜 여기서 빈둥거리고 있어? 무엇 때문에 집에 가지 않았니?"

"아저씨를 기다리고 있었어요."

그 소녀는 깜짝 놀라 대답했다.

내가 그를 번쩍 들어 힘껏 가슴에 부둥켜 안았더니 그는 불안스러운 얼굴을 하였다. 그리고 우리는 손에 손을 잡고 번개와 천둥치는 속을 뚫고 집으로 향했다.

♣

4월 25일

한나는 이젠 열이 나지 않는다. 그러나 그의 심장은 약하고 빠르게 뛰고 있다.

한나는 오전과 한나절을 잠으로 보내고 2시쯤 되어서야 비로소 꿈에서 깨어났다. 그 꿈의 뜻을 그녀로선 정확히 해명할 수 없었으나 그녀를 말할 수 없이 기쁘게 해주었다. 그녀는 작은 푸리츠와 함께 공원의 의자 위에 앉아 있었다. 그것은 아직 채 어둡지

않은 저녁때였고 모든 것이 초목과 꽃 속에 싸여 있었다. 새들이
빙빙 돌고 있었으며, 아이들이 여기저기서 뛰놀고 있었고, 그들의
손에는 꽃을 가지고 있었다. 이윽고 한 어린아이의 인도를 받아
키 큰 회색의 여자가 왔다. 그녀가 장님이라는 것을 알 수 있었
다. 그녀는 푸리츠 곁에 앉아서 푸리츠를 그녀의 무릎 위에 올려
놓았다. 그녀는 움직이지 않는 눈동자를 크게 뜨고 먼 곳을 응시
한 채 손끝으로 어떤 문자를 풀어보고자 하는 듯이 어린아이의
고수머리와 귀, 이마, 눈과 얼굴 전체를 어루만졌다. "잘되어 가겠
지요"라고 그녀는 마지막에 수수께끼처럼 중얼거리고는 호의를
가진 엄숙한 얼굴로 한나 쪽을 바라보았다. 한나는 곧 정신이 들
었다. 아니, 꿈을 깨고 난 뒤에 오히려 그 말을 들었다고 그녀는
말했다.

아직 어둡기도 전에 한나는 아무런 단말마의 고통도 없이 편안
히 잠자듯 이 세상을 떠났다.

❦

4월 27일

작은 로오자 에겔도 오늘 한나의 뒤를 이었다. 폐병은 요즈음
악화되지 않고 있었다. 아직 몇 달은 더 살 수 있었을 것이다. 현
재 물방아 골짜기 전반에 만연되고 있는 성홍열猩紅熱이 그의 죽
음을 재촉했던 것이다.

✤

4월 30일

시골의 환자를 찾아가기 위해 묘지로 나 있는 길을 걷다가 우연히 작은 로오자의 장례식 행렬과 만났다. 종이 울리고 장례식에 참석한 사람들의 무리가 언덕을 올라오는 것이 보였다. 아래쪽 강가에서는 나루터의 쇠사슬이 삐걱거리고 있었고, 나룻배는 엄숙하게 차려 입은 소년과 소녀를 가득 싣고 이쪽으로 오고 있었다. 묘지는 부드러운 원형을 이루고 있는 언덕의 북쪽 전체에 뻗쳐 있고 그 위쪽은 심한 낭떠러지가 되어 풀이 무성한 둥근 꼭대기에 닿아 있었다. 여기서 조금 떨어진 곳에 이 꼭대기에서 벽 위로 폭이 넓은 회색 바위가 불쑥 튀어나와 있었다. 얼마 후에 육지에 올라온 아이들이 한 사람 한 사람 차례로 언덕을 올라와 그 편편한 화강암 바위 위를 점령하는 것이 보였다.

내 옆에 서 있던 젊은 부인이 어떤 노인에게 이 가련한 광경을 설명해 주고 있었다. 지금 묻히고 있는 저 소녀는 전염병으로 죽었기 때문에 학우들은 매장하는 동안 가까이 오는 것이 금지되어 있다고 소근댔다. 그러나 학생들은 어떻게 해서든지 이 여자 친구의 장례식에 참석하기를 원하여 묘지 바깥의 바위 단壇 위에 모이는 것을 허락받았다. 대부분의 학생들은 거기에 조용히 서 있었다. 모든 사람들의 시선이 집중되어 그들은 좀 어리둥절해했다. 매우 초라한 옷차림을 한 한 소년이 들꽃을 손에 들고 다른 아이들 틈을 헤치고 앞으로 나와 잠시 동안 주저하다가 결국 갑자기 용기를 내어 갖고 있던 꽃다발을 파놓은 무덤 쪽으로 힘껏 내던졌다. 그러나 그 무덤은 훨씬 더 멀었고 꽃은 바람벽에 가까운 한 나의 무덤 위에 떨어졌다.

향내가 공중에 가득 차고 신부님이 노래하고 관이 삐걱삐걱 소리내며 내려가고 몇몇 사람들이 흐느끼고 있었다.

나는 다시 가던 길을 재촉했다.

근처의 산에서 다시 한 번 되돌아보니, 남녀 학생들이 아직 바위 위에 모여 있는 것이 보였다. 그들은 질서정연하게 열을 지어 서 있었다. 모든 아이들의 얼굴이 바위의 맨 앞쪽에 서 있는 어린 아이에게로 향해 있었다. 그의 금색 머리카락이 바람에 나부꼈다. 그가 박자를 잡으면서 오른손을 들자 노래가 시작되고 그 소리는 이쪽까지 울려 왔다.

⚜

5월 3일

불쌍한 한나, 그녀의 무덤은 조그맣고 아무런 장식도 없이 놓여 있다. 나의 상록수 꽃다발이 거기 놓여진 단 하나의 꽃다발이다.

그녀가 이 세상에 살아 있을 때 그녀는 많은 부인들의 무덤을 장식해 주었다. 그러나 지금은 꽃을 가지고 그녀의 무덤을 찾아 주는 이는 아무도 없구나.

밤늦게 등잔을 밝히고 펜을 들고 있으려니, 캄캄한 거리에 그녀의 몸에서 발산하는 빛을 나는 느낀다. 이 현세의 금제禁制는 그대가 문턱을 넘어 들어오는 것을 거부하고 있다.

허나 그대는 애처롭게도 변치 않는 마음을 지니고 사랑하는 사람의 집 둘레를 서성거리며 언젠가는 그 속으로 들어갈 수 있는 그 시기가 올 것을 확신하고 기다리고 또 기다리고 있는 것이다.

✤

1909년 5월 9일의 그렌츠부르크 주교의 편지

"선상에서 당신과 이야기하고 난 뒤부터 나는 몇 번이나 당신을 만나 뵙고자 원하였으며, 또 만나 뵐 수 있으리라고 기대하고 있었습니다. 그러나 당신은 환자 곁에만 나타나시고 건강한 사람 곁은 그냥 살짝 지나가버리는 것같이 보입니다.

이 고을에서는 당신에 대한 이상한 소문이 떠돌고 있었습니다. 당신은 환자를, 아니 게다가 위업을 그만두고 그렌츠부르크에서 떠나고자 한다고들 숙덕거리고 있습니다. 많은 사람들이 그 점에 대해서 유감으로 생각할 것이라는 데 대해서는 오늘 이야기하지 않겠습니다. 또 당신이 신부의 초상 앞에서 그러한 조치를 취한 데 대한 책임을 질 수 있을지 어떨지에 대해서는 언급하지 않겠습니다.

일흔 살이나 된 노인은 어떤 사람이 선택하는 길에 대해 그게 그릇된 길이라고 책하는 것을 삼갑니다. 때때로 하나님께서는 우리들을 속이십니다마는 항상 좋은 길로 인도하십니다.

나는 당신에게 솔직히 제안합니다. 나의 조카뻘 되는, 당신과 동년배의 의사이며 지금도 작센의 요양소에 근무하고 있는 사람이 당신과 같은 폐병 치료법에 헌신적인 노력을 하고 있습니다.

예전에 그는 당신 아니면 당신의 부친에게 편지를 낸 적이 있습니다만 그에 대한 아무런 회답도 받지 못하였습니다. 그 자신도 폐병을 앓고 있었기 때문에 맨 먼저 자신에게 그 약을 실험해 보고 그 다음에 환자에게도 그 약을 써 보았는데, 그 치료는 모두 성공하였습니다. 그런데 그의 계획이라는 것은 그의 출생지인 그렌츠부르크 근처에 병원을 세우고 그 환자들에게는 물론, 지금 한

창 마련되고 있는 모든 위생적 요법과 식이요법을 써보겠으나 근
본적으로는 주로 당신의 치료법을 쓰겠다는 것입니다. 그는 그 방
법이 최상의 효과를 올릴 것이라고 확신하고 있습니다. 터놓고 말
씀드린다면, 즉 어느 의미에서 본다면 당신의 그 치료법을 사겠다
는 것입니다. 이따금씩 달라진다는 당신의 처방이 그의 주의를 끌
었습니다. 그래서 당신이 폐병환자를 치료하는 동안에 어떤 경험
들을 했는지 또 이러저러한 특수한 경우에는 어떤 처치를 취하는
지를 서면 또는 구두로 거리낌없이 일러주시는 것이 그에게는 무
엇보다도 긴요한 일일 것입니다. 그가 당신에게 제공하게 될 금액
의 보상으로서 당신 이름을 그의 목적에 유용하다고 생각될 만큼
쓸 것도 또한 승낙해 주셔야 할 것입니다. 그리고 또 병원을 개업
한 후에는 그렌츠부르크에서 백 킬로미터 내의 지역에는 3주일
이상 머물러 있지 못하게 될 것입니다.

　이 일에 대해서 잘 생각해 보시겠다는 뜻의 편지를 주시기 바
랍니다. 그리고 나의 조카는 모레 당신을 찾아뵙게 될 것입니다."

　안과 밖에서 동시에 이상한 일들이 일어난다. 별다른 목적도 없
이 이 연구의 기본 조사도 해두고, 관찰한 일을 낡은 것이나 새로
운 것이나 모두 몇 년 동안 쓰일 만한 것이라고 느껴진 것들을
노트에 적어 두었던 것은 그 얼마나 잘한 일이었던가! 모레 그를
만나게 된다면 그 분은 나의 적요摘要를 매우 기뻐하겠지.

　그러나 돈은? 나는 아무것도 청구하지는 않겠지만 내주는 것은
아무런 거리낌 없이 받아 두었다가 작은 푸란츠를 위하여 그의
양모에게 의탁해 두자. 그 어린아이는 어려운 세대에서 자라나고
있다. 아마 비록 하찮은 것일지라도 언젠가는 그에게 유용하게 쓰
여질 때가 있으리라.

너는 나를 다시 데려올 것이다. 생존했다가 사라져 버리는 넋이여! 나는 지금 끝없는 정적이 나를 찾아들 때, 또 네가 가끔 나의 눈을 열어 줄 때 그것을 느낀다. 현실에서 일어나는 사건의 가면이 두려움에 사로잡힌 나를 이따금 놀라게 하였으나 그 가면을 너는 서서히 벗어 버린다. 무수한 변화를 통하여 나는 너의 참다운 모습을 어렴풋이 느낀다.

❦

5월 12일

밝은 대낮에 안락의자에서 잠든 나는 뚜렷한 꿈을 꾸었다.

꿈속에서 나는 고향 산촌의 어린아이가 되어 있었다. 책가방을 등에 비껴메고 벌써 다른 아이들이 가득 모여 있는 교회로 뛰어갔다. 그러나 조금 후에 숲으로 올라가는 옆길에 한나가 가는 것을 보았다. 그녀는 갈색 모피로 깃을 단 짙은 남색 옷을 입고 있었으며 보통 때보다 더 큰 것같이 느껴졌다. 정신없이 나는 학교 가는 길에서 떠나 그녀의 뒤를 따라 숲속으로 들어갔다.

그때는 깊은 겨울이었다. 큰 전나무가 드문드문 서 있었고 서리가 실처럼 되어 줄기마다 매달려 있었다.

나무로 변한 뿌리가 길을 여러 갈래로 나누고 있었다. 서리가 그 뿌리 위에서 엷은 은색의 갈래꽃이나 버섯 같은 모습을 하고 있었다.

푸른 몸차림을 한 그녀는 단 한 번도 내가 있는 쪽으로 되돌아보지 않았다. 이따금씩 그녀는 나무 그늘 사이에 숨어 보이지 않곤 했다. 갑자기 그녀가 훤하게 탁 트인 공터에서 죽은 어린아이 위에 무릎을 꿇고 구부리고 있는 것을 발견하였다. 어린아이는 눈

한가운데 드러누워 있었다. 그의 이마는 그녀의 이마를 닮아 있었다. 깊이 슬픔에 잠긴 몸짓으로 그녀는 작은 죽음에 입맞추고 그것을 그의 옷자락에 쌌다가는 다시 풀어 내어 굳은 가슴 위에 입김을 불면서 입을 가져가 목숨이 붙어 있는지 어쩐지를 불안한 마음으로 살펴보다가, 드디어 어떤 생각이 떠올랐는지 내 쪽으로 되돌아와서는 가방을 빼앗아 열심히 뒤지고 있었다. 한참 뒤지고 있더니 어머니가 매일 아침에 싸주시는 조그마한 빵을 꺼냈다. 조그만 빵은 성병聖餠처럼 반짝였고 점점 밝아지더니 마지막엔 별처럼 반짝였다.

그 빛이 꺼질까봐 두려운 듯 천천히 그녀는 그 빛을 다시 가져가 무한한 신뢰의 미소를 띠면서 어린아이의 가슴 위에 놓았다. 그러자 곧 그 맑고 검은 눈을 뜨고 핏기 없던 손발이 조금 움직였다. 그러나 그때 이미 꿈은 멀리 사라지고 말았다.

한나는 갑자기 온데간데없이 사라지고 되살아난 어린아이는 훌륭한 소년이 되어 나를 되돌아보지도 않고 곧 전나무가 늘어선 밝고 긴 길을 지나 점점 나에게서 멀어져 갔다. 어떤 소녀가 그 소년의 손을 잡고 인도하였다. 소녀는 마을 서기의 딸로 작은 토니 같기도 하고 혹은 양녀인 리다 같기도 했다.

한 마리 새가 앞장 서서 훨훨 날아갔다. 그것은 내가 지나간 겨울날 시장기를 풀어주지 못한 그 황회색 새였다.

그 새가 부리에 불꽃처럼 번쩍이는 무슨 흰 것을 물고 있는 것을 보다가 잠에서 깨어났다.

❦

5월 13일

다시 한 번 정오때에 강변을 거닐었다. 하늘에는 검은 구름이 잔뜩 끼어 있었으나 어느 구름들은 넘칠 것 같은 무한한 빛에 싸여 흐르고 있었다. 새는 시시각각으로 죽어 떨어져야 하는 운명에 있는 것처럼 몹시 날카롭고 높은 소리로 울고 있었다. 서풍이 불어와 먼지를 쓸어 모아 태양 주위에 시커멓게 몰려들었다. 좁은 틈 사이로 새어나오는 한 줄기 눈부신 빛이 구름의 움직임에 따라 탐조등으로 이리저리 비추는 것처럼 보였으나, 이윽고 기슭 가의 수면 위에 정지하고 있었다. 그곳에 졸졸 흐르는 물은 긴 벌거숭이 덩굴식물의 널찍널찍한 덩굴을 지나 흘렀다. 잎이 하나도 없이 다 떨어지고 우충충한 색깔이 뒤섞인 덩굴에는 수없이 많은 눈처럼 흰 꽃이 번쩍이고 있었다. 그것은 제일 정결한 밀랍으로 만들어진 것 같았고 노란색의 방울이 어느 꽃받침에서나 스며나오고 있었다. 말벌과 진홍색 잠자리가 그 위에서 몸을 떨거나 꿈적거리고 있었다.

영원한 자여, 그대는 넋을 지니고 그대의 일을 즐기고 있다. 나를 떠맡길 터이니 나를 멸망시켜 버려라! 그대에게서 솟아 나오는 모든 고뇌, 모든 쓰라림을 나는 축복한다. 그것은 꿀벌이 쏜 것처럼 병을 낳게 하는 것이다……

너의 모든 재주와 내심의 사색, 이 둘을 너는 기꺼이 내걸고 오랜 시일 동안 실패를 하고 난 후 짧은 시간에 한 번이나마 우리 불쌍한 인간들이 아름다운 현상이라고 일컫는 기적을 일으키고자 한다. 네가 나를 다시 부르는 것을 온몸으로 느낄 때 나는 나 자신이 그렇게 하는 것은 너무나 귀중하다고 생각해야 할 것인가? 오히려 기꺼이 너의 손으로 되돌아가야 할 것이 아닌가?

잠깐 동안의 수면, 너는 나의 온몸에 달콤한 것을 만들어 주었다. 너에게 바치는 것은 현명하다. 그에 대한 너의 보답은 불멸이다.

⚜

5월 15일

오후 산에 올라가 소나기를 기다린다. 대지의 모든 영靈이 주위에 보인 것처럼 경치의 변화를 느꼈다. 큰 거품이 물위에 떠 흐르고 있었다. 하늘은 아직 고요하다. 다만 낭떠러지의 풀과 작은 나무들이 물 끓는 것 같은 소리를 내고 있을 뿐이었다.

나는 숲속의 빈 터로 들어가 2년 전부터 뿌리째 뽑혀 거기에서 썩고 있는 느티나무 줄기에 앉았다. 가을의 저녁 산보를 한 후, 멀리 집마다 창문에 불이 켜지면 이곳에서 쉰 적이 있었다. 크게 눈을 뜨고 아래쪽을 내려다보며 꿈속에 잠길 때도 있었다. 괴로움을 참아 나가는 아랫마을 사람들에게 한층 더 맑은 자기 자신의 생명감을 가질 수 있다고 거룩한 마음으로 믿고 있던 적도 있었다. 그러나 속으로는 이미 이러한 모든 신앙의 위험을 예감하고 있었다.

나는 천천히 떡갈나무 가까이에 갔다. 나비 한 마리가 무거운 듯이 내 곁을 스쳐 떨어졌다. 나는 그것을 주워 보았다.

파란 반점이 있는 갈색 날개가 내리기 시작한 빗방울 때문에 상해 있었다. 벌벌 떨면서 나비는 나의 손바닥 사이에 숨었다가는 가만히 날개를 접었다. 나는 몸을 굽힌 채 그것을 바라보고 있었다. 순수한 동정심이 감미로운 애상을 불러일으키며 가슴속에 샘 솟아올랐다. 폭음을 내면서 화염으로 가득 찬 하늘이 한꺼번에 푸른 대지에 쏟아졌다. 불기둥이 두 농가에서 일어난다. 담황색의 화염이 구름 아래서 갈라졌다. 나는 한 그루의 떡갈나무 밑에서 떠나지 않고 나비를 지켜보고 있었다. 나비는 날개를 접고 손바닥에서 살며시 몸을 떨고 있었다. 여느 때는 오색영롱한 그 무늬가 나를 황홀케 했었는데, 지금은 날개의 광채 없는 회색 뒷면을 뒤덮고 있는 이상한 무늬가 신기해 보이기만 했다. 그것은 혼탁한 마음으로는 판독할 수 없는 글자였다. 나는 드디어 나의 마지막 시간에 가까워진 것을 느꼈다……

⚜

5월 16일 일요일

지난 일주일 내내 일을 충실히 한 후에 피곤했던 탓인지 깊은 잠에 빠졌다가 깨어나기 좀 전에 잠시 꿈을 꾸었다.

머리를 감싼 어린아이들이 전나무와 측백나무(애도哀悼 거상拒喪의 상징) 잎을 손에 들고 들어와 절을 하고는 춤추기 시작하였다. 아무도 악기를 갖고 있지 않는데 춤추는 데서 나직이 음악 소리가 울려 나왔다. 마지막으로 아이들 중에서 제일 키가 큰 아이가 바빠서 곧 떠나야 되지만, 오늘의 이날을 기념하기 위하여 이 다음부터는 해마다 이 춤을 출 작정이다, 아마 멀지 않아 우리들에 관한 이야기를 듣게 될 것이라고 말했다.

1시에 사기공장 일꾼들을 돌려보냈다. 그들이 돌아가고 난 뒤에 한 젊은 사람이 들어왔다. 깨끗한 몸차림으로 파나마 모자를 쓰고 엷은 쥐색 양복을 입고 새빨간 실크 넥타이를 매고 있었다. 그는 곧 자기는 매우 중환자로서 적어도 자기 폐의 반은 이미 병들었을 것이라고 설명하였다.

도대체 어떤 증세로 고통을 느끼느냐고 물었더니 양 손으로 이마를 짚고 열심히 생각하더니 할 말이 없어 어쩔 줄 몰라 하며 나를 쳐다보고 있었다. 옷을 벗는 그의 손이 떨렸다. 그는 병자 같지 않았지만 매우 치밀하게 진찰해 반 시간 동안을 이 사나이에게 바쳤다. 그러나 결국 이렇다 할 아무런 병적인 이상을 발견하지 못했다. 심장의 고동 소리, 호흡, 체온, 혈압 — 이 모든 것들이 부러울 정도로 정상이었다. 그는 나의 노고에 대해 깊이 감사하였으나 옷을 입는 동안에도 여전히 심각한 태도였고, 고의적으로 비싸게 계산한 치료비를 치르고는 돌아섰다. 그러나 문간에서 다시 되돌아와 "혹시 내가 중대한 일을 못 들었거나 잘못 보거나 혹은 빠뜨리거나 하는 일이 있지나 않았습니까?" 하고 더듬거리면서 물었고, 또 자기는 비용을 아끼지 않으니 "제발 다시 한 번 철저히 진찰해 줄 수 없겠읍니까?" 하면서 다시 웃저고리와 조끼를 벗어 버렸다. 자세히 물어보니, 그는 가장 험한 알프스 산의 꼭대기라도 지치지 않고 정복할 수 있다는 것이다. 그러면서도 그는 폐병으로 아주 가망 없는 사람이라고 절망하고 있었다. 두 번째의 검사도 첫 번의 그것과 하등의 다른 결과를 발견할 수 없었다. 지금껏 무수히 생명이 파괴되어 나가는 현상에만 부딪쳐 오다가 끝으로 완전히 건강한 사람을 만나게 된 것은 매우 기꺼운 일이라고 솔직히 말하니, 그는 정말 안심된다는 표정을 보였으나 밖으로 나가 계단 위에 서더니 다시 의심스럽다는 듯 붉고 멋진 넥

타이를 만지작거리기 시작하였다. 그렇지만 나는 젊은 노이로제
환자가 세 번씩이나 옷을 벗게 할 수는 없었으므로 급히 그의 앞
에서 문을 닫아 버렸다.

우리들이 원소에 대해 기쁨을 느끼는 것은 우리들 안에 있는
그 무엇이 항상 원소로 해체되기를 끊임없이 원하고 있기 때문일
까? 늙은 약제사여, 자네가 말하는 것이 옳을지도 몰라. 나는 얼
마나 황홀감을 갖고 나의 제일 명랑한 시절에 우리 모두가 가장
아름다운 별처럼 물질이라는 것을 느껴 왔던 것인가. 그러한 때에
나는 별과 죽음을 기뻐하는 것이었다.

나와 나의 육체에서 떠나겠다는 것을 갑자기 아주 손쉽게 결정
한다. 다만 겸손하게 휴가를 얻는다는 것, 며칠 동안만 직무를 쉰
다는 것 등의 짧은 여유마저 이상하게도 3년 동안이나 그 고약한
규칙이 나에게 금했던 것이다.

아니다. 그 젊은 수녀의 편지는 다른 것과 함께 태워서는 안 된
다. 그것은 일기장과 함께 퇴색해 가야 할 것이다. 그 여자는 이
미 긴 여행에 쇠약해졌고 다만 고통이 줄었다는 것만 써 보냈다.
그 후 그는 감사하다는 편지를 보내고는 곧 세상을 떠나 버렸다.
여러 가지 색 잉크를 써 가며 편지 서두의 인쇄체나 날짜, 주소를
쓰는 데 얼마나 힘들었으며, 고색창연한 온건한 독일어로 이러한
보고를 엮는 데에 얼마나 힘들었겠는가. 그러나 죽음에 대한 확고
한 기대, 그리고 그에 따르는 황홀한 기쁨, 이들은 가슴속 깊은
곳에서부터 정확한 이야기를 시사해 준다. 죽음을 이다지도 가볍
게 해준 사나이를 시사해 준다. 그렇게 해준 사나이를 위해 신에
게 영원한 축복을 드리겠노라고 끝맺은 그 허무한 약속이 이 순
간 귀에 쟁쟁하게 울리는구나.

초인종이 울린다. 건강한 젊은 그 사나이다. 거절, 사정없이 거절하는 것만이 큰 치료가 될 수 있다.

태양이 그 모습을 드러내지 않는다. 소나기라도 한바탕 올 것 같은 봄이다. 막아 주는 것 하나 없는 따가운 햇볕이 몇 주일 내려쬔 뒤 겨우 다시 자연의 넋의 타는 듯한 눈을 피해 이슬비가 축축히 내리는 음침한 하늘을 머리 위에 느낄 때, 그 자연의 정취는 언제나 내 집처럼 정답게 느껴졌다.

생명의 기쁨을 엄숙하게 의미하듯 오늘도 술잔이 찬란하게 빛나고 있다. 병든 한나가 조그만 등불이 비치는 옆에서 나에게 이 술잔을 주던 정월 초하룻날 밤처럼. 그때 신이 우리들 사이를 갈라놓고 이 잔에 이러한 액체를 가득 채워 우리 두 사람에게 주었다고 한다면, 그리고 단 한번의 포옹, 단 한 번만의 입맞춤의 대가로 내게 마시라고 한다면—. 나는 대뜸 마셨을 것이며 죽어 가면서 수없이 키스하여 입술이 식을 틈도 없이……. 어렸을 때 곧잘 이빨로 깨물곤 했던 과일씨처럼 맛이 씁쓸했다.

고통은 없다. 다만 몹시 취할 뿐이다. 모든 것이 이상하게도 크게 울린다. 펜이 삐걱거리고 흔들린다. 초인종이 비명처럼 날카로운 소리로 울린다. 오늘도 여전히 찾아왔구나. 젊디젊은 친구여, 너는 깨끗하고 건강하다.

그는 간다. 계단을 내려간다.

도주逃走
— 의사 뷔르거의 유고시遺稿詩

"그렇다. 지금 내 마음을 가장 많이 차지하고 있는 것은 죽어
가고 있는 사람들이다. 나는 그 사람들을 구해 줄 수 없으리라는
것을 알고 있다."

[그의] 처방실[에서]의 어떤 의사

시계가 빈 집 안의 구석까지 울리고 있다.
마지막 환자가 나간다.
그 기침 소리가 현관에 돌처럼 떨어진다.
문이 삐걱한다. 나는 다시 혼자가 된다.

마지막에 온 달갑지 않은 손님이었다.
그는 얼마나 나를 새로운 짐으로 시험코자 하였던가!
들어온 그는 혈색이 좋고 얼굴은 둥글게 살쪄 있었다.
그는 말했다.
자기는 매우 건강하다.
다만 이따금 저녁에 속이 좀 이상하다.
배가 차다고 생각하면 곧 덥고 무거워진다.
아마도 봄부터의 일일 것이다.
쓴 물약이나 매운 알약으로
이 정도 병은 틀림없이 나을 것이다 라고.

그러나 몸을 구부리고
호흡 상태를 들어보니
횡격막에서 목까지
거센 파괴의 소리가 들려온다.
미친 금속성 짐승처럼
약한 심장은 제멋대로 뛰고 있다.
그것은 제정신을 잃은 힘과 같이
이젠 하고픈 대로 쓸데없이 뛰고 있다.
마치 지친 팽이가 떨면서 돌다가
끝끝내는 진흙탕으로 들어가듯이.

아! 누구의 저주에 의하여
나에게는 나을 수 있는 사람은 오지 않고
희망 없는 사람들만이 먼 곳, 가까운 곳에서 찾아오는가?
나는 거짓으로 소생을 약속하는
저주받은 별과 같다.
맑은 눈이 나를 쳐다보는 일은 없다.
이미 죽음의 암흑과 가까이 지내는
저녁노을처럼 나타나서
그러한 사람들의 최후의 길을 비추어
가라앉으면서 이 세상에서 데리고 나간다.

이 방을 곧 떠나고 싶다.
이곳에선 나의 피는 거의 통하지 않는다.
아직 방 공기는 애처로운 한탄과
저주받은 지친 신음 소리와 불안한 물음과 몹시 힘든 호흡과 나의 뻔뻔스러운 거짓말로 떨고 있다.

고무호스, 접시, 그림과 책들 둘레에는

아직 시체 냄새가 풍기고 있다.

나는 현미경을 들여다볼 때 다만 후회와 전율을 느낀다.

게다가 내가 이 번쩍거리는 구멍을 통하여 인간의 썩은 면을

조사할 때처럼,

그때처럼 열심히, 어떠한 천문학자도 하늘의 아름다운 별을 탐

구하지는 않는다.

나는 무無가 생기는 곳에 살고 있다.

바깥에서는 시간이 요란하게 꽃피고 있다.

사라져라! 독 있는 산성의 세균의 점액에 부식된

말없이 불길을 고하는 존재여!

산으로 가자.

검은 비구름이 바위에 부딪쳐

산산조각이 되어 흰 눈송이로 되는 것을 보자.

생존의 딱지를 지니고 있는 것은 그 얼마나 괴로운 일인가!

눈 위에서 종달새가 몹시 지저귈 때

빨리 움직이는 구름의 그늘에 따라 벌판이 가지각색으로 보일 때

비행선이 폭음을 울리며 급히 평지를 넘어갈 때

멀고 먼 바다가 빛나고 잔잔할 때

얼어붙은 길 위에서 나자신을 따뜻이 녹이겠다!

그리하여 남몰래 나 혼자

힘이 샘솟는 바위 위를 거닐면

아! 나는 잊는다.

나의 모습이 병든 사람들의 뇌리에 환상처럼 오가는 것을.

또 구부러진 골목길의 황혼 속에서 죽어가는 사람들이 나를 죽
도록 사랑하고 있다는 것을.

사람들 중에는 내가 그들에게 남아 있는 마지막 것이기에
나를 미워해도 좋다고 생각하고 있는 자들도 있다.

(그는 대합실에서 누가 들어오는 것을 듣는다.)

또다시 나를 찾고 있는 것은 누구냐?
누구에게나 붙잡히게 되는 시간은 아직 끝나지 않았던가?
새로운 목소리에서 나는 무엇을 기대하고 있는가?
저 비밀 창문에 몸을 숨기자…… 쉬—,
모피 깃을 단 푸른 옷을 입은 키 큰 처녀가 어린애같이 성큼성
큼 방 안에 들어온다.

아무도 없으니 이상히 여기는 눈치다.

그 얼마나 부드러운가.

크고 흰 심장처럼 그의 얼굴이 회색 벽에 대해 반짝이고 있구
나…….

멈춰라 악의 없는 방문자여.

하지만 가까이 오지 말라!

빛처럼 나에게는 잡을 수 없는 것으로 있거라.

너는 나를 보면 큰 소리로 탄식하고 무릎꿇고서
너의 젊은 육체를 아마 처음으로 남의 눈 앞에 드러낼 것이다.

그러나 내가 그 육체의 기적 앞에 떨기 위해서가 아니다.

아니, 만지고 타진하고 청진하여
뻔뻔스럽게도 그 육체의
파괴된 곳을 찾아내기 위해서다.

쉬— 그 여자가 내 쪽으로 온다…….

가까이 올수록 그 여자는 늙어 가는 것 같다.

좁은 가슴이 호흡과 다투고 있는 것같이 보인다.

또 탐내는 듯이 빛을 안에서 꺼내는 눈이 보인다.

또한 이마와 뺨 위에 분명히 피할 수 없는 느린 죽음이 새겨놓은 자국이 보인다…….

그 여자는 노크한다.

오! 노크해라. 손을 상할 때까지 노크해라.

나는 열지 않겠다.

그 여자는 귀를 귀울이고 시계를 쳐다보고는 한숨 짓고 간다.

그 여자는 간다…….

오! 하루 하루의 매장되어 가버림이!

마음이여, 나 자신이 아직 신념으로 가득 찬 행복한 시절에

네가 할 수 있었던 정확한 고동을 잊어버리라!

그 무렵에는 단 한 마디 말이 가루약이나 물약,

모든 잡동사니가 하는 것 이상으로

기적을 행하였다.

그리하여 자유스러운 약 분량이 성공하자

그것은 공처럼 내 가슴속으로 되튀어왔다.

슬프다. 그러한 길이 나에게서 멀리 사라져 버렸구나!

지금은 모든 것이 나에게 폭력을 가한다.

내가 다른 사람의 육체에서 덜어주는 여러 가지 괴로움과 쓰라림이 오래 전부터 나의 눈으로, 귀로, 폐에서

피 그 안으로 들어가고 말았다.

죄는 낡은 씨에서 발생하고

강한 은총은 힘을 잃었다.

무서운 열에 정지를 명한 말에 세상은 이미 복종하려 하지 않

는다.

물결같이 모여선 무리들이 저주받은 나를
죽음의 물결 쪽으로 떠나 보낸다.

산 위에서

의 사

잿빛 볕이 녹아 황금색 조각으로 변한다.

나룻배와 사공이 신선한 물기에 반짝거린다.

해는 기슭에서 타오르고 저기 저 산의 흰 얼룩이 벌써 희미해
졌다.

동쪽에서 배가 굴뚝과 굴뚝을 이어 온다. 동그란 연기가 먼 기
슭가에 늘어진다. 산뜻한 기가 희게 혹은 붉게 나부낀다. 어느 바
퀴에도 별이 반짝인다. 이곳을 나는 이따금 어둠침침할 적에 걸어
계곡의 환자들을 축복하였었다. 나는 기뻤다. 나는 그들에 의해
인생의 보다 높은 전율을 맛볼 수 있었다.

그리하여 그들을 돌봐 줌으로 나를 잊고 몰두할 때

명랑한 얼굴이 나타나는 것이었다.

나와 거리가 먼 사람들의 괴로움에까지도 나는 초조함을 느
꼈다.

나를 원하기 전에 뛰어가 나는 그들을 도와 주었다.

사람을 되살리는 기쁨에 나는 거의 압도되었다.

한밤중 고요해진 방 안에

애원하듯 초인종이 소리 높이 울리면

나는 얼마나 즐겨 어떠한 아름다운
꿈에서라도 뛰어 일어났던 것인가!

허나 이젠 그러한 기쁨마저 사라져 버렸다. 그 행복을 다시 얻
지 못하리라.
어떠한 행동도 어떠한 인내도 어떠한 고행도.
그 성실한 자국으로 되돌려주지 못하리라. 이젠 다 틀렸다.
신을 이다지도 잘 알아버렸다는 것을
어찌 신이 용서해 줄 것인가?
태초의 그 유일한 광명은
부서져 일곱 색깔의 괴로움이 된다.
모든 덕이 그의 고삐를 늦춘다.
날개를 돋우지 않는 자에 대해 나는
나의 날개를 부끄러워한다.

먼 곳에 비로소 왔다.
산의 톱니같이 뚫어진 구멍 속에
아직 마을이 번득이고 있다.
마을은 강과 강 사이의 뾰족한 섬 위에 있고 금빛 창의 성당
둘레에는 조그만 파풍집들이 운집해 있다.
이젠 버림받는 너희들 중의 아무도 나를 쫓아오지는 못한다.
슬픔과 무덤으로 나에게 반기를 들던 너희들 중의 아무도.
나는 너희들의 운명을 구름에 맡긴다.
되먹지 않은 기술로써 다된 생명을 되찾아 주는 일을 하지 않
았더라면
나는 지금의 나보다도 더 훌륭했으리라.

진흙처럼 지친 육체를 위해 생명의

불꽃을 찾아내어 육체를 쾌적하게 느껴지게 해준다는 것, 그것
이 나의 청춘시절의 전 정열을 쏟을 만한 가치가 있었던가?

별에서 솟는 의료광선이 상처입은 세상에 침투하는 것처럼

모든 의술을 능가할 수 있다면

그때엔 무엇을 위해 나 자신을 소모시키는가를 알게 될 것이다.

그러나 나는 어디를 헤매고 있는가?

스산한 곳이다!

나는 너무나 어려운 말을 하지 않았는가?

새의 그림자가 획 지나간다.

인간의 저주를 듣는 귀가 여기에도 살고 있는가!

곰팡이 같은 것이 마을과 들에 뻗쳐 있다. 침침한 미지의 절벽
이 솟아 있다.

내 주위에서 일어나는 모든 것이 엄숙해진다.

길은 번뜩이는 화강석 위를 찾아간다.

오! 나는 그 얼마나 거뜬하고 조용해졌는가!

환자는 자기자신의 괴로움밖에 모른다.

그는 더 좋은 고통의 착한 소리를 싫어한다.

죽음과 괴로움을 초월한 바위여,

너희들을 나는 부른다.

어쩔줄 모르는 이 내 마음을 도와

자유롭게 위를 바라볼 것을 나에게 가르쳐 달라!

독수리의 날개 소리에 에워싸여 기쁨의 눈에는 뾰죽집을 세우
고 추억을 위해서는 무덤을 세우게 하라!

하지만 넘치는 신념을 가슴에 안고 너희 앞에 서자마자

너희들 곁에 있는 그 두려움에 나는 주저하노라—.

너희들은 전혀 말 없고 이해할 수 없을 만큼 크다.

너희들의 폭 넓은 매끈매끈한 쪽에서는 나의 기도도 미끌어 내려오지 않을 수 없다.

너희에게는 나의 이 흔들리는 운명이 무슨 가치가 있겠는가?

아! 불신의 상념이 나를 휩쓴다.

불에서 태어난 순결하고도 오랜 너희들 돌이여,

너희들이야말로 모든 병든 것들 중에서 제일 병든 것이 아닌가?

각각이 형태의 사멸을 품은 것이 아닌가?

목숨을 지닌 것을 파먹는 것들이 그 높은 곳에 있는 너희들도 파먹는다.

악마적 미생물의 가장 오래된 족속, 그들의 순수한 독기가 살며시 한 알 한 알 분해한다.

그리하여 혹한과 뜨거운 열기가 부드러운 상처를 깊게 하고

물은 조그마한 틈바귀 속까지 스며들어 전부 다 무너질 때까지 그치지 않는다…….

남는 것은 먼지뿐이고 그 과정은 처음부터 시작된다.

없어서는 안 되는 그러나 풍화하기 쉬운 목숨의 기둥이여,

동정심이 가슴속에서 용솟음친다!

부스러지기 쉽고 흔들리기 쉬운 인간은 정말로 너희들보다 영원한 것일까?

죽어가는 어린아이의 모습

어디에 계십니까?
왜 나에겐 와 주시지 않습니까?
내 손은 경련에 떨어져 나갈 것 같습니다.
추위가 피 속으로 스며듭니다.
아버지가 당신 집으로
그 골목길로 일꾼을 보냈습니다…….
아무도 당신을 찾을 수 없습니다.
어디에 계십니까?

의 사

길마저 없는 곳에
허물어진 산의 동굴 사이에서
기다리고 있으나 나는 힘이 없다.
나를 부르지 말아다오!

모 습

추위에 휩싸여
괴로움에 심장이 헐리어
아버지도 어머니도 형제들도 어쩔 줄 모르고
검은 사람들이 몸서리나게 나의 주위에서 속삭일 때

당신이 나의 방 안으로 들어와 가볍게 나를 붙들고
잘 듣는 독한 약을 주사 놓고
생명의 말을 속삭이면
아! 나는 되살아나지 않았던가요!

의 사

가서 쉬어라
가련한 목소리!
네가 속삭이는 것을 이해하는 것은
나에게는 어렵다
보라, 이미 어두워진다.
별이 반짝이고 만물의 번쩍임이 달콤하게 내 힘을 빼앗아 간다.
나를 잠자게 내버려 두어주오!
나에게서 멀리 떨어져
신에게 외쳐라!

그는 저녁의 찬 공기 속에서 사라져 간다.

모 습

벽이 안개처럼 넘실거립니다.
왕과 왕후가 왕관을 쓰고 나타납니다.
그들은 나에게 친절한 손짓을 합니다.

이불 위에 금덩어리를 놓으십니다.
내 위로 몸을 굽히시고
가슴의 고동 소리와
은밀한 회전과 울리는 소리를 들으십니다.
두 분은 서로 쳐다보시고 우십니다.
왕은 문을 여십니다.
거기에는 눈같이 흰 기사들이
새까만 말을 타고 기다리고 있습니다.
왕은 그들을 당신에게 보내십니다.
그들은 어떤 사람도 놓치지 않습니다.
어디에 가서든지 당신을 찾아냅니다.
심한 매로 기사들은
당신을 휘몰아 데리고 돌아옵니다.

의 사

아! 고통의 힘이
나에 달라붙는다.
아가야, 들었다!
발 아래의 화강암이
타는 것 같다……
아가야, 나는 갈 테다.
아! 홀연히
나는 깨달았다.
향유와 과일과 기름과 죽음을 막아내는 순수한 에테르의 하늘

에서 떨어지는 물방울이
　너를 보호한다는 것을―.
　참아라!
　지름길을 숨기고 있는 저기 저 바위를 기어 올라가면 그뿐이다.
　그리하여 나는 달려간다.
　쉬지 않고
　어둠을 헤쳐
　너에게로 내려간다―.

모 습

　책들이 당신에게 가르쳐 주지 않습니까? 당신이 알고 계시는
모든 힘이 말하지 않습니까?
　내가 얼마나 가슴 죄고 있는가를?

의 사

　아가야, 나는 간다!
　벌써 골짜기의 오솔길이
　꿈틀거리고 있는 것이 보인다.
　강 안개가 반짝거린다.
　마을의 조그만
　조그마한 불빛 둘레에……

모 습

모든 것이 여느 때와 달라 갑니다.
이불의 딱딱함도 멀리 사라집니다.
나날의 고통도 사라지는 것일까요?
세상은 울부짖으며 고요해집니다.
한 마리 새가 지붕에서 내려와
나를 창가로 급히 끌고 갑니다.
새는 내가 죽기를 바라고 있습니다—.
오, 이리와
당신의 그 평안한 손을 내밀어 주십시오.
그러면 내 몸을 당신에게 맡기겠나이다.

의 사

오, 이것은 더 힘찬 날개 소리, 날개의 퍼덕임이다.
아가야, 너 있는 곳으로 내가 가서는 안 된다.
다정한 것은 곧 죽음의 손에 빼앗겨 버리는 것이다.
불안한 나의 주변에 머물러 있지 말아다오!

(모습이 사라진다.)

영원한 안식의 폭풍, 신성하고 위대한 망각이 너를 사로잡는다.
이 안식의 근원을 넋은 환영한다.
너는 태어나지 않았던 것이다.

너는 그 슬픈 대지를 보지 못하였던 것이다.

도시가 냉정한 강가에 뿌리박고 있는 그 대지를 길게 가리고 서서 심장이 썩어빠진 대지를……

너는 기뻐한 적도 두려워한 적도 없다.

나의 이 외침이 너에게까지 닿은 적은 없었던 것이다…….

밤이 가까워진다. 우뚝 솟아난 바위 틈에 길은 아직 뻗혀 있다.

겨울 입김이 동굴 속에서 솟아오른다.

붉은 산 봉우리가 나라들의 경계에 서 있다.

괴롭고 용해되기 쉬운 자연에서 벗어나 너는 조그마한 빛이 되리라.

모든 큰 불빛을 향하여 켜진 빛이 되리라.

다시는 꺼지지 않는 눈동자를 너는 가지리라.

어두움과 물질을 통과하여 내부에서 비추는 눈을,

참아나가는 중에 형성된

훌륭한 수확을 내려다보는 눈을…….

하지만 황야의 탐구자인 나에게 어떠한 자유를 너는 보증할 수 있느냐?

이곳과 저곳, 그것은 마음속에선 같은 것이 아닌가.

기적, 그것은 기적 속에서 시시각각으로 피어나는 것이 아닌가.

새들, 그들은 소식 전할 것을 부탁받은 것이 아닐까?

항상 신성한 왕래가 떠돌고 있는 것이 아닐까?

눈물마저 마른 불만의 비틀거림 속에서 땀에 젖은 여윈 온몸에서

죽은 폐에서, 출혈하고 썩은 목구멍에서, 완전히 굴복한 육체
에서

아가야, 너의 넋의 부르짖음은

멀리 있는 나에게까지 얼마나 똑똑하게 들려왔던가.

아! 그 소리는 조금만 더 살기를 애원하고 있다고 믿고 있는
것이다.

그 말이 들려오지 않을 때는 이미

그 정당성을 믿으면서

살며시 낮은 목소리로 달콤한 환호성을 올린다.

그리하여 갑자기 대담하게 모든 애원을 그만두고 숨을 거두
었다.

승리에 떨면서……

운명은 하나의 착각에 지나지 않는다.

깊은 행복감에 젖어 나는 이를 인정하고 내기를 그만둔다.

나 자신을 인도한다는 것은 나의 계명이었다.

이젠 더 위대한 것이 나를 인도한다.

그리하여 다시 나에게 애원하고자 하는 자는, 너의 목소리로서
나에게 말하게 될 것이다. 오! 나는 그렇게 느낀다.

그러면 나는 떨면서 따를 것이다.

그대들, 이제 고인이 되어 버린 사람들이여

그대들이 아직 큰 열의 파도에 흔들리고 있을 때

내가 돌봐 주고 있었으나

그대들은 지금 내 가슴속에서 그 얼마나 번쩍이고 있는 것인가.

나는 정말 눈이 어두웠었다.

　오래 전에 파묻혀진 무덤에서 얼마나 강한 빛이 번쩍이고 있
는가.

　그대들과 헤어진다는 것이 매우 손쉬운 일로 여겨졌다.

　이제 나는 깊고깊은 사랑의 속박을 인정하지 않을 수 없다.

　엄격한 신이 나의 일상생활에 임하셔서 자신을 내세울 것 없이
충실을 요구하신다.

　신은 오래 전에 나를 그대들에게 바쳤다.

　내 속에 있는 선한 것은 그대들 속에서 생명을 잇는다.

　기타의 것은 조각조각 흩어져 없어져도 좋다.

　벌써 시간은 나에게서 흘러가 버렸다.

　더 높은 기관이 성장하는 것을 나는 느낀다.

　독 있는 이가 아무리 깨물어도 이 기관을 해칠 수는 없다.

　그것은 미지의 고단위 혈청에서 내가 필요로 하는 것을 만들
것이다.

　나 자신의 독소에서 빨리 낫도록.

　그러지 않고서는 불치의 상처를 어떻게 고칠 수 있을 것인가?

　내가 자갈 많은 들을 황혼에 애써 올라가는 동안 마지막 빛이
똑바로 하늘로 뻗치기도 전에

　오 태양이여, 네가 저버렸다고 생각하고 있었는데 저기에 또다
시 빛을 잃고 노랗게 타면서 나타난다.

　검은 절벽의 깊은 틈바구니 속에서.

　나는 당신을, 위대한 희망을 믿는다.

　최고의 넋이 음침한 생명의 형태와 기쁨과 괴로움으로써 즐거
운 잔치를 드린다.

　이 세상의 무서움에 나도 뜻하지 않은 부르짖음이 영혼의 만상

속에서 기쁨의 소리로 변한다.

나의 발소리는 강철같이 확고부동한 운명 속에 사라진다.

나는 매우 밝아지는 것을 느낀다—.

어둠이여 나를 잡아라.

루마니아 일기日記

뱀의 입에서 빛을 빼앗아라!

리벨몽(북부 프랑스)

✦

1916년 10월 4일

세면대에서 나는 아름다운 장식이 붙은 바니어 부인의 작은 거울을 깨뜨리고 말았다. 그래서 나는 사과도 하고 변상도 할 겸 그녀에게로 갔다.

그 늙은 부인은 분명히 그 아끼던 물건을 잃게 된 것을 매우 섭섭하게 여기는 눈치였지만, 그런 내색은 조금도 하지 않고 오히려 "그까짓 게 뭐 그리 대단한 일이겠어요. 세계가 반조각 나는 판국에 거울 하나쯤이야 뭐" 하고 미소를 띠며 대수롭지 않다는 듯 억지로 웃어 보였다. 그리고는 부인은 전쟁 때문에 잃게 된 물건들을 헤아려 보이면서 이것들은 모두 그냥 잃어버리게 된 것이라고 말했다. 다행히 그때 마침 뮌헨에서 초콜릿 마크론 한 상자가 도착했기에 나는 그것을 상자째 부인에게 주었다. 부인은 사양하긴커녕 떨리는 손으로 선뜻 상자를 받아들더니 남편과 함께 나눠 먹으려고 곧 그 자리를 떴다.

며칠 후 부인은 그 선물에 대한 답례라면서 화분에 심은 나무 한 그루를 창가에 놓아 주었다. 그것은 남양 침엽수의 일종으로 소나무와 비슷한 모습에 딱딱한 짙은 녹색의 잎이 많이 붙어 있었으며, 나무 전체의 근엄한 아름다움을 알아차리지 못하는 사람들을 깨우치기라도 하려는 듯이 잎을 모두 곤두세우고 있었다. 이따금 부인은 내 방에 들어와 이 나무에 먼지라도 묻은 듯이 나뭇가지를 입으로 불고 나서는 잠시 동안 손가락으로 유리문을 톡톡 두들기다가 한숨을 짓기도 하고 무슨 말인지 혼자서 중얼거리다가는 방을 나가곤 했다.

한가한 나날을 보내고 있는 우리들은 솜므 방면에서 울려 오는 포성을 들을 수 있었다. 난로에서 격렬하게 불이 타오를 때 들을 수 있는 그런 소리이다. 창이란 창은 모두 흔들리고 현관문이나 다른 문들도 사람이 닫을 때처럼 쾅쾅 소리를 내며 닫혔다 열렸다 한다.

나는 다시 근무시간에 맞춰 매일 말을 타고 기스카르 쪽으로 간다. 그때마다 바다 냄새 같은 것이 풍기는 듯한 생각이 들며, 자유스럽고 넓은 세계가 나에게 인사하는 듯한 느낌을 받는다. 그러나 운명이 우리 독일 사람들을 언제까지 자유 세계에서 추방시켜 놓을지 그 누가 알겠는가!

바닷가 가까이 있다는 기분. 그렇다. 그것만이 이곳을 조금이나마 부드럽게 해주고 있는 것이다. 이것마저 없다면 우리들에게 이곳은 그렇게 살 만한 곳이 못 된다. 그만큼 나무 한 그루, 돌멩이 하나도 친숙해지기 어려운 곳이다. 텅 빈 평야와 평평한 언덕, 그 언덕 위의 항상 우중충한 하늘, 나폴레옹 보나파르트가 자로 재어 그어 놓은 것처럼 일직선으로 된 군용 포장도로, 흑인들의 오두막집 같이 꼭대기를 뾰족하게 쌓아올린 짚가리. 그 위에 까마귀와 까치가 앉아 우리를 바라보고 있다. 무엇 하나 친숙해질 만한 것은 없다. 만약에 누구에게나 신성한, 땅을 일구는 농부와 고삐와 안장에서 벗어나 울타리 속에서 풀을 뜯고 있는 가슴이 딱 벌어진 독일산 어린 망아지가 없었다면, 우리의 시선은 결코 즐거운 휴식처를 찾을 수 없었을 것이다.

❖
10월 5일

사단에서 우리들의 전투력에 대한 보고를 요구해 왔다. 다시 한 번 가스마스크를 검사하지 않으면 안 된다. 대대 전체가 내일 검사를 받는다. 큰 활동을 할 수 있을 것 같지 않은 힘없는 사병들은 모두 가려내게 될 것이다. 그들은 보충대대로 전속될 것이다. 나머지 사병들에게는 콜레라 예방접종이 있다. 어디로 출동할지는 전혀 알 수 없다. 콜레라 예방접종을 하는 것으로 보아 동부전선 같기도 하다. 장교건 사병이건 다들 변화가 일어나는 것을 좋아하는데, 이번도 예외는 아니다.

모울파스 전투의 여운이 아직 그들의 신경을 자극하고 있기는 하지만, 부족한 보급품, 끊일 사이 없는 시찰·연습·점호·비상소집, 게다가 먼지 하나 안 묻은 군복을 입은 상관에 대한 경례 등 소위 휴식이라는 것에 모두들 지쳐버렸다. 대부분의 사병들은 다시 최전선에 나가 위험하고 고되기는 하지만 더 보람 있고 자유스러운 생활을 원하고 있다.

—저녁

지금 막 발리의 세번째 편지를 읽었다. 동생 빌헬름의 이야기뿐
이다. 한 사람이 다른 사람에게 매우 훌륭하고 상냥한 태도로 그
가 부재중일 때 일어난 일을 이야기해 준다는 것은 얼마나 멋진
일인가.

얼마 전 몹시 심한 폭풍우가 몰아칠 때, 한 소년이 마당에 있는
나무들 사이를 이 나무 저 나무로 뛰어다니더니 바람이 가장 심
하게 흔들어 놓은 회양목 울타리 속으로 손을 집어넣었다가 손에
무엇인가를 꽉 쥐고는 자기 어머니에게 달려가 "엄마, 나 바람 잡
았어. 자, 이것 봐" 하고 숨을 헐떡이며 의기양양하게 외쳤으나,
손을 폈을 때 소년의 손바닥에 두서너 개의 잎사귀와 가지밖에
없는 것을 보고 그 어린아이는 매우 놀라는 것이었다.

❧

10월 8일

검열은 하루 종일 계속되었다. 밤에는 중위와 함께 그의 숙소에
서 지냈다. 그는 산더미처럼 쌓인 발송될 편지를 검열해야 하기
때문에 신경이 매우 날카로워져 있었다. 그는 잠시 투덜거리더니
나더러 좀 도와 달라고 했다. 목전에 다가온 부대 교대를 누설할
가능성이 있는 편지는 검열에 통과될 수 없다.

나는 무심코 젊은 글라비나의 입체적이고 또박또박 적힌 필적
을 보았다. 그는 가끔 친구들에게 독특한 문장을 쓰곤 했다. "무
의미한 유탄榴彈의 폭발로 인해 곧 하나도 남김없이 파열되어 버
리는 것을 어찌 정신적 통일체라고 할 수 있겠는가!"라는 문구를
이번 편지에서 읽었다.

푸롱빌

✤
1916년 10월 9일

새벽 3시에 렘이 나를 깨웠다. 침대 속에서 차를 마시고 15분 가량 누워서 여러 가지 일을 생각해 보았다. 짐 꾸리는 일은 곧 끝났다. 두서너 장의 그림은 벽에 붙여 놓은 채 악마들에게 제물로 그냥 두었다. 어떻게 보면 배 같기도 하고 어떻게 보면 새 같기도 한 빌헬름의 그림은 결국 가져가기로 하였다. 어린 환자 레기나가 준 빨간 초로 만든 손을 하마터면 서랍 속에 두고 갈 뻔했다. 어제 방을 치울 적에 이 조그만 상자는 눈에 띄지 않았던 것이다. 벌써 2년이나 된 일이다.

어린아이들이란 기발한 생각을 해내는군! 그러나 따지고 보면 모두 어머니에게 책임이 있다. 레기나의 어머니는 어째서 초로 만든 손을 마리아힐프베르그까지 가져오게 하였을까?

레기나가 선생님은 성모님보다 더 고생하셨기 때문에 빈손으로 돌아가게 해서는 안 된다고 생각한 것은 이상한 일이 아니다. 물

론 그녀의 소원은 이 유물을 항시 가지고 다니게 하자는 것이었
다. 그래서 결국 나는 그것을 이렇게 질질 끌고 다니고 있지만,
별로 짐스럽지는 않다. 그것은 사랑이 아니라고 한다면 미신일 것
이다. 미신 또한 큰 힘을 갖고 있다.

작별인사 겸 감사하다는 말을 하려고 부엌에 들어갔을 때 노_老
바니어 부부는 벌써 일어나 옷을 다 입고 있었다. 부부는 내 인사
를 받아들이려고 하지 않고 "그저 의무를 다했을 뿐이지요" 하며
공손히 말했다. 우리는 힘있게 서로 손을 마주 잡았다.

아직도 사방이 캄캄한 새벽 4시 30분에 출발하여 8시 30분에
도착했다. 맘부레를 넘어 천천히 가는 동안 짧은 하루 해는 벌써
저물었고, 푸롱빌을 향해 행군이 시작될 때엔 이미 사방에는 땅거
미가 깔리고 있었다. 달은 구름 속에 숨어 있었지만 먼 들판은 희
미하게 번쩍이고 있었다.

바람결에 비둘기의 울음 소리 같은 구구거리는 소리가 들려왔
다. 가랑잎이 생쥐처럼 땅 위를 굴러다니며 내는 모양이었다. 솜
므 쪽에서는 땅이 꺼지는 듯한 큰 소리가 들려왔다. 헤아릴 수 없
이 많은 포구砲口가 번쩍거리고 하늘은 조명탄으로 붉게 물들었다.

한밤중에 길가의 야전 취사장에서 콩과 통조림 고기를 먹었다.
그것은 점심과 저녁을 겸한 것으로 매우 맛이 있었다. 한 그릇 더
얻어먹고 싶을 정도였다. 그러나 식량 재고가 너무 부족해 어쩔
수 없었다. 배고픈 모습을 사병들에게 보여준다는 것은 그리 좋은
일이 아니다.

우리가 식사를 하고 있는 동안에 뭉게구름이 흩어져 하늘에 쫙
깔렸다. 바이에른 식으로 말하자면 하늘의 '껍질이 벗겨진' 것이
다. 마침내 달이 떠올랐다.

이동 부대의 행렬로 인해 길은 꽉 메워져 있었다. 맨 먼저 온

부대는 프러시아 보병부대로 모울파스가 함락되고 페론이 위험하
다는 달갑지 않은 소식을 전해 주었다. 그리고 포병부대가 무능하
다고 투덜거렸다. 사실 보병부대의 놀랄 만한 활약이 없었더라면
전선은 벌써 돌파당했을 것이라고 어떤 장교는 말했다. 그 후 얼
마 안 되어 프러시아의 포병부대가 도착해 얼마 전의 달갑지 않
은 소식이 사실임을 입증해 주었다. 그들은 보병부대가 몹시 게으
름을 피우고 있다고 욕설을 퍼붓더니 전선은 지금까지 포병부대
에 의해 유지되고 있다고 단언하는 것이었다. 우리들은 배를 쥐고
웃었다. 그러나 그들은 우리가 왜 웃는지 알지 못했다.

길다란 검정 외투를 입은 프랑스군 포로들이 추위로 어깨를 움
츠린 채 행진해 갔다. 버릇없는 우리 편 젊은 사람들 몇이 그들에
게 가까이 가서 두서너 마디의 단어를 주워모아, 프랑스 군대에서
는 봉급을 얼마나 받으며 어떤 음식을 먹는가, 언제쯤 평화가 올
것 같으냐는 등등을 물었다. 프랑스 사람들은 무슨 말인지 잘 알
아듣지 못하는 것 같았다. 달빛에 반사된 그들의 창백한 얼굴은
돌처럼 굳어져 있었다.

그들의 조국이 파괴되어 가는 와중에서 포로가 된 것을 생각한
다면, 남부 독일 사람들의 천성적인 붙임성을 받아 주지 않았다고
나쁘게 생각할 것은 없을 것이다.

마지막으로 휴양을 떠나는 바이에른 포병부대가 도착했다.

제6중대의 보병 빔머가 내 발을 질끈 밟아 놓고도 미안하다는
말 한 마디 없이 앞으로 뛰어가더니 포병들의 얼굴을 하나하나를
회중전등으로 비추는 것이었다. "불 꺼!" 하고 모두들 화가 나서
소리치자 "8중대지?" 하며 그는 필사적으로 소리쳤다. "우리 아버
지가 여기 포수로 있단 말이오" 하고 말하고는 그는 전등을 껐다.
다행히 포병중대에 모두 서라는 명령이 내렸다. 열심히 찾은 보람

이 있어서 포수인 빔머를 곧 찾아낼 수 있었다. 그는 벌써 흰 머리카락이 히끗히끗 섞여 있는 빼빼 마른 사람으로, 면도를 한 무표정한 얼굴에는 잔주름이 가득했고 입가는 움푹 패여 있었다. 때마침 달빛이 그를 비추는 바람에 나는 그의 눈이 놀라움과 반가움으로 점점 커지는 것을 볼 수 있었다. 아버지와 아들은 한참 서로 얼굴을 쳐다보더니 손을 마주 잡고는 오랫동안 말을 잇지 못했다.

이 기이한 상봉 소식은 곧 퍼졌다. 모두들 뒤로 물러나 그 두 사람을 방해하지 않으려고 하였다. 얼마 후, 아버지는 조그마한 꾸러미를 호주머니에서 꺼내더니 아들에게 주었다. 마침내 출발을 주저하던 중대장의 "전원 집합" 하는 구령이 울렸다. 이미 대열에 들어선 젊은이는 행진을 시작한 순간에 뜻하지 않게 군대 형식의 범위 내에서 할 수 있는 유일한 표현으로 자기의 감정을 나타내 보였다. 즉 아버지는 아무 계급장도 붙이고 있지 않았으나, 아들은 아버지 앞을 떠나며 정식 거수경례를 올려붙였던 것이다. 그것은 매우 감동적이었다. 다른 사람들 사이에서 호감을 띤 낮은 웃음소리가 터져 나왔다.

한밤중을 지나 겨우 푸룽빌에 도착했다. 나는 정원으로 에워싸인 성 같은 건물에 배치되었다. 현관에 한 사병이 나타나더니 "깨끗한 방이 몇 개 마련되었으니 옆방으로 옮기십시오. 여기는 이가 득실거립니다" 하고 친절하게 알려주었다. 즉시 폭로되었지만 이 사병은 어떤 목적이 있어서 이렇게 말하고 있다는 것을 나는 곧 알아차렸다. 그의 상관은 지금까지 방 두 개를 점령하고서 아주 편하게 지내왔는데 이제 나에게 방 하나를 내주지 않으면 안 되게 되자 상관의 이 고통을 막아 보려고 이 충실한 사병은 애썼던 것이다. 렘도 이 교활한 사나이의 속셈을 알아차리고는 내가 대답할 겨를도 없이 "우리는 이 같은 건 예사다. 뿐만 아니라 우리 몸에도 몇 마리쯤 이가 없는 건 아니니까" 하고 재치있게 응수했더니 그 사병은 성수聖水를 뒤집어 쓴 유령처럼 사라지고 말았다.

✣

10월 12일

숙소 지하실에서 남아 있는 애담 치즈가 발견되었다. 모두들 환호성을 올렸다. 때마침 와 있던 소령은 이것을 매우 공정하게 처리했다. 즉 모두들 지켜보고 있는 앞에서 이 보물을 천막 위에 올려놓고 먼지와 곰팡이를 떨어버린 후 각 중대에 분배한 것이다.

상사는 치즈를 세다가 그것이 떨어지면서 매우 투박한 소리를 내자 수상히 여겨 큰 칼을 빼어 그것을 잘라 보려고 하였으나 칼이 들어가지 않았다. 치즈덩어리가 굳어버렸던 것이다. 사병들은 말없이 그 둘레를 에워싸고 있었다. 그들은 거무스름해진 당근처럼 붉은 껍질 속에는 아직 굳지 않은, 자양분이 풍부한 부드럽고 노란 치즈가 들어 있을 것이라고들 생각했다. 아직 아무도 그 희망을 버리지 않았다. 그들은 더 이상 못 참고 각자가 큰 칼을 빼들고 가까이에 있는 그 붉은 덩어리를 찔러 보았으나 어떤 것이나 마찬가지였다. 그러자 그들은 대개 그 자리를 떠났는데, 개중에는 욕지거리를 퍼붓는 사병이 있는가 하면 진작부터 내 이럴 줄 알았다구 하는 듯한 체념의 표정을 짓는 사병도 있었다. 그러나 물건을 아껴 쓰는 소령은 그 치즈를 차마 내버릴 수가 없어서, 적어도 팔마산 치즈처럼 가루로 만들어 먹을 수 있을지도 모르겠다는 희망을 가지고 그것을 톱으로 잘라 보라고 명령했다. 그러자 그것은 속까지도 딱딱했을 뿐 아니라 곳곳에 푸르죽죽한 파란곰 팡이가 끼어 있었고 이 부분 역시 마찬가지로 굳어 있었다. 그때 까지도 남아서 기다리고 있던 사병들은 이번에는 아무 말도 하지 않았지만 모두들 화가 난 것처럼 쓴웃음을 지우며 해산하였다. 그 러나 보병 크리스틀만은 혼자서 화를 못 참고는 슈퍼에 있는 황 제의 식탁에나 올려놓으라고 큰 소리로 투덜거렸다. 이 말이 소령 의 귀에 안 들렸을 리 만무했지만, 크리스틀이 징계 처벌에 회부 되어 독일로 송환될 기회를 노리고 있다는 것을 오래 전부터 잘 알고 있는 소령은 그러한 모욕적인 말을 듣고도 못들은 척 묵살 해 버렸다.

그 후 10분쯤이 지나자 이 붉은 공으로 축구가 시작되었다. 크 리스틀도 온순해졌다. 그는 나무에 기대어 서서 톱으로 자른 치즈 조각으로 곰팡이의 선을 잘 이용하여 아름다운 호랑이 무늬를 조 각하고 있었다. 그러나 그 덩어리가 너무 물러 반 이상이나 완성 되어 가던 조각이 결국은 부서져버리고 말았다. 크리스틀은 그것 을 자갈 위에 내던졌다.

밤이면 추웠다. 높이 뜬 검은 구름 속에서 폭넓은 빛이 풍차의 날개처럼 비스듬히 비치고 있었다. 바픔 쪽에서는 새로운 전투가 벌어졌다. 우리들 대부분이 거기에 투입될 것이라고 사병들은 믿 고 있었다. 그러나 바로 이때 우리들은 루마니아 전선으로 보내질 것이라는 소문이 나돌기 시작했다.

군사우편이 왔다. 내 아이는 다시 건강을 회복하여 그전처럼 그 림을 그리고 무엇인가 창작활동을 하고 싶어하는 것 같았다.

⚜

10월 13일

저녁에 우리들은 행선지도 알지 못한 채 오비니 오 박에서 기차에 실렸다. 기차를 타는 데는 시간이 많이 걸렸으며, 여러 가지할 일이 많았다. 키가 작은 지휘관은 슈바벤이나 바이에른 사람들의 민첩함이라든가 총명함을 여전히 업신여겨 무엇이든 자기 혼자하고, 야전 취사도구나 기관총 등도 일일이 자기 손으로 실으려했다. 모두들 이 사령관을 악의 온상이나 되는 것처럼 조롱하고욕지거리를 해도 장본인은 잔뜩 얼굴을 찌푸리고 몸을 부들부들떨어대며 아무도 알아들을 수 없는 명령을 외쳐댔다. 드디어 열차수송관은 더 이상 참지 못하고 무슨 일이 있더라도 5분 내에는열차를 출발시켜 버리겠다고 점잖게 위협했다. 이것이 흥분한 우리의 지휘관을 진정시켰다. 즉시 모든 사람의 손이 그를 위해 잽싸게 움직이기 시작했다. 왜냐하면 그는 가끔 심하게 우리를 부려먹어 못 살게 굴었기 때문에 좀 골탕을 먹여 보겠다고 생각하는사병도 많이 있었으나 그는 역시 우리의 전우였던 것이다. 그리고여러 차례나 방공호의 촛불에 그을리고, 촛물이 묻어 딱딱해졌으며 프랑스며 플란더스 등 사방의 흙이 묻은 그의 초라한, 퇴색하고 또 희미해진 녹색 외투는 수송관인 중령의 깨끗한 새 외투보다 사실 더 귀하게 생각되었던 것이다. 명령을 기다리지도 않고모두들 손을 아끼지 않았고, 15분도 채 못 되어서 출발 준비가 완료되었다. 짙은 구름에서는 빗방울이 떨어지기 시작했다.

나는 두 중위 사이에 끼어 앉아 사과를 한 개를 더 먹고 담요를 뒤집어 썼다. 열이 좀 나는 것 같았다.

며칠간의 휴가가 있고, 그 다음엔 긴 여행을 한다는 것, 이것은 얼마나 즐거운 일이냐! 나는 곧 잠이 들었고 갖가지 꿈을 꾸었다. 한번은 발리가 빌헬름과 함께 조그마한 책상을 가운데 두고 마주 앉아 있는 꿈을 꾸었다. 두 아이는 트럼프를 늘어놓고 장기 두는 사람처럼 이마를 양 손으로 집고 트럼프를 내려다보고 있었다. 그 후 어린 레기나도 오더니 그들 틈에 끼어 그들처럼 하고 있었다. 갑자기 그 애는 뜯지 않은 편지를 꺼내 트럼프에서 눈을 돌리지도 않고 나에게 내밀고는 "급한 것은 아니에요. 성령에게서 온 소식이에요."라고 말했다. 눈을 떠 보니 등에는 땀이 흠뻑 배어 있었다. 나는 열이 내렸다는 것을 알 수 있었다.

10월 14일

샬로아에서 아침을 먹었다. 바로 1년 전 똑같은 시간에 전선으로 가는 도중 그곳을 지난 적이 있다. 용암으로 이루어진 뾰죽한 산은 그 후 풀들이 자라나 있다. 머지 않아 잔디가 자랄 것이다. 여기저기에 벌써 어린 나무들이 자라고 있었다. 나는 또 바닷바람으로 이상하게 자란 포플러가 늘어선 부근의 운하와, 배를 밧줄로 끌고 가는 노인들과 그들과 친한 듯 뛰어와 빵을 달라는 귀여운 금발의 아이들을 보고 즐거웠다. 검은 산기슭에는 구름이 떠 있어서 그 산은 번쩍거리고 높게 보였다. 물에 빠진 밀짚부대의 창처럼 길고 가느다란 갈대가 비스듬히 서 있었다. 양 떼들이 입을 우물거리면서 풀밭에 누워 있었다. 하늘은 낮고 잿빛이었으며 은색으로 번쩍이는 홈집처럼 우묵하게 들어가 있었다.

✤

10월 15일

아직 모두들 잠들어 있다. 나 혼자만 이 밝은 불빛과 밤의 추위 때문에 잠이 깨었다. 기차는 안개가 자욱히 낀 골짜기에 걸려 있는 구름다리 위를 지나가고 있다. 그늘에 이루어진 첨탑이 있는 조그마한 마을이 짙은 푸른색으로 빛나는 언덕 바로 앞에 있다. 태양은 그 언덕 위에 갈라진 불투명한 구름 사이로 빛을 넘쳐 흐르게 하고 있다. 기관차 굴뚝에서는 노르스름한 연기가 뿜어져 나오고 있다. 그 끝은 자줏빛으로 변해 간다. 나는 기관 속의 붉은 불을 보았다. 사람의 그림자가 움직이고 있다. 내가 어렸을 때 꿈에서 본 불 속의 도롱뇽이 그런 모양이었다. 그것을 본 후 나는 다시 잠이 들어버렸다.

기차는 점점 속력을 내어 동쪽으로 달린다. 오늘은 역의 게시판도, 전단지도, 마을 이름도 읽고 싶지 않다. 다른 이들이 그것을 이야기해도 귀를 기울이지 않으리라. 조용히 변해 가는 대로 이름조차 없는 마을 경치와 그 위의 하늘의 빛깔에만 주의하고 싶다.

─오후 2시 30분

어느 쪽을 보나 붉은 갈색의 밭뿐이다. 그 위로 연푸른 싹이 여기저기서 자라고 있다. 나무는 벌써 푸롱빌이나 리벨몽보다도 단풍이 훨씬 많이 들었다.

불그스레한 한 줄기 길이 작은 마을로 나 있고, 마을을 지나 나무와 숲이 있는 언덕으로 뚫려 있다. 작은 역을 천천히 지나쳐 간다. 늙은 할머니 한 사람이 외로이 개찰구에 서 있다.

머리에 둘러쓴 검은 수건은 이마 위에서 고딕식 뾰족한 챙 모양이 되어 있었고, 얼굴에 잡힌 많고 깊은 주름 역시 고딕식으로 위쪽으로 몰려 있었다.

역에 걸려 있는 시계는 틀린 시간을 가리키고 있었다. 시계 아래에는 함께 묶인 쇠와 종이 있었다. 종의 추는 떨어졌고, 글귀나 아름답게 그려진 그림에는 젖은 종이 조각이 붙여져 있었다. 이것들은 새 대포를 만들기 위해 녹여질 것이다. 이렇게 하여 이번엔 내가 잠든 사이에 라인 강을 건넜다. 이제 우리는 독일에 온 것이다.

❋
10월 16일

비가 내린다. 추위는 가시지 않고 있다. 정신을 차렸을 때 전우들이 웃으며 "자네는 열두 시간이나 잠을 잤어. 두 끼나 식사를 놓쳤고"라고 말했다. 그러나 한 번쯤은 잠을 깨었을 것이다. 아마 어젯밤 일인 것 같다. 라이프치히를 통과하는 중이었다. 시가는 먹구름이 낀 하늘 아래 고요히 펼쳐져 있었고, 집 한 채, 탑 하나도 파괴된 것이 없이 말짱한 것에 나는 놀랐다. 그러고 보면 그것은 열에 들뜬 착각이었다.

점점 지루해진다. 다른 사람들은 카드놀이를 하거나 담배를 피우고 있다. 원자와 전자에 관한 논문도 거의 외울 수 있으리만큼 몇 번이나 읽었다. 그러고는 수첩 속에서 단편적인 문구를 발견했다. 이것은 젊어서 전사한 후고의 편지에서 읽었던 것으로 아무리 해도 잊을 수 없어 그 후에 그럭저럭 틀리지 않게 적어둘 수 있었던 것이다. 나는 지금 이것을 하나 둘 주워모아 내 나름대로의 말로 고쳐 써 보고 싶지만, 그것이 어떤 다른 말이 되어 원래 지니고 있던 젊음의 울림이 없어질까 봐 두렵다.

옛날에 야만 시대가 있었다. 그 시대에는 싸움에 이긴 자는 패배한 적의 심장을 도려내어 먹어버렸다. 그렇게 함으로써 죽은 사람이 갖고 있던 덕이나 힘을 물려받고 싶었기 때문이다. 물론 이것이 유치하고 참혹한 행위라고 할지라도 얼핏 생각되는 것처럼 전연 무의미하고 모독적인 것만은 아니다. 증오, 그것은 사랑과 같은 근원에서 나오는 것이 아닐까? 인류의 스승인 바로 그 분은 2천 년 전부터 그의 심장에서 무수한 넋을 고이 길러 오지 않았던가. 우리들 중의 어느 누구도 긴 일생을 부여받지 못한 것같이 느껴진다 — 이것을 깨닫자! 가련한 우연이라는 것이 우리를 붙잡아 무의미하게 우리의 육신을 찢어버리기 전에 미래의 미의 정신에 나와 나의 육체를 의식적으로 기꺼이 바치자!

어린 시절의 투명하고도 밀도 짙은 세월이여! 그 시절에는, 세상엔 항상 신문이 가득 찰 정도의 많지도 적지도 않은 중대한 일과 위험한 일이 일어나는 것을 이상하게 생각하였었다. 대개의 경우엔 신문이 배달되면 어머니와 아버지는 번갈아 신문을 들여다보며 긴장과 근심에 가득 차서 인쇄된 지면을 바라다보았다. 집 안은 조용해야만 했다. 그리하여 나는 부모에게 해야 할 말조차 꺼낼 수 없었다. 그러나 일식처럼 그 불안한 상태는 사라져 버렸다. 신문은 대수롭지 않게 내동댕이쳐지고 그와 함께 바깥 세상에서 일어난 일은 모두 효력을 상실하고 다 끝난 것으로 되어버린다.

그런데 어젯밤에 나는 이상한 꿈을 꾸었다. 나는 다시 어린아이가 되어서 폭풍우 치는 속에서 돌투성이의 산을 넘고 있었다. 나는 하얀 조각 하나를 손에 쥐고 거기서 조금도 눈길을 돌리지 않았다. 그 하얀 종이에 무엇이 씌어 있었느냐고 지금의 나 자신에게 물어보아도, 완전한 백지로서 거기에는 글자도 그림도 있지 않았다고 고백하지 않을 수 없다. 그래도 나는 황홀감에 도취되어 그것을 읽고 있었다. 나지막하게 떠 있는 구름이 그 종이 위에 빗방울을 떨어뜨리고 번갯불이 그 위를 스쳐 지나갔으며, 하늘과 바위가 쩌르릉 쩌르릉 울리고 멀리서 죽은 사람의 넋이 몸서리치도록 크게 소리쳤다. 그러나 나는 아무것도 써 있지 않은 백지에서 이루 말할 수 없는 행복한 것들을 읽으며 폭풍우나 죽은 사람의 넋이 소리치는 것 따위는 조금도 두려워하지 않았다.

오, 친구여! 나 자신이 여태 이루지 못한 출정을 위해 군대를 모집하고 싶다. 허나 아직은 이르다. 도처에서 적이 나타난 것 같은 느낌이 드나, 적은 조심스러워 좀체 나타나질 않는다. 어떠한 말로도 암호는 아직 말해지지 않았다. 내가 깨워 주어야 할 사람들은 아직 깊이 잠들어 있다. 지금 이 시각에 옛날의 왕자처럼 지금부터 전쟁하는 방법에 숙달되기 위해 잠시 동안 다른 군대에 들어간다는 것은 어리석은 짓일까? 그렇다, 지금 눈앞에 다가선 위험과 어려움을 찾고 나면 더욱 고차원적인 어려움과 더욱 진실한 위험에 대비하게 되는 것이다. 나는 자기 자신이 행해야 할 일을 모르고 있는 행위자같이 느껴진다. '뱀의 입에서 빛을 빼앗아라.' 때때로 깊은 잠 속에서 이 말을 나에게 일러주는 그 소리는 무엇일까?

❧

10월 17일

나는 처음으로 건전한 눈으로 잠을 깼다. 그러나 역 이름마저 덮고 있는 끝없는 안개 외에는 아무것도 보이지 않았다. 나침반은 기차가 달리는 방향을 남동쪽으로 가리키고 있었다. 12시가 넘어 안개가 걷히고 밝아졌을 때 갈대가 무성한 지대에 가까워지는가 싶더니, 그 후 그것은 추수가 끝난 후의 옥수수밭이라는 것을 알게 되었다. 안개가 걷히더니 짙은 구름이 되었다. 저녁때쯤이 되자 이루 헤아릴 수 없이 많은 뾰족한 모자 모양으로 흩어지더니 저 아득한 공간에 하얀 천막 진영이 쳐진 것 같았다. 산맥을 배경으로 한 드넓은 평야 속에 도나우 강이 점점 가까워지고 있었다. 단풍으로 꾸며진 섬들이 강의 풍취를 더해 주고 있다. 어떤 섬은 은색으로 단풍이 든 포플러의 잎으로 꽃이 핀 듯 번쩍이고 있었다. 둥근 언덕 위엔 희랍식 작은 사원이 서 있었다. 그 둥근 지붕의 놋쇠판엔 마지막 저녁 햇볕이 빨려 들어가고 있었다. 늙은 아카시아 나무의 붉은 새털 모양으로 된 잎 사이에 반쯤 숨겨진 키스트에서 우리는 점점 속력을 내어 헝가리의 수도를 향해 달리고 있다. 취사 전령인 크링겐슈타이너가 초를 갖고 와서 기쁨에 겨워 더듬거리는 말로 우리는 부다페스트에 있는 시내의 숙소에 들게 될 것이라고 일러준다. 너무 기뻐서 서로 껴안는 사람도 있고 가방 속에서 외출용 구두와 모자를 꺼내는 사람들도 있었다. H중위와 나는 안드라시 거리에 있는 커피숍으로 가기로 결정했다. 국회의사당을 보고 싶다는 사람이 있는가 하면 성을 보고 싶다고 하는 사람도 있었다. 모두들 창가로 모여들었다. 그러나 기차는 교외 가까이에서 남쪽으로 방향을 바꾸더니 급속력을 내어 탑이 번쩍이는 부다페스트를 지나쳐 우리를 어둠 속으로 데리고 가는 것이었다. 군모와 군화를 다시 짐 속에 쑤셔넣고 여느 때와 같이 촛불을 켜서 깡통 위에 세워 놓고 천막을 펼치고 그 위에서 카드놀이가 시작되었다.

차와 빵과 소시지를 작은 쟁반 위에 가지고 오던 크링겐슈타이너는 욕을 먹게 되지 않을까 하고 들어오지 못하고 있었다. 그는 울상을 지으며 부관의 말을 아마 잘못 알아들었나 보다고 사과하였다. 얼마 후 소령도 성난 표정을 하고 들어왔다. 그는 약한 불빛마저 빼앗아 버리려는 태도였다. 그는 활동적이라기보다는 민첩한 편으로, 아무 일도 하지 않고 가만 있는 사람은 그로서는 참고 보아 줄 수 없는 모양이었다. 그는 한 사람 한 사람씩 둘러보더니 마지막으로 나에게 사병들의 건강 상태를 물었다. 나는 경솔하게, 긴 설명을 하지 않고 매우 좋다고 보고했다. 그러자 그는 그렇게 쉽게 단언할 수는 없을 테니, 내일부터 날마다 차가 좀 오래 정차할 때에 하사관을 데리고 찻간을 순시하면서 찻간마다 아픈 사람이 없는가 확실히 조사해 보는 것이 좋겠다고 말했다. 나는 이러한 물음의 암시적인 의미를 생각하다가 얼굴에 건방진 미소를 띠고 말았다. 그것을 늙은 소령은 오해한 듯 삐죽하더니 권고를 명령조로 바꾸고는 인사도 없이 나가버렸다. 우리들은 누워 잠들기 전에 잠시 동안 그의 이야기를 하였다. 신화며 전설을 잘 알고 있는 H중위는, 옛날의 북방 신앙에 의하면 최악의 힘이라 할지라도 만약 그것을 단 한 번만이라도 웃기거나 적어도 미소짓도록 만드는 데 성공하면 선한 힘으로 바뀌어진다는 이야기를 들려주었다. H중위는 침울한 우리 지휘관에게도 이 수단을 써보는 것이 어떻겠느냐고 했다.

✤

10월 18일

> 강변의 숲속에
> 아침 햇볕이 숨어 있네.
> 강가로 노저어 나가면
> 햇볕은 또한 물속으로 뛰어들어와
> 번쩍이며 강 건너로
> 우리를 데려다 주네

오늘 아침 내가 눈을 뜨는 것과 동시에 때마침 기차가 강을 건너고 있어 햇볕이 강물에 비치며 우리와 함께 여행하는 것을 보자 옛 시구가 머리에 떠올랐다. 지난밤에 기차가 어떤 역에 정차했을 때 가끔 잠이 깨곤 했기 때문에 기차는 조금도 더 멀리 오지는 못했으리라고 생각하고 있었다. 그래서 나는 이 강을 도나우 강으로 생각했으나 그것은 타이스 강이었다. 얼마 지나지 않아 넓은 평야 가운데 두레박으로 긷는 우물이 있는 농가와 검고 부드러운 털을 가진 돼지 떼와 파란 무늬가 있는 흰 수건을 머리에 쓰고 옥수수밭 고랑에서 호박을 따고 있는 젊은 시골 아낙네들이 눈에 띄었다. 병사들이 그들에게 눈짓을 하자 한 여자가 성급히 두 손을 가슴에 모으더니 맹렬하게 달려가는 이상한 괴물 같은 기차를 향해 열심히 십자가를 그었다.

베케슈자바에서 푸른 유니폼을 입은 휴가 나온 젊은 장교 한 사람이 우리가 탄 찻간에 올라탔다. 그는 헝가리의 기병 장교로, 어린애처럼 떠들어대는 것이 귀찮았으나 그것이 도리어 엄숙하고도 무뚝뚝한 독일 군인들을 홍겹게 만들었다. 동맹군의 습관에 따라 그는 우리 모두를 너, 나, 하는 식으로 부르고 반쯤 남은 그의 담배를 나누어 주었고, 그의 약혼녀의 사진을 자랑 삼아 보여주고는 그의 절대적인 우정은 영원히 변치 않는다고 맹세하며, 우리에게는 승리냐 죽음이냐 이 두 가지 문제뿐이지 다른 제3의 문제는 있을 수 없다는 것을 상기하는 것도 잊지 않았다. 아라드에 가까워지자 그는 자기 사진이 들어 있는 우편엽서를 한 장씩 우리에게 나누어 주고는 그 대신 아무것이라도 달라고 하였다. 우리는 오랫동안 호주머니를 샅샅이 뒤졌으나 아무것도 찾아낼 수 없었다. 그러나 나는 마침내 무희 쿨로티일데 폰 데르프의 매우 아름다운 작은 사진 한 장을 찾아내었다. 그것은 사진사 홀트가 그린 것처럼 잘 찍어 리벨몽으로 보내 준 것이었다. 이 점이 내 마음에 걸리긴 하였으나 결국 나는 그것을 주고 말았다. "당신의 약혼녀입니까?" 하고 그 헝가리 장교는 소리치더니 고맙다는 말과 기쁘다는 말을 수없이 되풀이하였다. 그 방면에 정통한 사람처럼 그가 그녀의 우아한 맵시의 매력을 칭찬하고 있는 동안 나는 유감스럽게도 이 훌륭한 여류 예술가와 직접 만나 본 적이 없다고 고백할까 어쩔까 망설이고 있었다. 그러나 그것은 쓸데없는 짓이라고 나 자신에게 타이르며, 그가 나를 사나이 중에서 가장 행복한 자라고 축하하고 부러워하는 것을 아무 대꾸도 하지 않고 잠자코 듣고만 있었다.

아라드에서 토카이 포도주를 두 병 사서 한 병은 위생차 안에 넣어 두고 다른 한 병을 라프와 나누어 마셨다. 그러고는 잠시 후에 어제 명령받은 것을 실행해야겠다는 생각이 들었다. 우리는 찻간을 돌아다니면서 찻간마다 일일이 선량한 병사들의 건강 상태를 꾸준히 물어 나갔다. 당황하여 웃고 있는 병사도 좀 있었으나,

다른 병사들은 우리들이 그들에 대해 무슨 짓궂은 짓을 계획하고 있지나 않은가 하고 생각하여 상당히 겁을 집어먹고 있었다. 그러나 그것이 진지한 물음이라는 것이 밝혀지자 곧 여기저기에서 몸이 댕기고 쑤시고 끊어지는 것 같다고 나서는 사병들이 있었다. 5분 전까지만 해도 자기 건강은 어떠한 시련에도 이겨 나갈 자신이 있다고 하던 튼튼한 젊은 사람들 중에서도 야전 병원에 입원할 수 있는 조건을 다소 구비하고 있다고 느낀 사병이 적지 않았다.

오늘은 우선 12명의 신청을 받고 끝내버렸으니망정이지 그렇지 않았다면 마흔이나 쉰 명도 넘었을 것이다. 점심을 먹은 후 아라드 역에서 이것을 보고하자 예기했던 바와 같이 그것은 놀라움을 불러일으켰다. 그리하여 내가 이번엔 공손히 이 새로운 명령에 대한 반대 의견을 말하자 아무런 반박없이 받아들여졌다. 어쨌든 간에 나는 지금까지 한 사람도 야전 병원으로 후송하지는 않았고, 부대 안에서 그들을 치료하도록 해보겠다고 덧붙여 말했다. 저녁 때쯤 우리가 탄 기차는 새로운 강을 따라 숲 사이로 달렸다. 강은 계속해서 우리 곁을 떠나지 않았다. 그것은 마로스 강이었다.

파라이드

❧

한밤중쯤 마로스 봐샬해리 역에 도착했다. 허나 잠시 동안 머물렀을 따름이었다. 사령부와 제5중대는 계속 산을 넘어 파라이드까지 가지 않으면 안 되었다. 15분쯤 대합실에서 머물러 있는 동안 각계각층의 여자며 늙은이들이 몰려와 담배를 좀 달라고 못살게 굴었다. 누구의 얼굴에나 끝없는 역정이 깃들어 있었다. 몇 세기 동안 버릇이 되어 온 독소를 갑자기 제거한다는 것은 적의 침입이나 굶주림보다 이 사람들의 가슴을 더 살벌하게 만들어 놓았다.

12시 반에 레일이 좁은 기차를 탔다. 5시간쯤 외투 하나로 견디어 볼 작정으로 모포는 두 장 다 큰 짐이 있는 곳에 남겨 두었다. 그러나 기차에는 창문이 하나도 없어 1킬로미터를 달릴 때마다 추위는 점점 더 심해 가고 비는 진눈깨비로 변해 바람에 휘몰려서 우리에게 들이닥쳤다. 우리들은 거의 얼어서 아침 6시에야 파라이드의 조그만 탑을 보았다. 우리를 태운 밤 기차는 역 부근의 파괴된 레일 사이에 4시간이나 서 있었다. 레일 위에는 갈갈이 찢긴 신경 묶음처럼 잘려진 전화줄이 늘어진 채 널려 있었다.

결국 우리가 타고 온 밤 기차는 불필요한 것으로, 그것은 참모 장교의 실수 탓이라는 것을 알았다. 젊은 친구들은 욕설을 퍼붓고 늙은이들은 투덜거렸다. 그러나 더 큰 불행에 부딪쳤을 때는 모두 다 입을 다물고 말았다. 역 앞의 큰길에는 한 번에 전부를 다 볼 수 없으리만큼 많은 줄을 지어 서 있는 피난민으로 가득 차 있었으며, 저쪽 편에서 오스트리아의 위생병이 우리 쪽으로 오는 것이 보였다. 그들은 들것에 세 개의 조그마한 천으로 덮인 사람을 싣고 조심스레 운반해 오고 있었다. 그것은 어떤 피난민의 어린아이들로서, 놀다가 실탄이 들어 있는 수류탄을 발견하고는 그것을 서로 빼앗으려 하다가 안전핀을 빼버렸던 것이다. 마침 솥에 불을 때려던 그의 어머니는 그 자리에서 즉사해 버리고 어린아이들은 중상을 입었다. 지벤뷔르겐 출신의 작센 사람인 그의 할머니는 울면서 이 무언의 행렬을 뒤따라오며, 이 사건을 이 세상의 황제들과 왕들에게 알려달라, 그리하여 슬퍼해 달라, 신의 뜻에 어긋나는 전쟁은 그만두어 달라고 애원했다. 그러는 사이에 갑자기 태양이 구름을 뚫고 나와 높은 산을 밝게 비추는 바람에 모두들 그쪽으로 눈길을 돌렸다. 산기슭은 드문드문 바위가 있는 파란 목장이었고, 거기서부터는 조심스럽게 말아 놓은 것 같은 전나무의 무성한 폭좁은 지대가 계속되고 그 위에는 거대한 피라미드형의 눈덮인 봉우리가 햇볕에 눈부시게 번쩍이면서 회색 하늘에 우뚝 솟아 있었다. 이 장엄한 경치에 너 나 할 것 없이 모두들 넋을 잃었다.

그 늙은 노파마저 입을 다물어 버렸다. 그리고 나는 갈갈이 찢긴 어린애들의 슬픈 모습이 홀연히 사라져 버렸다는 것을 고백해도 좋을까? 마찬가지로 우연히 어느 구석진 곳에서 일어나는 것처럼 이 장엄한 경치 속에 완전히 도취되었으나 저 건너 쪽의 오래 전부터 우리들의 모든 괴로움과 놀라움을 한 몸에 떠맡아 온 신비로운 법칙이 영혼의 보호를 받아 엄격히 존재하고 있다는 것을 고백해도 좋은 것일까?

11시에 우리는 숙소로 갔다. 피로를 물리치고 병실 근무와 발 검사를 다 끝낸 후에야 겨우 지금껏 밀린 잠을 보충하였다. 한밤 중에 — 우리들은 아직 모여 앉아 책을 읽거나 잡담을 하고 있었으나 — 길에서 말발굽 소리와 방울 소리가 들려오고 잠시 후 조심스럽게 초인종이 울렸다. 문은 잠겨 있지 않았는데 누군가가 안으로 들어와도 좋으냐고 허락을 청하고 있다. 그 사람은 이 집 주인이었다. 상당히 나이 먹은 사람으로서 가족과 함께 루마니아 군대를 피하여 피난을 가 있었으나 우선 혼자서 이 근처의 정세와 앞으로의 전망을 알기 위해 되돌아온 것이었다.

그는 공손히 잠잘 수 있는 작은 방을 빌려 달라고 청하고는 허락이 있을 때까지 외국 사람에게 점령 당하고 밝게 불이 켜져 있는 자기 집 앞에 끈기 있게 서 있었다. 소령은 그에게 인사하기 위해 스스로 내려가 저녁식사를 권했으나 겸손하게 사양하고 자기 집에서 이럭저럭 하룻밤을 새울 수 있다는 데 매우 만족해했다.

⚜

10월 20일

오늘은 휴일이다. 8월에 이미 했어야 할 티프스 예방접종을 결국 오늘에야 시행했다. 큰 교실 두 개를 빌려서 공간을 넓히려고 걸상을 모두 쌓아 올려놓았다. 교단 위에는 아직도 등나무 회초리와 백묵이 놓여 있었다. 벽에는 동식물과 지구상의 인종을 그린 그림이 걸려 있었다. 나는 이 접종에 대해 좀 불안감을 갖고 있었다. 될 수만 있다면 다시 한 번 연기시키고 싶었던 것이다. 그 이유는 몇 번이나 청구했던 주사바늘이 아직도 도착하지 않았기 때문이다. 낡은 것은 이미 바늘 끝이 구부려져 찌를 때나 뺄 때에 심한 고통을 주었다. 그러나 더 연기할 수는 없었다. 그리하여 내가 할 수 있는 방법을 다 생각해 보고는 결국 피해자들의 주의를 다른 곳으로 돌리기 위해 다소 연극을 꾸밀 것을 생각해 냈다. 맨 처음에 나 자신이 웃통을 벗고 대기하고 있는 사병이 보는 앞에서 아픈 바늘을 꾹 찔렀다. 그때 나의 안색은 조금도 변하지 않았을 것이라고 믿는다. 다음은 뎀과 라프 차례였다. 그들에게는 미리 잘 일러두었기 때문에 그들은 몸을 움츠리며 아픈 체하지 않도록 조심했다. 그 후에는 많은 미개 민족을 그려놓은 괘도를 이용하여 불쌍한 젊은 사병들의 피부에 상처를 입히면서 아메리카 인디언이나 말레이시아 사람들에 대해 지난날에 한 번 읽어 본 적이 있는 여러 가지 이야기를 위로조로 들려주었다. 예를 들자면, 사나운 팀메스 족의 괴상한 습관 같은 것들을 이야기했다. 그들은 왕으로 선출하고자 하는 사람을 대관식 전날 반쯤 죽도록 때려 주기 때문에 그 남자는 가끔 대관식 후 얼마 살지 못하는 수가 있었다. 또 피지 섬 같은 데서는 효자는 눈물을 머금고 아버지를 생매장해 버린다. 그렇게 하면 저 세상에 가서도 아버지는 죽은 그날의 힘과 훌륭함을 조금도 상실치 않고 영원히 살 수 있을 것이라고 그들은 굳게 믿고 있는 것이다. 선량한 사병들은 열심히 귀를 기울이고 있었고, 이러한 무시무시한 잔인한 이야기로 인하여 벌이 쏘는 것 같은 주사의 아픔 정도는 간단히 잊어버리는 것같이 보였다. 중대 전원의 접종이 거의 끝나갈 무렵에 부대장도 주사를 맞으러 왔다. 그는 바늘을 찌를 때 너무 심하게 움츠려 하마터면 바늘이 부러질 뻔했다. 부대장은 매우 화를 냈다. 분명히 부대장은 다른 사병들에 비해 매우 불리한 입장에 놓여 있었다. 왜냐하면 유감스럽게도 나는 그에게 경의를 표하느라고 말없이 바늘을 찌르지 않으면 안 되었고, 또 예의상 야만인들의 습관이나 다른 이야기를 할 수 없었기 때문이다.

저녁 먹기 전에 나는 1시간 동안 누워 잤다. 주사약이 여느 때와 같이 효력을 발생하여 나는 끊임없이 꿈을 꾸었다. 각성, 사색, 자기반성의 생활 등의 세월을 저 뒤로 보낸 것같이 여겨졌다. 꿈 속에서 우리는 프랑스식 난롯가에 둥글게 앉아 있었다.

발리, 스테파니, 어린 빌헬름, 몇몇 친구들, 또 좀 떨어진 곳에는 레기나가 앉아 있었다. 모두들 몸이 얼어 난로에 손을 내밀고 쬐고 있었다.

레기나는 붉은 허리띠가 달린 검은 학생복을 입고 있었으며 한 손에는 붕대를 감고 있었다. 다른 아이들 역시 붕대를 감고 있었고 빌헬름은 눈에 시꺼먼 안대를 하고 있었다. 그러나 우리들은 다 기분이 좋아서 이것저것 지나간 이야기들을 주고받았다. 갑자기 레기나가 "남자들은 참 나빠. 모두들 내가 무서워서 프랑스의 악한 적에게로 도망쳐 버리거든" 하고 말했다. 그러자 모두 소리 내어 웃었는데, 웃으면서 그들은 매우 불안해졌고 완전히 투명하게 되어 마침내 한 사람 한 사람이 난로 속으로 들어가 불길과 함께 사라져 버렸다.

눈을 떴을 때는 마침 군사우편이 와 있었다. 현실 생활의 맑은 음향 앞에 꿈의 환상은 자취도 없이 사라져 버렸다. 빌헬름도 몇 줄 덧붙여 써 보냈다. 그것도 그로서는 힘들었을 것이다. "휴가

나온 사람이 아빠는 지벤으로 가신다고 가르쳐 주었어요. 저는 아
빠가 그곳으로 가시게 되어 기뻐요. 그곳의 산이나 강에는 금이
있다고 오스카앗펠 선생님이 지리시간에 가르쳐 주셨거든요. 아
버지가 가지고 오실 수 있을 만큼 많이 가져다 주세요. 그러면 그
건 제가 잘 쓸 수 있을 거예요"라고 씌어 있었다. 편지는 곤색 칼
라가 달린 은회색 외투에 꿰매어져 있었다. 나중에 그것을 본 많
은 장교들은 군대의 규칙 위반이라고 화를 내었다. 그런 넓은 칼
라가 달린 외투를 입을 수 있는 것은 기껏해야 포병대의 장군 정
도니 곧 부대의 재봉실에 가서 고쳐 입으라는 것이었다. 그러나
소령은 "의용병 군의관에 대해서는 뚜렷한 규정이 없으니 안심하
고 입어도 좋다. 그 옷을 입는다고 이익이 되면 되었지 손해 보지
는 않을 걸세"라고 웃으면서 말했다.

젠틀레크

✦

1916년 10월 21일

동이 틀 무렵 파라이드를 출발하기 전에 소령은 내게 진찰을 청하였다. 그의 좌골신경이 염증을 일으키고 있었다. 열이 나고 아파서 말도 탈 수 없으나 그의 직책을 버리고 싶지 않아 병원으로 가기는 싫었던 것이다. 결국 그는 농담 반 진담 반으로 저녁에 자기한테 와서 내일 아침까지 나을 수 있도록 하라고 군대식 명령을 내리는 것이었다. 강한 말틴 라우다돈이라는 가루약이 아직 종이봉지 안에 들어 있을 것이라는 생각이 났으나 그것에 대해선 그에게 한 마디도 하지 않았다.

이 일은 좀 생각해야 할 문제다. 이 조그만 늙은 부대장은 귀찮게 굴고 남을 잘 괴롭히는 사람이며, 또 다루기 힘든 사람이다. 그리고 그는 부하들에게만 그러는 것이 아니라 상관들에게는 더욱 심했다. 이런 것은 군대에서는 거의 보기 드문 일이다. 그는 그의 주위 사람들을 결코 맘 편하게 해주질 않았다. 그러나 우리는 마음 편하게 있기 위해 이곳에 와 있는 것일까? 그는 절제와 종용을 강요할 줄을 안다. 그 덕택으로 내가 건강하게, 또 자유스럽게 살고 있다는 것을 부정해도 좋을 것인가? 이따금 우리를 성내게 하고 헐뜯는 사람이 결국 우리를 마음대로 하도록 방임해 두는 사람보다 더 힘차게 우리를 발전하도록 해주는 사람이 아닐까? 그렇다. 저 꼬마인 회색 악마는 누가 무어라 하더라도 우리와 우리의 운명과 결부되어 있는 것이다. 틀림없이 그 가루약은 잘 들을 것이다. 그것을 소령에게 먹이자!

천천히 우리는 센틀레크로 가는 길을 올라가고 있다. 길은 더운 바람으로 곧 말랐다. 하늘은 이상하게 보였다. 마을과 경치가 구름의 형성에 영향을 끼친다는 지난날의 꿈이 다시 떠올랐다. 하얗게 빛나는 검은 심이 있는 구름 덩어리, 그 사이에 물거품을 내는 파도와 같은 구름, 그 뒤에 뾰족한 은빛 작은 나무가 무성한 듯한 회색 구름이 벤치 모양을 이루고 있었다. 얼마 지나지 않아 우리는 유럽에서도 소금이 가장 많이 나는 지방 중의 한 곳을 지나가고 있다는 것을 알았다. 여기저기에 깨끗하고 흰 암염岩鹽이 회색 사이에 얼굴을 내밀고 있다. 휴식하는 사이에 조그만 소금 조각을 따다가 바라보면서 손바닥에 올려놓고 무게를 가늠해 보고는 보석이나 되는 듯 배낭 속에 간수해 두는 사람들도 많았다.

마을에 있는 집들은 모두 똑같이 불투명한 하늘색으로 칠해져 있었다. 어느 집이나 가느다란 나무기둥이 서 있는 복도를 에워싸고 있었다. 이 기둥은 네 개의 면을 가진 급경사진 네모 반듯한 지붕을 버티는 데 도움이 되었다. 비스듬한 톱날이 많이 달려 용마루는 늘어진 척추같이 보였다. 늙은이들은 슬픈 얼굴로 정답게 문간에 나와 서 있었다. 어떤 때는 까만 눈을 가진 마자르 여자들이 몰려와 루마니아 군인들의 잔인한 행위를 큰 소리로 일러주었

다. 그녀들에 비해 어렸을 때부터 이 마을에 살아온 금발의 독일
여자들은 신중하고도 조용히, 그리고 분명히 정의라는 것을 고요
히 생각하면서 마자르 여자들의 심한 비난을 그들의 척도로 고쳐
서 생각하고 있었다.

12시경 센틀레크라는 큰 마을 가까이에 도착했다. 그러나 마을
안에는 들어가지 않고 울타리가 빙 둘러져 있는 풀밭에 크고 작
은 짐을 내려놓고 쉬었다. 곧 야전 취사차에 불이 켜졌다. 일요일
에는 큰 기도서를 팔에 끼고 사방에서 사람들이 모여들었다. 남자
들은 망설이는 듯한 걸음걸이로, 여자들은 매우 안심한 듯한 가벼
운 걸음걸이로 모여들었다. 그들은 많이 말을 주고받으며 의미 심
장한 표시를 하더니 갑자기 한꺼번에 집으로 돌아갔다. 그러나 그
들은 곧 과일이 가득 들어 있는 바구니며 우유가 잔뜩 든 통을
들고 되돌아왔다. 이 마을은 2, 3일 전에 루마니아 군대의 침입으
로 고통을 받았던 것이다. 그래서 그들은 지금 독일군의 진격을
기뻐하여 대접하려고 애쓰고 있는 것이다. 모든 병사들의 물통은
우유로 채워져 거품이 일어났고 호주머니는 황금빛 팔메너 사과
로 가득 채워졌다. 아주 늙은 신부를 선두로 남자들도 서서히 접
근해 왔다. 침입자들은 그의 방에서 독일어 책을 찾아내고는 벌책
으로 미사에 쓸 포도주 전부와 금테두리의 안경마저 빼앗아가 버
렸다. 신부가 훌륭한 독일어로 침착한 유머를 섞어가며 이러한 이
야기를 하고 있는 동안, 중위는 오랫동안 아껴두었던 부르군더 포
도주 병을 꺼내어 그 늙은 신부에게 선사하였다. 늙은 신부는 그
선물을 교회에 바쳐진 것으로서 생각하고 아무 주저 없이 받고는,
선사한 사람을 위해 오늘 미사를 드릴 것을 약속하였다. 다른 남
자들은 담배를 얻을 수 있으리라는 희망으로 한 걸음 한 걸음 우
리들 곁으로 가까이 다가왔다. 마침내 이상한 물물교환이 성립되

었다.

어떤 사병은 담배 세 가치로 달걀 12개를 얻고, 또 어떤 사병은 값싼 담배 두 갑으로 살찐 거위를 얻었다. 그러나 나는 마을 환자들에게 끌려다녔다. 나는 위생차의 문을 열고 붕대와 약을 아낌없이 나누어 주었다. 마침내 라프가 놀라며 여기서 다 주어버리면 산 속에서는 보급이 끊어지는데 그러면 곤란할 것이 아니냐고 경고하였다. 그러는 동안에 연대 군악대가 도착하였다. 군악대는 풀밭 한가운데에 자리잡고 헝가리 가곡을 연주하였다. 환자들은 그들의 아픔을 잊고 기뻐하였고, 병사들과 처녀들은 춤추면서 한동안 잔치로 변하고 말았다.

뒤따라오는 부대에 숙소를 빼앗기지 않기 위해 3시엔 그 마을로 들어가기로 했다. 각재角材로 꾸며진 낡은 농가의 천장이 평평한 방이 나에게 배당되었다. 방 안은 매우 어두웠으며 창문은 작고 침대는 딱딱하고 비좁았다. 거기서 살고 있는 사람이라곤 지금까지 농부 한 사람을 보았을 따름이다. 그는 심술궂고 침울하게 보이는 사람이었는데 우리를 피했다. 집 밖의 햇빛이 쬐는 복도 주위에는 작은 호박벌들이 붕붕거리며 날고 있었다. 벌들은 기둥과 난간에 수많은 구멍을 뚫어 놓고 쉴새없이 드나들었다. 모든 것이 다 썩어 무너져 가고 있었는데 대문만이 잘 꾸며지고 새것이었기에 더 훌륭하게 보였다. 거기에는 멋진 격자格子가 박혀 있었고 빛깔을 넣어 새긴 널판으로 된 높고 넓은 문짝이 달려 있었다. 양쪽에는 동물이며 식물이 휘감긴 무늬가 있었으며 그것이 빨갛게 타오르는 초를 세워 놓은 촛대 주위를 장식하고 있었다. 초에는 한 마리 녹색 뱀이 휘감겨 있었다. 문 기둥 위에는 길고 낮은 집이 올려져 있었다. 배 모양을 한 것으로서 빨갛고 어린 비둘기가 그려져 있었고 그 사이에 있는 둥근 창문으로 진짜 비둘기들이 드나들고 있었다. 얼핏 보기엔 이 문은 큰 대궐에서 훔쳐다가 이 집에 달아 놓은 것처럼 어울려 보이지 않았으나 한동안 비교해 보고 있노라니 역시 오래 된 본채에서 파생된 것이라는 것을 알게 되었다. 본채부터 꾸미지 않고 대문부터 꾸민다는 것은 물론 좀 이상한 방법임에는 틀림없으나 그래도 전체 구조가 어떻게 되리라는 것은 충분히 추측할 수 있었다. 이 증축도 또한 전쟁으로 중단되고 만 것이다. 아마 이 농부는 자기 집을 다 고치지 못해서 그것 때문에 침울하고 겁쟁이가 되었는지도 모른다. "집을 짓는 자는 신앙도 더욱 깊어진다." 이 낡은 성스러운 말이 여기 해당할 것이다.

병실 근무를 한 뒤 부대장에게 불려 갔다. 그는 열에 벌벌 떨면서 양털가죽으로 된 이불을 덮고 넓은 침대에 누워 있었다. 약을 주려고 하자 매우 못마땅한 표정이었다.

"무엇 때문에 독약을 먹이는 것인가?" 하고 그는 소리소리 질렀다. "화학적 물질을 혈액 속에 넣는 것보다 더 무모한 짓이 어디 있는가?"

나는 대답했다. "우리들의 몸 그 자체도 화학물질로 결합된 것으로서 그것이 때때로 올바르지 않게 결합되는 수가 있습니다. 그 잘못 결합된 것을 풀기 위해 새로운 화학적 물질을 주입하지 않으면 안 됩니다"라고. 그래도 아직 부대장은 못 믿겠다는 표정이어서 동물은 병에 걸리면 보통 때는 절대로 먹지 않는 잡초와 풀잎을 쉴새없이 찾아 먹어 그것으로 빨리 건강을 회복한다는 이야기를 그에게 들려줌으로써 내가 한 말을 상기시켰다. 그것으로 부대장도 납득이 갔는지 이번에는 기꺼이 가루약을 받아 먹었다.

나는 장교들과 함께 내 숙소에서 저녁시간을 보냈다. 오전에 왔던 여자 환자 중의 한 사람이 오리를 두 마리 선사했다. 우리는 그놈을 구어서 안주 삼아 사과주를 마셨다. 풀밭에서의 즐거웠던 한때가 아직 모두의 머릿속에 남아 있었다. 머지 않아 평화가 올 것이라고 생각하고 있는 사람들도 많았다. 어떤 사람은 독일 황제에게서, 다른 사람은 러시아 황제에게서, 또 다른 사람은 윌슨에게서 세계를 구하는 말을 기대하고 있었다. 이 사랑스러운 사람들의 대부분은 아마 머지 않아 죽음이 찾아올 것이라는 것을 가슴속에 느끼면서 이상한 착각을 일으켜 전쟁이 끝나고 있는 것처럼 생각하고 있는 것이다.

이러는 동안에도 그리 젊어 보이지 않는 이 집 안주인이 우리들의 주위를 왔다 갔다 했다. 쉽사리 그렇게 젊다고 말할 수 있는 여자는 아니었지만 튼튼한 몸집에 몸매는 아름답고 균형이 잡혀 있었다. 맑은 회색 눈동자 아래에는 살짝 두드러진 넓은 검은 점이 나 있었고, 그 둘레에 파란 정맥이 도드라져 보였다. 머리에 감고 있는 검은 수건 아래로 뻣뻣하고 붉은 머리카락이 나와 있다. 그 여자는 사과주와 음식을 먹은 대가로 사과와 살구를 가지고 와 우리에게 마자르 말과 루마니아 말을 가르쳐 주었다. 그 여자는 처음엔 나를 종군 신부로 생각하였음인지 매우 정중히 대우해 주었다. 그런데 내가 다른 사람들과 마찬가지로 속인이라는 것을 알자 매우 친밀하게 되어 자기 집에 묵고 있는 손님으로서, 또 식탁에 앉아 있는 사람들 중 가장 나이 든 사람으로서 존중하려고 애쓰며 몇 번이나 심부름시킬 것이 없느냐고 묻고는 그때마다 형식적으로 나를 끌어안는 듯한 시늉을 하였다. 이러한 행동은 식탁에서 많은 웃음을 자아냈는데 그 여자는 그런 것엔 개의치 않았다. 그 여자는 이따금 혼자 중얼거렸다. 이러한 애교 있는 광기 때문에 그녀는 좀 돈 사람처럼 보였다. 그 여자는 가끔 남편이 침울하게 난롯가에 앉아 있는 안방으로 들어가 우리에게서 얻은 담배를 주어 그를 위로하려는 것 같았다. 드디어 그 여자는 엽서, 편지, 성인의 조그마한 그림이 들어 있는 상자를 우리에게 보이기 위해 가지고 왔다. 그 속에서 그 집의 문에 그려진 도안을 스케치한 종이 조각을 보고 나는 얼마나 놀랐는지 모른다! 그 장식이 지금부터 이루어지려는 것으로 볼 때 나의 공상은 한층 더 자극되었다. 나는 그냥 지나칠 수가 없어 보고용 용지 한 장을 꺼내어 그것을 베끼려 하였다. 이러한 경우엔 항상 그렇듯이 원형과는 딴판의 것이 그려졌다. 훌륭한 벤뷔르겐식 집을 배경으로 그려넣은 것은 그럭저럭 괜찮게 그려졌으나, 문앞에서 뱀이 불 타고 있는 그림은 뱀이 초의 심지를 깨물어 이빨 사이에 물고 도망치는 것처럼 그리고 말았다. 그 아래에 지난날의 글라비나의 편지에서 읽은 적이 있는 '뱀의 입에서 빛을 빼앗아라'라는 문구를 써 넣었다. 동료들은 큰 소리로 웃고 떠들면서 사과주로 머리 꼭대기까지 취했구나 하고 말했다. 그 여자는 미소를 지으며 나의 서투른 그림을 바라보고 있다가 몸짓으로 내가 그린 그것을 가져도 좋으냐고 묻고는 그것을 남편에게 보이기 위하여 자리를 뜨고 말았다.

❧

10월 22일

5시에 출발 준비가 다 되었다. 떠날 때 안주인은 대들보에 단단히 묶어 두었던 나뭇단에서 나뭇가지 하나를 꺾어 의미심장한 눈초리로 나에게 내밀었다. 아마 그것은 부적의 뜻인 것 같았다. 그 향기는 사향 같기도 하고 로즈마리 같기도 하였다. 내가 말에 올라탄 뒤에도 그 여자는 이것저것 열심히 이야기하였다. 내가 바르게 알아들었다면, 그녀는 전쟁이 끝난 후에 다시 한 번 나를 그녀의 새 집에 손님으로 초대하고 싶다는 것이었다.

소령은 9시간 전만 해도 심한 열로 신음하고 있었으나 지금은 검은 말 위에 반듯이 올라앉아서 장교들과 사병들을 야단치고 있었다.

"여보쇼, 저 자에게 무슨 약을 주었소?"

하고 F중위가 나에게 물었다.

"내가 준 그 소량의 약이 그에게 그만한 효력이 있었다는 것은 그렇게 듣기 싫은 말은 아니지요. 그러나 소령은 자기 자신을 다들 싫어한다는 것을 잘 알고 있습니다. 그것도 또 나쁜 약은 아니겠지요."

라고 응수해 주었다.

긴 행군으로 지루한 하루 해가 저물어 갔다. 숲 있는 언덕, 그 벌거숭이 언덕을 넘어갔다. 비가 개지 않아 단조로운 잿빛으로 뒤덮인 대기를 통해 어느 것이나 다 똑같은 둔한 하늘색 농가들이 엿보인다. 즐거웠던 어제의 일을 잊지 못하고 있는 사병들은 숙소가 없다는 둥, 양식이 부족하다는 둥, 구두가 찢어졌다는 둥, 목적지가 뚜렷하지 않다는 둥 불평을 늘어놓았다. 그리하여 모든 죄를 소령에게 뒤집어씌우고 말았다. 게다가 소령의 병이 다 나은 것이 그들로서는 참을 수 없는 모양이었다. 그가 말을 타고 지나가면 모두들 큰 소리로 저주의 말을 퍼부었다. 그래도 소령은 못 들은 척하고는 그 앙갚음으로 아주 오랫동안 휴식 명령을 내리지 않았다. 결국 나의 청으로 부관이 소령에게서 휴식의 허락을 받아 왔다.

쩨에케리 우드발헤리에서는 많은 집들이 완전히 파괴되어 있었다. 공기에서는 아직도 화염 냄새가 풍겨 왔다. 그러나 언덕 위에는 드문드문 고급 독일제 재봉틀이 길가의 진흙 속에 버려져 있었다. 이 값진 전리품을 내버리고 가는 것을 매우 애석하게 여겼을 것이다.

저녁에는 많은 병사들이 극도의 피로를 호소해 왔다. 아마 티프스의 주사약이 아직도 혈액 속에서 작용하고 있는 모양이었다. 나는 병든 말을 돕기 위해 배낭을 짊어지고 걸었는데도 조금도 피로를 느끼지 않았다. 부브레뉴 이래 나 자신이 조제해서 복용한 그 약효가 아직 남아 있는 모양이다. 그리고 또 글라비나의 영감에 힘입어 전보다 더 절제 있는 생활을 하고 이번의 이 출동을 하나의 큰 모험으로만 생각했다. 이러한 생활 방식에 힘입은 바도 크다. 이 부자유스러운 근무도 훨씬 손쉽게 할 수 있고, 또 아마도 틀림없이 이러한 부자유스러운 근무에서 나올 것이라고 생각되는 더 자유스러운 근무가 존재한다는 예감이 들었다.

피로 회복에 좋다고 권하는 여러 가지 방법 중에서 나는 차와 커피만을 사용했을 뿐 담배나 독한 소주같이 강하게 감각을 마비시키는 것 등은 피해 왔다. 가장 손쉬운 정신적인 피로 회복 방법만이 나에게는 가장 알맞았다. 이 생생한 언어들이 갖고 있는 이루 헤아릴 수 없는 효과를 항시 나타내는 힘을 알고 있는 사람이 과연 얼마나 될까! 시인은 이미 저 세상에 갔으나 그의 시구가 세계의 영혼을 이끌고 있다는 것을 몇 사람이나 알고 있을까? 아무리 지친 넋의 수레바퀴도 새로 회전시키는 데 충분한 시구의 수도 결코 적지는 않을 것이다. 그리하여 이러한 시구만이 잠시 동안 죽음의 산봉우리에 머물러 있을 자격이 있으리라. 왜냐하면 틀림없이 이러한 시구는 거기서만 가장 순결하고 가장 힘차게 울릴 것이니.

그리고 넋이 자유롭게 비약한다면 어찌하여 감각이 많은 자극을 필요로 할 것인가? 힘을 북돋우는 데는 빵과 과일과 바위 틈에서 흘러나오는 한 모금의 물과 야생의 박하향기로 충분하다.

우리가 도착했을 때는 한밤중이었다. 마을 이름은 잊어버렸다. 어느 집이나 보병들로 꽉 차 있었다. 우리는 인기척 하나 없는 약탈당한 오두막집 한 채를 간신히 발견했다. 그 오두막집에는 마른 풀도 조금 있었다. 다른 사람들은 벌써 모포와 젖은 외투를 감고 드러누웠다. 나무토막이 다 타 들어가고 있다. 빨리 잠자리를 마련해야 한다.

"세상, 황막한 자연 그대로의 무서운 세상, 나는 지금 그 속에서 강렬히 아름답게 빛나는 비누방울 속에 살고 있으며 그것이 터지지 않도록 숨을 죽이고 있다"라는 구절을 글라비나의 편지에서 읽었다.

오텔베

❖

1916년 10월 24일

정오까지 바람에 날리는 안개구름 사이의, 나무가 무성한 언덕
에 올라갔다. 1시가 좀 지나서는 발 아래 치크 체레다의 계곡을
내려다볼 수 있었다. 우리는 그곳으로 내려갔다. 바람이 불지 않
고 따뜻했다.

도시 주위에는 새로운 무덤들이 빙 둘러 있다. 마을 안에는 많
은 집들이 파괴되고 약탈당하고, 쇠로 만들어진 셔터마저 수류탄
으로 망가져 있었다. 도망치던 루마니아군은 알타 다리를 폭파해
버렸다. 이내 프러시아 공병대에 의해 나무로 된 다리가 몇 시간
이내에 놓여졌다. 이 다리는 튼튼하고 보기에도 아름답다고 할 수
있을 것이다. 오텔베까지 상당히 오랫동안 휴식시간이 조금도 없
었다. 벤뷔르겐과 루마니아 국경을 이루고 있는 산이 처음으로 눈
에 띄기 시작했을 때 부대 앞쪽에서 "정지!" 하는 큰 소리가 들
려왔다. 그것은 뒤쪽으로도 전달되었다. 부대는 동요되어 서려는

자도 있었고, 계속 전진하려는 자도 있었다.

소령과 레베렌츠 중위가 말을 타고 부대 선두에 서서 가고 있었는데 정지 명령이 이 두 사람의 입에서 나오지 않았음이 밝혀졌다. 어떤 사람이 외친 것을 다른 사람이 전달하였음에 틀림없었다. 행군은 계속 되었다. 그 후 얼마 되지 않아 풀밭에서 쉬게 되자 레베렌츠 중위는 배낭 내리는 것을 허락지 않았으며 전원 완전 무장한 채 정렬시켜 놓고 정지 명령을 외친 괘씸한 놈이 나설 때까지는 언제까지라도 이대로 세워 두겠노라고 선언하였다. 작은 소리로 불평을 하는 사병들도 있었으나 복종하지 않으려는 사병은 하나도 없었다. 뿐만 아니라 이미 배낭을 내려놓았던 자들까지도 투덜거리면서도 서둘러 배낭을 메었다. 레베렌츠는 사병 전원을 앞에 세워 놓고 좀 높은 곳에 올라서서 그의 결심을 거듭 천명했다. 그는 모두에게 그 반항적인 정지 명령에 책임을 지우겠다고 엄포를 놓았다. 비겁하게도 나서지 않는 자라면 다른 사람이 지적하지 않으면 안 된다. 만약 휴식시간 동안에 나선다면 당연히 범인만이 처벌받고 다른 사람들은 그만두겠지만 그렇지 않다면 소대장까지 포함해서 중대 전체를 처벌할 것이니 그렇게 알라고 말하는 것이었다. 이 말에 이젠 불평을 하는 자마저 없고 모두 조용히 서 있었다. 다른 부대의 사병들도 좀 떨어진 곳에서 일이 어떻게 될 것인가 하고 호기심에 가득 차 바라보고 있었다. 숨막힐 듯한 광경이었다. 거기 서 있는 레베렌츠 중위 그 사람이야말로 사단에서도 가장 우수한 장교의 한 사람이었다. 그의 부하들은 누구나 다 그를 참다운 의미에서의 전우고 용감하며 자상하다는 평판을 내리고 있었다. 그는 단지 자기의 명예심 때문에 부하들을 위험지대에 끌어넣는 일은 결코 하지 않는 장교로서 존경을 받고 있는 터였다. 그는 전쟁으로 인해 나이보다 더 늙어 보였고 상처자국을 많이 가지고 있었다. 이러한 그가 자기 자신에게 모욕이 가해졌다고 생각하고는 화가 나서 새파랗게 질려 날카롭고 둥근 눈을 부엉이처럼 내려뜨고는 한 사람 한 사람을 쏘아보았다. 그는 단호한 조치를 취하겠다는 결심을 내보이면서도 이 일은 극비에 부쳐 해결하겠다는 현명함도 갖고 있었다. 그의 앞에는 지칠 대로 지친 사병들이 자기들이 저질러 놓은 일에 놀라 서 있었다. 희미하게나마 그들에게는 잘못이 없다는 것을 느끼면서도 그것을 입밖에 내어도 아무런 소용이 없었다. 병사들은 아마 마음속으로는 지휘관의 태도에 감탄하고 있을지 모른다. 부엉이 같은 사람은 다른 사람보다 우수하다는 말을 언젠가 읽은 적이 있다.

이번의 이 일을 잘 생각해 본다면, 이미 오래 전부터 우리들 가슴속 깊이 깃들어 있던 불평이 이제야 밖으로 터져 나온 데 지나지 않았다. 전쟁이 시작된 지도 벌써 3년째다. 대부분의 병사들은 병사로서는 부족한 사람들이고, 보급도 나쁘고 군복이나 군화도 부족할 뿐 아니라 휴가 얻기도 극히 힘들고, 어쩌다 휴가를 얻어 본국으로 가면 용기 없는 자들의 감언이설에 넘어가게 되어 정신력과 군기를 확립하지 못하고 있었다. 장교들은 그것을 알고 있었다. 특히 젊은 장교들은 당황하여 당연히 처벌되어야 할 그러한 욕지거리도 못 들은 척했다. 그리하여 이것도 무슨 악의가 있어서 하는 짓이 아니니 전선에 가서 적과 마주치게 되면 자연히 사라져 버릴 것이라고 스스로를 납득시키고 있었다. 이러한 느슨하고도 애매한 태도는 레베렌츠 같은 뚝뚝한 군대 기질을 가진 인간에게는 매우 두렵고 풍기에 관한 문제라고 여겨졌을 것이다. 지금 자기의 온 목숨을 내걸고라도 최소한의 자기 손아귀에 쥐고 있는 부대만이라도 강제로 군기를 확립시켜 보겠다고 애쓰고 있는 것을 볼 때, 생사의 경지를 헤매고 있다는 것을 알고 있으면서도 수

술을 하겠다는 의사같이 느껴졌다.

소령은 그 동안 아랑곳 없다는 듯이 좀 떨어진 곳에 앉아 수첩을 뒤지고 있었다. 무엇보다도 그가 이 일에 관여하지 않도록 한 것은 틀림없이 제일 훌륭한 천사가 한 짓임에 틀림없었다.

긴장이 풀려 더 이상 참을 수 없게 되었을 때 뜻하지 않게 빠른 걸음걸이로 보병 크리스틀이 앞으로 나와 정지라고 말한 것은 자기라고 분명하고 간결하게 고백했다. 잠시 동안 모두 빳빳이 굳어버렸다. 그리고 나서는 가벼운 안도감 같은 것이 서 있는 사병들 사이에 흘렀다. 나는 이 자발적인 고백이 좀 의심스럽다고 여겨졌다. 왜냐하면 크리스틀은 결코 앞쪽에 있던 것이 아니라 오히려 한가운데쯤에서 행군하고 있었기 때문이다. 그러나 창백하고 긴장한 얼굴에 색깔이 다 낡은 군복을 입고 희미한 은색 눈썹을 치켜올리며 레베렌츠 중위를 눈이 부시다는 듯이 눈을 가늘게 뜨고 응시하는 모양을 보고는 그의 고백이 정말이라는 생각이 들었다. 중위의 엄숙한 얼굴에 엷은 미소가 스쳐갔다. 그것은 신의 석상이 일순간 피가 통하는 인간이 된 것처럼 보였다. 아마 그도 나와 같은 생각을 하고 있을 것이다. 크리스틀이 처벌되기를 고대하고 있던 터라 후송을 실현시키기 위해 자기가 저지르지도 않은 죄를 자기가 했다고 고백한 것이 아닐까 라고. 그는 그를 항상 그릇된 위치에서 생각하는 친구라고 여겼다. 그러나 이 이상 긴장의 활을 더 세게 잡아 당겨 둘 필요가 없게 된 데 대해 은근히 크리스틀에게 어느 정도 감사하고 있는 눈치였다. 여하튼 중위는 결정지었다. 셈도 하지 않고 냉정히 그리고 엄숙히 그를 범인으로 인정하고 죄의 대가로 1년 동안 휴가를 중지한다고 선언하였다. 그러나 크리스틀이 적과 싸울 때 뛰어난 공을 세운다면 이를 취소한다고 덧붙였다. 이 말을 듣자 누군가가 웃었으나 같이 웃는 사람은 아무도 없었다. 지체없이 중대도 해산되었다. 크리스틀은 어떻게 할 바를 몰라 실신한 것처럼 한동안 더 서 있었다.

신경을 안정시켜 주는 듯한 연한 보라색 빛이 멀리까지 가득차 소나기라도 쏟아질 듯한 하늘 아래 우리들은 한 시간 뒤에 오텔베를 향하여 행군을 계속했다. 서로 뭉쳐 있다는 확신과 감정이 지난날보다도 더 강하게 느껴졌다. 몇 달 동안 함께 맛보아 오던 일, 즉 출발이라든가, 밤의 행군, 전투, 분격奮擊이라든가, 죽음에 대한 공포 ─ 이러한 것들이 자기 자신의 것으로 되어 그것을 버린다는 것은 곧 자기 자신의 본질을 상실하게 된다는 것을 어떤 놀라움과 함께 느끼게 되었다.

오늘 수동적인 인간들 사이에서 유일한 행동자였던 크리스틀은 놀랄 만한 인기를 얻었다. 정말로 그가 정지라고 외친 자인지 아닌지에 대해 묻는 사람은 아무도 없었다. 모두가 다 그에게 무엇인가를 줄 뿐이었다. 담배, 초콜릿, 호도 등…….

다른 중대의 병사들까지도 이 특이한 인간에게 정답게 말을 걸어 옴으로써 그의 인기는 한층 더했다.

콜츠마이슈

1916년 10월 25일

오늘은 하루 종일 안개 속에서 헤어날 수가 없었다. 눈은 일종의 실명 상태에 빠졌다. 4시가 넘어 콜츠마이슈에 도착했을 때 나는 외부 시각과 내부 시각이 녹아 뒤섞여버린 것같이 느껴졌다. 그러나 정신만은 여전히 자유로움을 느꼈다. 나는 발이 아프다는 환자 곁에 머물러 있었으나 드디어는 길가에 혼자 서 있게 되자, 얼마 전에 방향만을 알아둔 적이 있는 나의 숙소를 향해 찾아나섰다. 길이 틀림없는지 확인하기 위해 멈춰섰을 때 가까이에 졸졸 흐르는 시냇물 소리를 들었다. 그것은 S시에 있는 어머니 집 앞의 분수 소리 같았다. 또한 안개 속에 잠겨 있는 나무들이나 길과 울타리도 옛날부터 잘 알던 것처럼 느껴졌다. 심지어는 여기저기 흩어져 있는 돌이나 말뚝도 지난날에 한번 본 적이 있는 것 같았다. 이럭저럭 하는 동안 도나우 강의 물 흐르는 소리가 들렸다. 드디어 안개 속에서 희미하게 모습을 드러내는 집 한 채는 조그만 것까지 어머니의 작은 집과 같았다. 이러한 착각이 약 15분 가량 계속되었다. 내가 물소리 나는 곳으로 가니 갑자기 그 소리는 작아졌다. 대문 앞에 서서 숙소 계원이 백묵으로 내 이름을 써 놓은 것을 봤을 때 모든 것이 다 사라져 버렸다. 매우 나이 많은 여자가 나와서 나를 조그만 방으로 안내해 주었다. T중위와 함께 있어야 한다는 것이다. 얼마 후에 그 노파는 우유를 넣은 푸딩을 가지고 왔다. 그것에는 두터운 계피와 사탕이 발라져 있었다. 게다가 너무 매워 먹을 수 없는 염소고기 치즈도 가지고 왔다.

사령부에는 못 가겠노라고 통지하도록 해두고 중위와 함께 저녁을 먹고는 또 편지 검열을 도와 주었다. 노파는 이따금 나타나 팔짱을 끼고 문턱에 서서 우리들을 지켜보고 있었다. 그 여자의 얼굴에는 수심이 가득 차 있었고 그 눈동자는 안정되지 못했다. 센틀레크의 여자를 생각하면 이 지방에는 다른 지방보다 정신 착란증에 걸린 사람이 많지는 않을까 자문하지 않을 수 없었다. 때때로 몸집이 튼튼한 금발 처녀가 와서 노파가 주책없이 구는 것을 나무라고는 다루기 어려운 아이처럼 다시 데리고 갔다.

행군중

❦
1916년 10월 26일

맑게 개인 날에는 간밤의 꿈을 곧 잊어버린다. 흐린 날에는 그
것이 오래 남아 있다.

탑 입구에 작은 빌헬름을 남겨 놓고 기다리고 있으라고 말하고
는 나사 모양으로 된 계단을 올라갔다. 벽돌로 만들어진 거친 벽
에는 움푹 패인 부분이 있어 지하 동굴의 어둠 속 깊숙이 통하고
있는 것 같았다. 가느다란 은요람을 몇 개나 보았다.

어느 것에나 장난감같이 작은 독일이나 프랑스의 전사병들이
유리알 같은 눈을 크게 뜨고 누워 있었다. 월계수의 잎들이 조그
마한 날개처럼 이마나 머리카락에 응결된 피 위에 놓여 있었다.

나는 계속해서 올라갔다. 그러자 갑자기 헤라부룬 동물원에서
가끔 먹이를 준 적이 있는 아름다운 어린 늑대가 앞에 서 있었다.
늑대의 오른쪽 앞다리가 두 계단 사이에 끼어 있어 좀 어떻게 해
달라는 듯이 나를 쳐다보았다. 조금 손을 대자, 그는 곧 자유롭게

되었다. 다리를 절면서 조심조심 앞장 서서 계단을 올라갔다. 그때 비로소 안 일이지만 어깨 아래에는 새털이 나 있었다. 은빛 무늬 있는 넓은 잿빛 새털로서 끝쪽은 공작의 꼬리가 되어 있었다. 뒤를 쳐다보니 구름 뒤에 달이 있었다. 바람이 귓등에 횡횡 소리를 내고 나는 넓은 황야에 서 있었다. 흰 모포에 몸을 감싼 세 여자가 얼음꽃이 핀 나무 아래서 잠자고 있었으며 앞에 잠들어 있는 것은 발리였다. 그 뒤에 어머니와 누이가 누워 있는 것이 희미하게 보였다. 자세히 보니 흰 담요는 눈송이가 뭉쳐진 것으로 새털 모양으로 겹겹이 쌓인 것임을 알았다. 늑대는 빙빙 돌면서 세 여자의 냄새를 맡았다. 당황한 표정으로 잠이 깬 그들은 아무도 나를 알아보지 못했다. "이런 황야에서 자면 늑대에게 잡혀 먹힙니다!"라고 나는 그들에게 큰 소리로 외쳤다. 그들은 어쩔 줄 몰라 서로 얼굴만 쳐다보고는 미소를 띠었다. "탑 안으로 가요! 그 안에는 은으로 만들어진 요람이 있어요." 나는 정답게 그들의 용기를 북돋아 주는 양으로 말했으나, 그 말은 딱딱한 위협조로 울렸다. 그들은 아직도 나를 못 알아보고는 나를 두려워했다. 발리는 추위에 몸을 떨면서 눈으로 된 담요를 잡아당겨 덮고는 늑대에게 무엇인지 낮은 목소리로 속삭였다. 늑대는 누워 있는 여자들의 발 아래에 웅크리고 앉아서는 공작 꼬리를 펴서 세 여자들을 그의 큰 은색으로 번쩍이는 잿빛 새털로 덮어 주었다. 그때 내 아들이 아래쪽에서 큰 소리로 똑똑히 "아버지 이젠 위에 도착했어요?" 하고 외치는 소리를 듣고 잠이 깨었다.

저녁때 안개가 개어 깊이 쪼개진 밝은 구름이 되었다. 산들은 또다시 멀리 물러섰다. 망원경으로 보니 자그마한 눈부시게 번쩍이는 흰 마을이 보였다. 그것이 케츠디봐샬헤디임에 틀림없다.

에스텔넥

1916년 10월 30일

며칠 동안 한가한 휴식이 있은 후 매우 서두르는 것 같은 기색
이 보였다. 기동연습 부대와 동승하고 급행열차로 에스텔넥까지
왔다. 조그마한 성당에서 얼마쯤 떨어져 있는 그 흰 탑, 즉 종각
이 서 있다. 숙소 아주머니가 마당에서 "잘 오셨습니다" 하고 인
사했을 때 이 사람의 얼굴 생김새나 몸짓이 지금은 고인이 된 수
도원 원장인 니콜라 여사와 신통하게도 닮아 있는 것에 놀랐다.
이러한 일은 흔히 있는 일이다. 몇 세기를 지나서도 같은 넋은 항
상 같은 눈으로 바라보는 것이다. 니콜라 여사는 평생을 수도원에
서 떠나지 않았다. 이 부인은 일개 어머니에 지나지 않지만 마치
수도원 규칙에 구속된 사람처럼 검소하고 엄숙하였다. 그 여자의
거동은 종교적 훈련을 받은 리듬으로서 행해졌다. 그 여자는 거의
독일어를 알지 못한다고 끊임없이 변명하고는 나를 방으로 안내
해 주었다. 밝고 말쑥한 방은 앞서의 그 느낌을 더욱더 굳게 해주

었다. 그 부인은 흰 빵과 사과를 가져다 주고는 나갔으나 곧 또 되돌아왔다. 그리고는 그의 남편과 두 아들의 사진을 책상 위에다 놓고는 어깨 높이에 두 손을 모우고 그 위에다 머리를 갖다 대고, 잠자는 사람의 시늉을 하며 땅을 가리키고 "가리시아에서"라고 말하고는 나가버렸다. 사진은 빵과 과일 사이에 세워졌다. 마치 내가 이 집에서 선사한 것을 먹으면서 저 세상으로 떠나가 버린 이 집의 고인들을 생각할 것을 바라는 것 같았다.

오후는 근무하는 사이에 흘러가 버렸다.

우리들이 어디로 갈 것인지 아직 모른다.

보내 주겠다던 구두마저 도착하지 않았다. 대대는 구멍 뚫린 구두를 신고 산악전으로 나갈 것이다. 고향에서는 아무 소식도 없다. 아마 탑 꿈을 꾸었기 때문인지 저녁때 종각에 올라갔다. 어둠이 개인 소유물의 한계를 흐리게 해버리고, 눈에 보이는 것은 다만 만인의 소유물이지 어느 한 개인의 소유물도 아닌 먼지로 하얗게 뒤덮이고, 또 어느 곳으로나 나 있는 도로만이 남게 된다면 우리들도 자기의 여러 가지 소망을 손쉽게 재울 수 있는 것이다.

에스텔넥

✤

1916년 10월 31일

5시에 출발했다. 북동쪽에서 매서운 바람이 불어 왔다. 말을 타고 있으면 곧 얼어버리기 때문에 걷기로 했다. 짙은 녹색 보리가 우리들이 급히 달려간 산까지 퍼져 있다. 산꼭대기에는 흙색 구름이 겹겹이 싸여 있다가는 점점 붉은빛을 띠어 가며 갑자기 불꽃처럼 새빨개졌다. 그러나 해는 그 새빨간 곳에서 떠오르지 않고 조금 오른쪽 편의 불그레한 구름 속에서 솟아올랐다. 베렉의 탑이 보이기 시작할 때 전령은 말을 몰고 뛰어와서는 소령에게 종이쪽지를 전달했다. 곧 정지 명령이 내려졌다. 얼마 후 간밤의 숙소로 되돌아가라는 명령이 또 내렸다. 환호성을 올리며 중대원들은 기뻐했다. 이 순간 계속해서 전진하기를 희망한 사람은 나뿐이었을 것이다. 결전을 연기한다는 것은 곧게 나아가는 운명의 걸음걸이를 굽어지게 하는 것처럼 앞으로 향하는 정신으로서는 항상 기분 나쁜 일이다. 10시에 에스텔넥으로 돌아왔다. 어제는 그다지도 호의를 베풀어 주던 마을 사람들이 당황하여 뒷걸음을 치면서 우리를 바라보았다. 우리들이 되돌아온 것을 그들은 좀 수상하게 여겼다. 그들은 거기에서 독일군의 후퇴 개시를 예상하고 마음속으로는 우리들이 벌써 마로스 뒤로 쫓겨나간 것으로 보고 있었다. 내가 머물렀던 집의 마음 좋은 부인은 그와는 반대로 기쁨을 숨기지 못하겠다는 태도로 나를 반겨 주었다. 그 여자는 나를 기다리고 있었던 것같이 보였다. 내가 떠나가고 난 뒤에 어느 사람이 나의 군 휘장을 그 여자에게 가르쳐 주었으므로 그 여자는 놓친 기회를 다시 얻고자 하였던 것이다.

계단을 올라가서 그 여자는 나를 어떤 방으로 안내했다. 벽에는 러시아식인 성인의 상이 걸려 있고 천장들보를 따라 예쁘게 채색한 부활절 계란의 껍질을 못으로 꽂아 놓았다. 창가에 바싹 붙여 놓은 침대에는 천한 붉은색 이불을 덮고 있는, 얼른 보기에도 폐병환자라는 것을 알 수 있는 열여섯 살쯤 되어 보이는 처녀가 누워 있었다. 그의 어머니는 지금까지의 겸손한 태도를 버리고 빨리 여러 가지 말을 하였다. 그 여자의 말을 한 마디도 못 알아듣겠다는 것을 설명하고자 하였더니, 그 여자는 내가 말하고자 하는 것을 듣기 원하고 있다는 듯이 동감하여 고개를 끄덕였다. 무엇 때문에 언어를 사용하랴! 그 여자는 도움을 바라고 있는 것이다. 그것은 쉽사리 알 수 있었다. 처녀는 아름답다. 쇠약으로 인해 번쩍이는 이마 위의 거무스레한 젖은 머리카락은 높게 빗겨 올려졌고 눈 속에는 순수한 산소 속에서 불꽃이 타듯이 막다른 곳으로 쫓겨온 전 생명이 불타고 있다. 몸은 극도로 쇠약하여 유방만이 높이 부풀어올라 아직 행복하다는 듯이 죽음에 반항하고 있었다.

진찰하고 있는 동안, 오랜 군대 생활이 얼마나 사람의 내부 조직을 변화시켜 놓는가가 다시 한 번 명백해졌다. 오랫동안 매일매

일의 일과였던 것, 즉 여러 가지 기관을 더듬어 병의 근원을 찾아
낸다는 것이 그렇게 손쉽게 되지 않는다. 그뿐만 아니라 이러한
짓은 훌륭한 죽음도 훌륭한 삶도 가져올 수 없는 애매한 요술처
럼, 그리고 또 거칠고 위험한 짓처럼 여겨졌다. 많은 의사들은 장
차 환자에 대해 지금까지보다 다른 태도로 대하게 될 것이다.

아마도 다른 사람들의 목숨에 박혀 있는 깊고 검은 그림자를
추궁하여 밝히고자 한다면, 그 자신이 어느 정도의 연습과 절제에
순종하지 않으면 안 될 것이고 또 약간의 환자를 보다 더 확실히
치료하기 위해 아마 많은 다른 환자를 거절하지 않으면 안 될 것
이다. 이번 경우 내가 한 짓은 외면상의 봉사에 지나지 않았다.
진찰을 다 한 다음 위생차에서 약을 가져오겠노라고 몸짓으로 알
리자 어머니와 딸은 이 순간은 만족하고 안심하였다. 그 부인은
살구를 담은 접시를 가져와서 맨 처음에 나에게 권하고는 환자에
게도 권하고 자기도 먹었다. 우리들은 아무 말 없이 앉아 있었다.
그 여자는 내 말을 못 알아듣고 나는 그 여자의 말을 못 알아듣
는 채로 따가운 오후의 햇볕이 들어와 창가에 뭉쳐서 조그마한
뿔처럼 매달려 있는 천죽 전나무의 갈색 껍질 안까지 빨갛게 비
췄다. 호박벌들이 붕붕거렸다. 안쪽에서 대포 소리가 은은히 들려
왔다. 그 여자의 어머니는 더 이상 입을 열지 않았다. 이따금 나
에게 권하고자 할 때엔 한 손으로 나의 턱을 치고는 과일을 가리
켰다. 그 후 얼마 있다가 일어서서 나와버렸다. 침울하게 괴로워
하는 모든 사람에게서, 그리고 쇠약해 가는 모든 사람에게서 영원
히 이별하는 것같이 느껴졌다. 이상하게도 갑자기 미생물의 어두
운 세계가 저속하고 타기해야 할 좀먹어 가는 생물로 여겨지지
않고 오히려 자연의 강력한 에너지와 결합한 신성하고도 놀라운
힘이라고 생각되었다. 이러한 것들과 싸우는 것이 이젠 우리들의

일이 아니라, 벌써 우리들이 대항하거나 혹은 동맹해야 할 다른 세력이 나타나 있다.

"때가 오기를 기다리고 있는 독소가 있다. 그 독을 받은 사람이 어두운 곳에 있는 동안에 혈액을 해치지 않으나 밝은 곳으로 나오기만 하면 곧 발효하고 죽이기 시작한다."

이 애매한 말의 뜻을 이제 서서히 알게 되는구나!

저녁 먹기 전에 한 30분 잠이 들었다. 내 말의 꿈을 꾸었다. 말에 올라타려는 순간 말은 벌거벗은 젊은 여인으로 변했다.

내일 아침 새벽에 출발할 것이라고 부관이 알려주었다. 이번에는 되돌아오는 일이 없을 것이라고 단언하였다.

바코테테

❧
1916년 11월 1일

어제와 같은 시간에 에스텔넥을 떠나 뿌옇게 동이 트는 새벽녘에 베렉이라는 큰 마을에 도착했다. 많은 사람들이 길가에 서 있었다. 대부분이 여자였다. 나이 먹어 허리가 구부러진 할머니가 부대 곁에서 같이 행진하면서 흥분하여 사병들의 머리를 하나하나 들여다보았다. 드디어 우리가 천천히 걸어가자 용기를 내어 제일 끝에 있는 키 작은 사병에게 다가서서 손가락에 힘을 주어 철모자를 두들겼다. 아마 나무 혹은 두터운 마분지로 만들어진 것이라고 생각했으리라. 쇠로 만든 것이라는 것을 알자 만족하여 팔장을 끼고 멈추었다.

매우 나이 많은 할아버지가 작은 자기 집 문간에 서서 모자를 흔들면서 기분 나쁜 단순한 목소리로 쉴새없이 외쳤다. "신이여 독일군을 도우소서, 신이여 독일군을 도우소서"라고.

짐은 마을에 남겨 두었다. 경리 장교와 병참 장교는 작별인사를 하고 우리의 성공을 빌었다. 부슬비가 내리는 속을 뚫고 산으로 올라갔다. 심연처럼 안개를 들이마셨다 내뿜었다 하는 시커먼 틈바구니가 있는 바위가 저 멀리에 보였다. 9시에 마자로스 기점에서 멈추었다. 이곳에서 말과 마부들과도 헤어졌다. 수풀 속의 습한 풀밭에서 야전 취사장은 취사를 끝냈다. 우리에게 필요한 긴 휴식시간이 있었다. 우리는 벌써 5시간이나 걸어왔다. 앞에는 험준한 절벽이 솟아 있다.

식사를 끝낸 다음 나는 좀 앞으로 나아가 돌에 걸터앉아 다른 사람들이 뒤쫓아올 때까지 기다리기로 했다. 하늘이 침침해지고 안개가 내리깔렸다. 그쪽을 바라보고 있는 동안 나는 날려 온 안개의 술에 할퀴고 에워싸여졌다. 멀리서 보아 오던 영적인 구름에 휩싸이고 피가 통하는 생물에게 안기는 것처럼 안긴다는 것은 그 얼마나 기이한 일인가! 고향의 여러 가지 모습이 번쩍이며 떠오르고 동시에 끝없는 신뢰감의 세상이 흘러내리고 파 뒤집는 힘 속으로 뛰어들어간다. 아득히 먼 곳에서 들려오는 것같이 대대의 출발명령이 들렸다. 선두 부대가 내가 있는 곳에 올라올 때까지 나는 움직이지 않았다.

이제부터는 오르막길이다. 진지까지는 15킬로미터밖에 남지 않았다고 부관이 말했다. 그러나 총소리는 하나도 들리지 않았다. 침엽수 숲이 이따금 끊기고 연한 보랏빛 작은 열매가 가득 달린 녹만주나무가 바위 틈에 무성히 자리하고 있다. 많은 묘가 있었다. 썩어 있는 비문에 의하면 겨우 닷새 안팎의 것들이다. '루마니아군 중위 칼프'라고 어떤 나무로 만든 십자가에 씌어 있었다. 2시경에 안개에 싸인 풀 하나 나지 않은 외지를 통과했다. 거기에서 수수께끼 같은 몸서리나는 광경에 부딪쳤다. 한가운데에 불타서 무너진 집 한 채가 서 있었다. 숯으로 된 재목에서는 아직 연기가 조금씩 났다. 벽은 그대로 서 있었다. 시꺼멓게 그슬렸으나 파란색칠을 알아볼 수 있었다. 그러나 지붕은 시꺼멓게 탄 뼈대만이 남아 있었다. 무사히 남은 헛간 뒤에는 두송杜松만으로 꾸며진 십자가가 없는 무덤이 두 개 있었다. 얼굴의 생김새로 보아 마자르 사람 같은 매우 늙은 여자가 허리까지를 벌거벗고 더럽혀진 백발을 쥐어뜯고는 언덕 주위를 기어다니면서 무엇인지 보이지 않는 것과 정답게 이야기를 하고 있었다. 우리들이 가까이에 가자 그 여자는 허리를 펴고 우리들을 그곳에서 쫓아내려는 듯이 한 손으로 위협했다. 갑자기 몸을 돌려 몸서리치게 고함을 지르면서 동쪽을 향해 두 손을 모았다. F중위는 그의 몇 마디 주어들은 헝가리 말로 이 노파에게 이야기를 걸고자 하였다. 그러나 이 노파는 몸을 굽혀 손 앞에 있는 무덤을 파서 그에게 뿌렸다. 이 동작은 적개심에서 나오는 것이라기보다는 경계하는 듯한 혹은 마귀를 쫓고자 하는 것 같았다. F는 화도 나고 놀라기도 하여 뛰어나와 자기 부대와 함께 행군을 계속했다. 다른 장교나 병사들은 아무도 머물지 않았다. 그 노파에게 어떤 불상사가 있었을 것인가 하는 추측이 화제로 올랐으나 대부분의 사람들은 동정심 같은 것은 소용도 없는 비극이었을 것이라고 생각하면서 쉬지 않고 계속 안개 속을 올라갔다. 안개는 불쾌할 정도로 몸집이 큰 이 여자를 휩싸버렸다.

3시 30분에 바코테테에 기어 올라가게 되어 우리는 안개에 싸인 세계에서 벗어나 밝은 햇볕 속으로 나왔다. 숲으로 뒤덮힌 둥근 두 봉우리 사이에 이끼 끼고 은색 엉겅퀴가 무성한 편편한 곳이 휴식터로 선정되었다. 녹슨 깡통이 산더미처럼 쌓여 있는 것을 보고 이미 우리보다 앞서 다른 부대가 여기에서 진을 치고 머물다 갔다는 것을 알 수 있었다.

머리 위의 숲속에서 긴 초록색 외투를 입은 사나이가 한 사람 내려왔다. 터번만큼이나 두텁게 붕대를 감은 머리를 두 손으로 꼭 누르고 있었다. 그는 부상 입은 루마니아 병사로서 부축해 주는 사람도 없이 혼자서 포로가 되는 길을 찾아온 것이었다. 가까이 오니 피투성이가 된 압박붕대와 면사로 짠 모슬린 붕대가 흘러내려 목에 있는 찢어진 상처가 반쯤 드러나 보였다. 오른쪽 눈은 시꺼멓게 부었고 피해를 입지 않은 왼쪽 눈은 아름다운 밤색이었다. 군의의 휘장을 알아보고 그는 나와 위생병 앞에 서서 아무 말 없이 그의 상처를 가리켰다. 이를 검사하는 것은 그만두고 처음 붕대를 풀지 않고 새 붕대를 그 위에 두텁게 꽉 동여매 주었다. 그리고 난 뒤 불행한 사나이는 비틀거리며 우리쪽 보병들의 잔인한 냉소를 받으면서 수난의 길을 계속했다. 독일군 보병들은 아무런 생각 없이 적의 비참한 꼴을 보고 오늘은 너, 내일은 우리다! 라고 자기들 스스로를 조롱하고 있었다.

우리들은 그 이상 전진하지 않았다. 그 자리에서 숙영하라는 명령이 내렸다. 이제 총이 피라미드형으로 세워지고 철모가 그 위에 걸려지고 천막이 쳐졌다. 동맹군이 산을 넘어가고 몇 마디 낯선 말들이 바람결에 들려온다. 창백한 파란 달이 풀줄기처럼 가느다랗게 조그마한 아치형을 그리면서 하늘 위를 건너갔다. 별들이 반짝이기 시작했다. 중대원들은 불을 피웠다. 그러자 곧 모두 그 주위에 둘러앉았다. 오스트리아의 장교들도 몸을 녹이고자 잠시 모였다.

그들 중의 한 사람이 무덤 곁에 있던 그 여자를 만나 달래려고 했으나 헛수고였다. 그는 헛간 안도 둘러보았다. 의복과 가죽과 화려한 빛깔의 담요와 식량이 그 속에 듬뿍 들어 있었다고 말했다. 그는 외투를 꺼내 와서 그 미친 여자의 나체에 덮어 주었으나

그 여자는 곧 그것을 벗어버렸다. 그것은 그렇다 치고, 그 집은
국경에 있는 집으로서 루마니아 군대가 전진할 때 국경 감시인인
아버지와 아들 두 사람을 다 죽여버렸다는 것이다. 그러나 이야기
를 계속하는 동안에 이것도 추측에 지나지 않는다는 것을 알았다.
이야기가 일상생활의 것으로 돌아왔을 때 나는 기뻤다. 그 일에
무슨 의미가 있다는 것인가? 굶주림도 추위도 눈물마저 말라버린
세계에 인간을 끌고 가버리는 고통, 어떠한 위로나 호의도 악마를
내쫓듯이 물리치지 않을 수 없는 고통, 그것은 최고의 수호신과도
관계 있으며 인간에게 있어서 가장 위대하고 거룩한 것이거늘, 그
것을 화제로 삼음으로써 유린해도 좋을 것인가? 그런 잔인한 것
을 좋아하는 이야기꾼이나 인간 정신의 탐구자들의 화제로 해도
괜찮다는 말인가!

밤엔 추워진다. 한 사람 한 사람이 다 동기 산악전冬期山岳戰에
대한 무장이 되어 있지 않다고 투덜거린다. 침침한 천막 속으로
기어 들어가고자 하는 사람은 하나도 없다. 나는 졸음이 와 견디
기 어려울 때까지 차라리 손님으로서 이 모닥불에서 저 모닥불로
건너다니자.

❧

11월 2일

발가락이 감각을 잃어 가는 것같이 느껴져 잠을 깼다. 천막에서
나와 발을 굴리면서 야영지 주위를 돌아다녔다. 잠시 후 몇몇 사
병들이 실지로 발과 귀에 동상을 일으켰다고 보고해 왔다.

나는 자주 이야기를 하고 몸을 움직이고 두송나무 잎이 많이

섞여 있는 뜨거운 커피를 마시자 곧 혈액이 제대로 순환하기 시작하였다. 루마니아의 산에서 해가 떠올랐다. 오늘따라 대지의 공기가 광선을 굴절시키는 힘이 놀라울 정도였다.

태양은 둥근 원판형이 아니고 크고 새빨간 계란 형태가 되어 몇 분 동안 시꺼먼 숲 위에 걸려 있었으나 천천히 떠오르면서 빨간빛이 사라지고 둥글게 되었다. 낮은 곳에는 끝없이 흰 안개가 깔리고 편편하고 두터운 솜털로 덮인 바다에는 산봉우리가 섬처럼 여기저기 흩어져 있는 것같이 띄엄띄엄 솟아 있었다. 이 솜털 바다는 엷은 자주빛 구름이 되어 끝없이 가로놓여 저쪽 편에서 끝나 있었다. 우리들 가까이에 있는 끝쪽에는 안개가 얕아 바위나 나무들이 희미하게 보였다. 안개에 그 그림자가 비치는 것같이 느껴졌다.

9시에 시작된 행군은 이따금 휴식으로 중단되곤 하였다. 아마 너무 빨리 도착해서는 안 되기 때문이리라. 키스하바스 산꼭대기 가까이, 새로 된 무덤이 가득 있는 바윗돌과 두송나무로 뒤덮히고 이끼가 잔뜩 긴 편편한 곳에서 점심시간을 보냈다. 몇 개의 십자가에는 정성껏 파란 초목이 휘감겨 있었다. 사위질빵(미나리아 재빗과에 속하는 낙엽 활엽. 덩굴나무로 들이나 풀밭에 나며 어린 잎은 식용함:편집자주)이 휘감긴 좀 큰 나무에 작은 나무를 묶어 보잘것 없는 비석으로 만든 것도 적지 않았다. 두 바위 사이에 '브리카 하미도 1916년 10월 29일'이라고 새겨진 반달형으로 깎은 팻말이 서 있었다. 찬바람 때문에 날카로운 고지 광선이 효과를 나타내고 두송나무 잎에 매달려 있는 안개의 물방울이 증발하여 얼굴은 점점 그을어진다. 주위는 매우 고요하여 이야기하고 싶은 기분도 나지 않고 마음은 여전히 저 무한한 흰 안개에만 쏠린다.

헝가리의 관측 장교가 우리들 틈에 끼었다. 그는 결국 나와 하일러 중위를 자기와 함께 차를 마시자고 그의 초소에 초대하였고 또 우리에게 그의 관측용 망원경을 들여다보게 해주었다. 현미경의 시야를 빼놓지 않고 찾아 해로운 붉은 빛깔 혹은 푸른 빛깔의 세균을 찾아내듯이 여기서는 이끼 같은 초록색 군복을 입은 루마니아 군인을 뒤쫓는 것이다. 관측 장교는 레스페디 고지에 초점을 맞추었다. 우리 대대는 불원간 이 고지를 점령하지 않으면 안 될 것이다. 그것도 이제 곧 해야 한다고 그 장교는 일러주었다. 그것보다도 초록색 군인이 하나도 나타나고자 하지 않는다고 성을 내고 있었다.

그로서는 유탄을 몇 방 쏘아 주고 싶은 모양이었다. 나는 망원경 속에서 나무는 몇 포기 나지 않았으나 관목 숲이 우거진 조그마한 자갈투성이 언덕을 보았다. 그러다가 작은 나사를 틀자 나는 갑자기 두송나무 숲 뒤에 참호를 파고 있는 많은 루마니아군을 발견하였다. 관측 장교에게 이 사실을 가르쳐 줄까 하다가 제지당한 듯한 느낌이 들어 말하지 않았다. 나는 처음으로 사람을 죽일 의무 앞에 놓여졌다. 왜냐하면 적을 그대로 놔둔다면 다음 순간에 적은 우리들을 해치게 될 것이기 때문이다. 그러나 저켠에서 일하고 있는 병사들은 이 조그만 렌즈 속에 붙잡혀, 다시 말하자면 내 수중에 갇혀 있는 셈이다. 때마침 한 사람이 물통의 물을 마시고 있는 장면을 보았다. 그들은 매우 안심하고 있었다. 내가 말하지 않는 한 그들도 무사할 것이다. 군인이 아니고 개인적으로 이력저력 평화스럽게 살아온 나 같은 인간에게는 참으로 난처한 광경이었다. 내 가슴이 걷잡을 수 없이 뛰기 시작할 때 상당히 나이 먹은 보스니아 출신의 대위가 왔다. 어젯밤 휴가에서 돌아온 그는 상기된 말솜씨로 모든 사람의 주의를 끌었기 때문에 이 요술 망원경은 완전히 잊혀졌다.

대위가 말하는 바에 의하면 빈의 호프부르크(宮城)는 배고픈 군
중으로 밤낮 에워싸여 있다는 것이다. 노황제에게 평화를 가져오
도록 방법을 강구해 달라고 청원하고 있는 것이었다.

진지에 되돌아오니 짐마차의 한 무리가 번쩍이는 구름 속에서
나오는 것이 보였다. 마부들은 산 아래쪽은 구름이 끼었다고 말했
다. 3시에 밀림 속을 지나 진지로 나아가 거기서 보스니아의 보병
대와 교대했다. 이끼와 잡초로 뒤덮인 오두막집이 나의 지휘소로
지정되었다. 그곳에 짐을 내려놓고 나는 중대의 배치 상황을 알아
두기 위해 앞으로 나아갔다. 루마니아군은 여전히 침묵을 지키고
있었으나 새로운 적이 숲속에 잠복해 있다는 것을 모를 리 없다.
용감하기는 하나 좀 게으름뱅이인 보스니아군은 진을 구축하고자
애쓰는 것보다는 오히려 항상 죽음의 위험 속에 놓여 있고 며칠
밤이나 추위 속에서 지내는 것을 달게 받고 있었다. 왜냐하면 억
누를 수 없는 환호성을 올리고 노래를 부르면서 독일식의 철저한
참호 구축과 나무베기, 톱질, 망치질이 시작되었기 때문이다. 그
광경은 고향 땅에서 아들이나 손자들을 위해 집을 세우고자 하는
것 같았다.

❧
11월 4일

렘이 가문비나무 가지를 쌓고 그 위에 천막을 편 침대는 매우
훌륭하였다. 모두들 늦잠을 잤다. 적은 여전히 고요하다. 아군들은
지하호를 파고 있다. 그러나 이곳에 오래 머물러 있지 않으리라는
소문이 나돌고 있다.

아침식사 때에 소령이 병에서 잼을 꺼내려다가 죽어 있는 작은 쥐 한 마리를 숟가락으로 떠내었다. 어떻게 해서 쥐가 병 속에 들어갔는지는 아무도 모른다. 정말 여기엔 쥐가 많다. 새까만 물고기 알 같은 눈을 가진 예쁜 갈색 쥐들이다. 오늘 아침에 눈을 떴을 적에 머리 위 가지에서 나를 유심히 바라보고 있는 한 놈을 보았다. 크링겐슈타인이 호출되어 설명하라는 요구를 받았으나 아마 밤새 뚜껑이 열려 있었을 것이라는 정도의 설명밖에 할 수 없었다. 그는 호되게 야단맞았고, 그는 그것을 아무런 변명도 없이 달게 받았다. 결국 그는 "새 통을 열어 드릴까요?"라고 겁을 집어먹어 가며 말했다. 소령은 망설이는 것같이 보였으나 그것도 잠시뿐이었다. 그 요청을 물리치고 죽은 쥐를 치우게 하고는 너무나 기분이 나빠 머리에서 눈이 튀어나올 것 같은 느낌을 가지면서 빵에 잼을 바르고는 그 병을 우리들에게 넘겨 주었다. 우리들이 기분 나빠 떠는 것을 보자 그는 잼을 빵에 더욱 많이 바르고는 그 쥐는 어젯밤에 죽었을 뿐으로 썩었을 리 없다, 독일 도시는 기아에 휩싸여 있다, 이런 잼을 그 보잘것없는 겨를 넣어서 만든 빵에 발라 아이들에게 줄 수 있다면 얼마나 좋을까 하고 생각하는 어머니들이 얼마나 많은지 모른다고 짤막하고 퉁명스럽게 설명하였다. 그렇게 말하면서도 극도로 기분이 나빠 얼굴을 찡그리고는 억지로 씹어 삼켜버렸다.

그러다가 더 견딜 수 없었던지 그는 일어선 채로 두 개째 빵에 잼을 바르고 우리가 그의 본을 따르는지 어쩐지를 보려고 기다리지도 않고 그 자리에서 떠났다. 그러자 몇몇 사람이 웃었고 또 몇몇은 그를 돼지라고 불렀다. 그러나 그러한 말을 듣고 보니 가슴이 뜨끔해지는 그 무엇이 있었다.

결국 나 같으면 잼에는 손대지 않고 마른 빵만으로 만족했을 거라고 말하는 사람도 있었다. 그러나 여러 사람들의 귀에는 이러한 말이 별로 탐탁하게 여겨지지 않는 모양이었다. 부대장은 의식적으로 그 구역질을 참았을 뿐만 아니라 우리를 괴롭히고 우리에게 모멸감을 주려고 그랬다는 것을 모두 느끼고 있었다. 모두가 다 저 소령처럼 생각하고 행동하는 국민은 영원히 멸망하지 않을 것이라고 가슴속으로는 각자 생각하고 있었다. 그렇지만 우리로서는 너무나 자주 웃음거리의 대상이 되기도 하고 분노의 대상이 되기도 하는, 저 작달막하고 우리들에게 고통을 주는 늙은 사나이에게서 갑자기 참다운 고통이라거나 참다운 위대함이라는 것 따위의 그 무엇이 우러나온다는 것이 전 장병들에게 불가능하다고 여겨졌다. 누구나 다 자기에게는 개심의 자신이 있으나 다른 사람, 특히 늙은 사람들은 딱딱하게 굳어빠진 기성세대라고 생각하기 쉬운 것이고, 또 갑자기 그 반대 증거를 제시하면 이상하게도 화를 불끈 내게 되는 것이다.

이윽고 이 문제에 대해 아무도 더 입을 열지 않게 되었다. 심각한 표정으로 모두 잼통을 둘러싸고 앉아 있었다. 일단 유사시에는 그것을 먹을 속셈으로 있었으나 다른 사람들 때문에 어쩌지 못하고 있었다.

정오가 넘어서 연락 장교와 함께 아군의 전 전선을 순회하였다. 이 지역은 죽은 듯이 고요했다. 때때로 나뭇가지에서 소리가 나고 관목이 흔들리곤 했으나 짐승이나 새는 보이지 않았다. 숲은 원시림이다. 양탄자처럼 생긴 방울이 달린 지의류의 그물이 가지와 가지 사이를 얽어매 햇빛을 무디게 한다.

육중한 나무 줄기가 반쯤 썩어 대부분은 열로 인해 녹은 초처럼 휘어져 썩어 가는 것이 녹 같은 붉은색이나 갈색으로 불타는 듯한 색깔이 되어 쌓여 있거나 나란히 넘어져 있었다. 도처에서 이끼나 버섯들이 밝은 곳으로 나오려고 몸부림치고 있다. 그렇다. 위대한 자연이 더욱더 고상하고 더욱더 굳어진 형태로 오랫동안 보존하고 있다가 결국에는 눈으로 볼 수 있고 날개로 유유히 하늘을 날게 될 때까지 발전시켰던 것이 이곳에서는 가장 질이 낮고 빈약한 물질 속에서 유구한 그 옛날부터 먼저 꿈꾸어지고 간신히 형태를 이루자마자 허무한 열정 속에 흩어져 사라져 간다. 양이나 닭의 털처럼 땅위에 퍼져 있는 버섯 종류가 있는가 하면, 자수정의 졸졸 흐르는 소리를 듣는 듯한 검은 조개껍질 비슷한 것도 있었다.

연한 자색의 큰 나팔 같은 것이 땅위를 가득히 뒤덮고 있다. 조그마한 기형의 손 같은 것이 옅은 초록색으로 손가락이 없는 대신 봉랍 같은 빨간 작은 물방울을 달고 썩은 나무껍질에서 자라나 있다.

갑자기 우리들은 어떤 시체 앞에 섰다. 그러자 이 시체가 우리 눈을 뜨게 해준 것처럼 우리들은 여기저기 많은 시체가 뒹굴고 있는 것을 보았다. 레스페디 고지를 둘러싸고 시체는 줄을 지어 굴러떨어져 있었다. 전부 루마니아군뿐이다. 아마 오스트리아군은 다 매장된 뒤인 것 같다. 시체는 한결같이 뾰족한 모자를 쓰고 있었다.

그 모자 앞 쪽에 조그마한 금단추를 하나 달면 옛날 독일의 장난꾸러기들이 쓰던 모자와 똑같다. 어느 시체나 다 새 군복을 입고 있고 게다가 넓직한 가죽으로 만든 반장화로 위켠에 구멍이 뚫려 있고 튼튼한 초록색 끈으로 묶여져 있다. 무장한 것으로 본다면 적 지휘관은 손쉽게 승리를 획득하여 앞으로 전진할 수 있으리라고 생각하고 있는 것 같았다.

우리들은 중대 전부를 돌아보았다. 나중에는 K중위도 우리와 합쳤다. 그는 일주일 전에 처음으로 이 전선에 배치된 사람이다. 우리들 세 사람은 뺑 둘러 반원을 그리면서 돌아다녔다. 그때 연락 장교는 매우 알기 쉽게 오이토츠 고개의 상황을 설명해 주었다. 중위는 아직 나이 어린 청년으로 평화 시 같으면 군대에 들어오지도 않았을 것이다. 그의 얼굴은 이제 병원에서 갓 나온 사람처럼 창백했다. 이렇게 많은 시체에 부딪혀 당황한 듯이 보여 도대체 언제 이 시체를 묻게 되느냐고 그가 묻자 연락 장교는 그것은 그렇게 급한 일이 아니다, 추위로 시체는 잘 보관되어 썩을 염려는 없다, 지금 우리 앞에는 해내야 할 중대한 일들이 많다고 대답했다. 숲 사이의 조그만 빈 터에 서서 우리 대대가 수일 내로 탈환해야 할 레스페디 고지를 바라보았다. 지금 보니 어제 망원경으로 보았을 때보다 더 대수롭지 않은 것같이 여겨졌다. 노오란 바위와 갈색 관목 숲으로 덮혀 있어 얼룩진 짐승의 모피 같았다. K중위가 이런 보잘것없는 바위 덩어리 때문에 독일인의 피를 희생시킨다는 것은 전략상 어떤 목적이 있느냐, 이따위 것은 차라리 루마니아군에게 맡겨 놓아도 좋지 않으냐고 묻는 것은 곧 내가 말하고 싶었던 것이었다. 연락 장교는 젊은 장교를 게임 규칙을 지키지 않는 위험한 친구처럼 놀란 듯이 쳐다보고 있었다. 그리고 난 뒤에 그는 산을 점령하는 것이 당면한 목적이 아니다, 적의 병력을 이곳에 집결시켜 놓음으로써 더 중요한 아군 전선의 부담을 덜어주는 것이 목적이다, 뿐만 아니라 또 전투를 해야 할 시기에 처해 있다, 장기간의 수세는 사기를 저하시킨다, 아무리 좋은 병사들이라도 전투와 위험에 부딪쳐 훈련을 받아야지 그렇지 않으면 나빠지는 것이라고 설명했다. 중위는 오랫동안 말없이 서 있었다. 우리들이 발을 되돌려 돌아가고자 할 때 비로소 그는 불쑥 요즈음 소문이 돌기 시작한 평화가 온다는 이야기는 정말이냐고 물었다. 우리들은 그것을 부정하였다. 그러자 그는 점차 열에 들뜬 것같이 말을 늘어놓기 시작했다. 드디어 그는 웃으면서 극도로 흥분하여 아우구스부르그에 있는 그의 아주머니 이야기를 하였다. 즉 이 아주머니의 설設에 의하면 지구 근처에 있는 붉은 유성인 화성이 우리 지구에게 전쟁을 걸어 왔으며 화성은 7년 동안 이 지구를 지배하고 인간의 피를 빨아먹기 때문에 끝내는 인간들이 서로 따뜻한 주택에서 쫓겨나게 될 것이라는 얘기였다. 연락 장교는 점점 말없이 되어 가다가 마지막 말에 대해서는 완전히 입을 다물고 말았다. 그것도 당연한 일이라고 생각한다.

시체를 앞에 놓고 정말 진실치 않은 말, 정말로 냉정치 않은 말은 모두 허공에서처럼 사라져 버리고 마는 법이다. 근본에 있어서는 아마 모든 사람이 누구나 전 유성에 대해 알고 또 그 위에 작용하고 있는 의미를 잘 느끼고 있다. 우리들은 극히 좁은 범위 내에서 늘 정신을 차려야 한다. 만약에 어떤 사람이 자기 자신의 중심에서 가장 가까이에 있고, 또 가장 필요한 것을 인정하고 해결지을 수 있다면 어떻게 한 유성이 그에게 거역할 수 있을 것인가? 그는 모든 정신의 넋과 결합하고 영원한 운행의 움직임에 봉사하고 있는 것이다.

숲 위쪽으로 되돌아오니 까만 가문비나무로 만들어진 창이 유리를 끼어 놓은 것마냥 붉고 파란색이 섞인 황금색으로 보였다. 그러나 저 아래쪽은 벌써 어둠이 깔리기 시작했다. 희고 큰 안개 낀 바다가 전개되어 그 동녘 끝에 여린 불빛이 반짝였다.

그 불빛이 아군 진지인지 혹은 벌써 적의 수중에 들어간 것인지 서로 묻고 있을 때 땅에 이상한 것이 움직이고 있다는 것을 알았다. 그것은 작은 거무스레한 짐승으로서, 태엽을 감음으로 움직일 수 있는 양철로 만든 쥐와 비슷한 것으로 조그마한 원을 그리면서 나무 둘레를 빙빙 돌고 있었다. 그의 몸짓은 헤라부룬에서 빌헬름을 즐겁게 해준 일본산의 흰 춤추는 쥐를 연상시켰다. 그러나 이놈은 더 크고 거의 새까만 빛이었다. 살짝 가까이 갔더니 그놈은 나무줄기 위로 올라가더니 사라져 버렸다. 대피호 속에 있을 때 나에게 군단의 명령에 의해 전투 중 연대 본부로 들어가 거기서 응급 치료소를 만들라는 전달이 왔다. 그것은 위험과 시체로 뒤덮힌 숲의 습기찬 낮은 곳에서 안전과 잘 건조된 고지의 공기 속으로 옮기는 것을 의미하는 것이다. 모두들 나를 축하해 주었다. 그러나 나는 오히려 대대와 함께 남아 있고 싶었다.

⚜

11월 6일

나는 렘, 뎀, 라프와 함께 키스하바스에 올라가 연대장에게 도착했다는 신고를 하고는 곧 부상자 한 사람을 인수했다. 그는 정찰에 나섰다가 왼쪽 옆구리에 총을 맞았다. 총알은 허파 속에 들어 있었다. 가느다란 초생달의 빛처럼 이미 흐려진 눈동자에서 죽음이 엿보이고 있는데 그는 죽음 같은 것은 염두에 두지도 않고 고집 세게 브랜디만을 찾고 있다. 이 브랜디를 마시고 그것으로 쇠약한 몸에 기운을 돋우고 수없이 많은 루마니아 군사를 쏘아 죽여버리겠노라고 말하고 있다. 이만큼 중태에 빠진 사람이 이렇게 복수심에 불타고 있는 것을 본 적이 없다.

저녁 먹을 때 연대장과 응급 치료소를 만들 장소와 만드는 방법에 대해 상의하였다. 숲 기슭의 안전한 장소로 의견이 일치되었다. 나는 또 이 일을 하기 위해 사역병을 좀 빌려달라고 부탁했다. 그러자 그의 대답이 떨어지기도 전에 여기저기에서 환성이 쏟아져 나왔다. 부관, 군목, 연락 장교들이 앞을 다투어 도와 주겠노라고 말했다. 모두가 다 내일 아침 일찍이 자기 부하를 나에게 보내줄 것이다.

❧
11월 7일

밤이 되면 이곳은 저 아래편보다 한결 더 춥다. 넓고 깊게 땅을 파헤치고 그 위에 천막을 쳤다. 그러자 좀 덜 추웠다. 좀 돌아눕고자 하면 뻣뻣한 많은 두송나무의 뿌리들이 이따금 늑골을 힘차게 찌른다. 이것만 없다면 훌륭한 잠자리가 될 것이다. 그러나 달빛이 우리들의 약삭빠른 무덤 구멍 위에 비치고 풀이나 관목이 미묘한 그림자를 천막 위에 던져 줄 때면 오늘따라 나는 글라비나에 대해 여러 가지 일을 생각하게 된다. 그는 안개의 바다 그 밑 깊숙한 곳에서 숨쉬고 있으나 아마 거기에는 달빛도 창백한 회색 은빛으로 비칠 것이다. 한 번 더 그의 말 몇 마디를 읽거나 그와 이야기해 보고 싶으나 그는 가까이 갈 수 없을 만큼 내성적이고 편지마저 이젠 나의 손을 거치지 않는다. 그의 문구가 가볍게, 그러나 힘차게 나를 어디로 끌고 가는 것같이 느껴지는 것은 한두 번이 아니다. 그는 이미 호 속에 있지 않고 연락병으로서만 일하게 되었다.

✤
11월 8일

좋은 날씨가 계속된다. 아침엔 언제나 안개가 낀다. 쥐색 번데 기같이 그 안개 속에서 낮이 푸르게 솟아오른다. 나의 응급 치료소는 어제 생각하고 있었던 것과는 좀 달라졌다. 그렇지만 이럭저럭 세워졌다. 이 이상 무엇을 바라랴. 연대 본부는 조그마한 궁정 같은 곳이며 사람들은 서로 눈을 쳐다보는 것이 아니라 계급장을 쳐다본다. 그런데 나에게는 이 계급장이 없기 때문에 어제 한 약속은 공수표가 되어버렸다. 그것은 나의 일에 대한 것보다 연대장에 대한 약속이었으리라. 아침에 사역병들이 오지 않기에 어제 그 친구들에게 약속한 것을 상기시켰다. 그러나 때마침 모든 사람들이 매우 바빠서 아무도 지금 당장은 사역병을 내보낼 수 없었다. 모두가 다 조금 있다가 보내겠노라고 그 자리를 모면하는 것이었다. 나는 그 이상 아무말도 하지 않고 라프와 뎀과 렘 셋이서 착수하였다. 그러나 일은 도무지 진척되지 않았다. 도움을 청하는 수밖에 없었다. 할수없이 10시가 넘어서 장교들이 근무에 몰두하고 있는 틈을 타서 남의 눈을 피하여 모집하는 징모자처럼 사병들 있는 곳에 가서 돈과 담배를 주어 도와 달라고 유인했다.

모두가 몸짓 빠른 친구들로서 곧 어떤 일이라도 하겠노라고 응하였다. 그러나 나는 그들을 동시에 일을 시키지는 않았다. 두 사람쯤은 없는 사람 대신 장교들이 부르면 뛰어갈 수 있도록 가까운 곳에 남겨 두지 않으면 안 되었다. 잡업은 그물우산버섯처럼 빨리 이루어졌다. 점심때에는 벌써 말뚝과 흙덩어리로서 벽이 만들어지고 1시에는 뎀이 진나무와 가리와 흙과 돌로서 그 위에 지붕을 얹었다. 이윽고 나무 침대가 가로놓여지고 책상과 의자 두 개마저 떡갈나무 가지로 만들어지고 게다가 바위로 된 난로마저 만들어졌다. 거기에는 빈 깡통의 밑바닥을 따고 이어 붙인 굴뚝을 세웠다. 나는 때때로 본부로 가 보았다. 그곳은 이젠 정말로 전쟁을 하는 것답게 바빴으며 전화로 공격에 대한 설명을 하고 있었다. 연락 장교는 전화기 너머로 나에게 미소를 띠며 나의 응급 치료소는 어떻게 되었느냐고 물었다. 내가 손이 모자란다고 불평 비슷하게 말하니까, 그는 방심한 상태나 친절하게 그것은 어떻게 될 것이니 너무 서두르지 마시오, 어떻게 되든 간에 내일은 내 부하를 보내겠소, 라고 말했다.

이제야 나는 놀려준 것이 기뻤다. 나의 친애하는 젊은이들은 영원한 것을 위해 일하는 것처럼 열심히 일하고 있었다. 센틀레크의 그 농부 일이 머리에 떠올랐다. 이 조그만 오두막집이 나에게 있어서 이루어진 것처럼 그의 대규모의 집이 잘 되어나가기를! 저녁을 먹은 후 연대장이 나에게 응급 치료소를 만드는 일에 벌써 착수 했느냐고 물었다.

내가 그것은 이미 다 완공되었습니다, 라고 말하자 그 자리에 앉아 있던 사람들은 매우 놀랐다. 모두들 한번 보고 싶어 하기에 나는 그들을 숲 기슭으로 안내하여 의자와 나무 침대에 앉혀 놓고 담배를 대접했다. 임시 목수인 뎀, 렘, 라프는 연대장 곁으로 불려가서 칭찬을 받았다. 아무도 다른 누가 도와 주지 않았냐고 묻는 사람은 없었다.

더 밝은 유성 위 같으면 이러하리라고 느껴질 만큼 공기가 맑은 저녁이었다. 태양은 장엄하게 불타며 서산으로 진다. 서쪽켠에는 아직 개암나무 열매처럼 주황색 노을이 남아 있는데 연한 보랏빛 루마니아 산에서 달이 떠오른다.

✤

11월 11일

오전 10시, 태양이 그 빛을 적의 진지에 눈부시게 퍼붓고 있을 무렵 제6·7중대의 적은 인원으로 이루어진 용감한 공격으로 레스페디 고지를 루마니아군에게서 탈취했다. 벌써 4시다. 이미 적은 조그마한 이 언덕을 탈환하기 위해 일곱 번째 공격을 개시했다. 아군은 죽음을 무릅쓰고 달려드는 적의 용기를 칭찬은 하지만 그들에게는 분별심과 경험이 부족하다고들 말한다. 공격을 감행할 때마다 저쪽편에서 부대장이 일장 연설하는 것이 들려온다. 그리고 난 뒤에는 진군 나팔이 소리 높이 울리고 그와 동시에 적군은 술취한 사람처럼 난폭하게 공격해 온다. 이렇게 하여 순수한 예술인 음악은 한 액체가 되어 인간이 생명을 내던져 버리고 싶을 정도로 생명감에 넘치게 하는 것이다.

이 조그만 바위로 이루어진 산이 생각하던 것보다 더 많은 희생을 요구하고 있다는 것을 알게 되었다. 부상자 운반은 내일까지 절망적인 상태에 빠지지 않을 수 없다. 나는 운반병을 몇 분대 더 요구하고자 결심했다. 부관은 상을 찌푸리며 나에게 전화를 내주었다. 사단에 있던 군의관은 위생 중대와 전부 함께 다른 전선으로 배치되어 갔다는 말을 들었다. 다른 독일 부대에 전화를 걸어도 애매한 대답밖에 들을 수 없었다. 나에게 맡겨진 부상병들이 이미 추위와 굶주림에 허덕이고 있다는 것을 알았다. 연대장을 직접 만나 담판을 지으려고 전화기에서 떠나려 하자 바로 곁의 낙엽송나무에 키가 후리후리한 젊은 헝가리 사관 후보생이 아래를 내려다보는 듯이 기대어 서 있었다. 툭 트이고 가파른 이마를 가진 그의 시원한 회색 눈동자에는 나한테 대한 동정심이 어리어 있었다.

"좀 도와드릴까요?" 하고 그는 정중하게 인사하면서 말했다. "무엇이든지 여의치 않는 것이 있으면 언제든지 베레츠에 있는 오스트리아의 게벨트 대위에게 부탁하십시오. 틀림없이 도와 줄 것입니다." 이 젊은 사람은 군인이라기보다는 오히려 조용한 학자의 인상을 지녔다. 아마 그것 때문에 내가 신뢰했는지도 모를 일이다. 사실상 먼 곳에서 전화가 걸려온 그 대위는 마치 용무를 잘 성립시킨 상인처럼 매우 쾌활하게 대답했다.

"뭐 6개 분대로 되겠습니까? 12개 분대 보내지요! 붕대 재료는 충분합니까?"

나는 적당한 분량을 요구했다. 그는 압박붕대와 붕대를 실은 조그마한 나귀를 위생병 뒤를 이어 곧 보내겠노라고 약속했다. "아침 5시까지는 모두 당신한테 갈 것입니다"라고 그는 덧붙여 말했다. 이만큼 즐거운 전화를 받아 본 적은 지금까지 한 번도 없었다. 나는 예기치도 않던 수호신에게 고맙다는 인사를 하고자 뒤돌아보니 젊은 사관 후보생은 참말로 수호신답게 그 동안에 어디로 갔는지 보이지 않았다.

❦
11월 12일

아침 6시.

응급 치료소는 오래 전부터 만원이 되었기 때문에 새로운 부상자들은 바로 곁에 있는 조그만 골짜기에 눕혀 두고 공기를 따뜻하게 하기 위해 큰 불을 지폈다. 죽은 사람은 이끼 낀 땅바닥에 모아놓았다. 불을 놓은 곳에서 좀 떨어진 곳에 모아놓았으나 바람이 부니까 불꽃은 시체를 삼켜버리려는 듯이 그쪽으로만 몰렸다. 요 며칠 전에 전선을 돌아볼 때 데리고 갔었던 젊은 중위도 그 속에 끼어 있었다. 한밤이 채 못 되어 루마니아군은 전선에서 물러나고 러시아의 연대에 의해 보충되었다는 소식이 들려왔다. 계곡은 고요하였다. 1시 이후에는 부상자가 한 사람도 오지 않았다. 나는 2시에 천막에 들어가 잠들었다. 꿈을 꾸었다. 나는 파사우에 있는 우리집 안방에서 발리와 빌헬름 곁에 있었다. 방 안은 매우 살풍경이고 초라해 보였다. 가구는 다 치워져 없었고 벽은 온통 찢어져 있었다. 거울은 흐렸고 발리는 바싹 마른 창백한 얼굴을 하고 보잘것없는 다 헤어진 침구에 누워 있었다. 침착한 태도로, 아니 매우 쾌활하게 자기는 이미 오랫동안 아무것도 먹을 것이 없었노라고 말했다. 빌헬름은 조그만 책상에 앉아서 석판에 글을 쓰고 있었다. 이따금 그는 석필을 놓고 조그마한 조롱에 물을 담아 가지고 창가로 가서 거기에 있는 화분에 심어 놓은 식물에 물을 주었다. "무엇을 하고 있니?" 하고 내가 물으니 "꽃에 물을 주어야 해요" 하고 그는 진지한 태도로 말하고는 또다시 쓰기 시작했다. "그래요, 작약은 귀한 식물이에요"라고 발리가 말했다. "저 것 좀 봐요! 불행히도 대부분의 봉오리는 꽃도 피기 전에 시들어버렸어요. 한가운데 있는 저 큰 놈은 틀림없이 꽃이 필 거예요. 우리는 그것으로 충분해요. 저 꽃이 옷이나 신발, 빵, 포도주 등 우리에게 필요한 것은 무엇이든지 줄 거예요."

"옷이나 신발, 빵, 포도주를요"라고 조그마한 아들놈은 노래하듯이 되풀이 말하고는 일어서서 또 물을 주기 시작하였다. 나는 그 식물을 바라보았다. 실은 불규칙적인 형태를 한 크고 엷은 초록색 봉오리에 지나지 않았다. 털이 난 거무스레한 붉은 색깔의 줄기에서 나와 있었으나 한참 동안 바라보고 있자니까 사실은 매우 조그마한 화관이 있는 아직 피지 않는 파란 인형 비슷하였다. 그러자 갑자기 나도 두 어린이와 같이 매우 가난해져 이상한 희망으로 가득 찬 듯한 기분이 들었다. 그와 동시에 나에게 빵과 포도주가 있다는 것을 알았다. 아라드에서 산 진짜 토카이와 에스텔넥의 싱싱한 흰 빵이다. 서둘러서 보따리를 풀고 작은 책상을 침대 곁으로 밀어 놓은 다음에 그들과 같이 먹고 마셨으나, 부드러운 손길은 물론이고 애정이 깃든 말 한 마디도 삼갔다. 마치 우리는 그림자 같은 것에 지나지 않아서 접촉한다거나 감정을 너무 나타내면 부서져 버린다는 것을 깊이 명심하고 있는 것 같았다. 발리의 뺨은 붉게 물들고 눈은 번쩍였다. 아이들은 매우 쾌활해졌다. 갑자기 부드러운 소리와 함께 한 가닥 빛이, 가느다란 한 줄기 빛이, 황금색의 다홍빛이 잎 사이에서 뻗쳐 나왔다. 아이는 놀라 기뻐 날뛰며 한 걸음 물러섰다. "때가 됐어"라고 발리는 외치며 이불 속에서 일어났다. 그러나 나는 거친 목소리로 나를 부르는 것을 듣고 잠이 깨었다. 누군가가 천막을 들치고 있었다. 나는 불그스레하게 밝아오는 하늘을 보았다. 하늘에는 새벽별이 총총히 빛나고 있었다. 마룻바닥엔 오스트레일리아 군복을 입은 사나이가 무릎을 꿇고 엎디어 나에게 공손하게 서투른 독일어로 열심히 무엇을 설명하고자 애쓰고 있었다.

가까이에 온 라프가 이 사람은 보스니아의 위생병 상사로서 이제 막 도착한 위생병의 대장이며 그들의 도착을 즉시 보고하고 지휘를 바란다고 고집을 부려 아무리 달래도 듣지 않는다고 설명했다. 나는 1개 분대만은 급한 일이 일어났을 때의 준비로 곁에 머물러 있게 하고 다른 사람들은 쉬게 하며 식사하도록 하였다. 지금부터 힘드는 일이 시작되는 것이다. 모두가 중년의 튼튼한 사나이들로서 모두 야무진 탄력성 있는 걸음걸이로 걷는다. 이만하면 업히는 부상자들은 한결 편할 것이다. 작은 당나귀도 도착했다. 새까만 놈으로 눈 가장자리에 흰 털이 둥그렇게 나 있다. 올라오는 것이 매우 힘들었던 듯 몸에서 김이 무럭무럭 나고 있었다. 모두 그 주위에 모여 어루만져 주고 빵을 나누어 주곤 하였다. 옛날의 모든 민족들처럼 우리들은 소박하고 이성을 갖지 못한 이 짐승을 더할 나위 없는 신성한 것으로서 숭배하고 싶은 심정이 되었다.

아래쪽은 아직도 고요하다. 때때로 늪에서 가스의 거품이 올라오듯이 소총 탄알이 쉿쉿 소리내며 날아간다. 부상자들은 꾹 참고 있다. 소량의 독약이 효과를 내어 고통을 덜어주고 있다. 큼직하게 지핀 모닥불로 멀리까지 공기가 따뜻해져 액체 유리처럼 번쩍이고 있다. 보스니아 사람들은 그 둘레에 둥그렇게 모여앉아 느린 곡조의 노래를 부르고 있다. 모진 바람이 불어와서 불꽃의 파란 부분을 자르고 불붙고 있는 노간주나무 동가리를 시체 위에 내던진다.

❖
11월 12일

—정오

추위는 점점 더 심해진다. 몇 조각의 눈송이가 날려오는데 어디서 날아오는 것인지 알 도리가 없다. 몇 조각의 구름이 하늘에 떠 있을 뿐이다. 무엇인지 불안하게 느껴지는 아침이었다. 적군은 대포를 가져왔다. 역습해 오리라는 예감이 든다. 오스트리아군이 고지 위로 이동해 와서 때때로 쉬고 있다.

　좀 떨어진 숲속에서 얼굴이 창백한 젊은 폴란드 장교가 무슨 명령인지 못 알아듣는 좀 나이 먹어 보이는 보스니아병의 머리와 어깨를 주먹으로 되풀이해서 때리는 것을 보았다. 요즈음 이러한 장면이 동맹군 사이에 가끔 일어나는 모양이다. 사실상 동맹군은 여러 가지 색채를 가지고 있어서 한 놈은 또 다른 한 놈을 미워한다. 부대장은 부하의 말을 이해하지 못하면서도 뻐기고 앉아서는 그 말을 배우려고 하지도 않는다. 그것은 그렇다 하더라도 현재의 이 경우에 일어난 일은 불쾌한 정도를 넘어 우스꽝스럽게 되고 나중에는 수습할 수 없을 만큼 되어버렸다. 그것도 얻어맞고 있는 사람의 태도에 의해서다. 즉 당연히 표시해야 할 존경의 태도는 버리지 않고 보스니아병은 술취한 꼬마가 손바닥으로 때리는 거나 혹은 주먹으로 쥐어박는 것을 거인의 관대한 우월감 같은 것으로서 모욕을 참고 있었다. 농담도 이해할 수 있다는 것은, 이 정직한 것 같으면서도 간사한 듯한 농부의 얼굴 같은 그의 표정에 잘 나타나 있었다. 어느 편이 때렸으며 어느 편이 얻어맞았는지 분별하기 어려웠다. 나이 어린 장교가 분별심을 전혀 잊지 않았다면 그가 하고 있는 짓의 가능성과 어리석음을 잘 알았을 것이다. 그 광경은 차마 더 볼 수 없었다. 그 자리를 피하거나 혹은 어떻게 좀 말리거나 둘 중에 하나였다. 그때 내 가슴속에서 장난을 좀 쳐 볼 생각이 일어났다. 곧장 나는 그 큰 회색 외투를 가방에서 꺼내 입고는 손에 담배를 한 대 들고 그 성난 사람에게로 가서 슬쩍 담뱃불을 좀 달라고 청했다. 그러자 규칙 위반인 나의 훌륭한 외투는 그 효과를 잘 발휘하여 중위는 두 손을 내리고서는 정식 경례를 하고 그의 은라이타로 불을 붙이려고 하였다. 아무리 해도 불이 붙을 것같지 않았지만 그는 끈기 있게 공손한 태도로 붙이고자 하면서 보스니아병에게 저리로 가라고 눈짓을 했다. 그는 가슴을 펴고 당당히 걸어갔다. 웃음이 터져 나올 것 같은 것을 간신히 참고 있다는 태도가 그의 어깨에 여실히 나타나 있었다. 폴란드 장교의 명예를 위해 말해 두겠다. 그는 점점 나의 외투깃이 가짜라는 것을 알게 되었으나 그의 정중함은 조금도 변치 않았다. 전쟁이 오래 계속될 것 같다는 이야기나 그의 신경의 비참한 상태에 대해 이야기하면서 그는 나와 함께 잠시 동안 숲속을 거닐다가 가까이에 있는 그의 대피호에 가서 차나 한잔 마시자고 권했다. 그때 갑자기 계곡 쪽에서 큰 소리가 나기에 우리 두 사람은 각자의 부서로 돌아갔다. 사령부에서 루마니아군이 공격을 시작해 왔다는 것을 알렸다. 전부터 예기하고 있었던 일이기에 조용히 그 후의 보고를 기다리고 있었다.

15분 후에 적은 격퇴되었고 포로 몇 사람을 잡아왔다. 러시아군이 투입되었다는 소문은 확인되지 않았다.

—저녁

포로 장교 한 명과 사병 스물한 명이 무덤 곁의 넓은 곳에 정렬하여 출발 준비를 하고 있었다. 이들 루마니아 사람들이 우리 독일 사람들에게 양심의 가책을 받고 있다는 것을 곧 알았다. 포로 장교는 소위였는데 연대장이 그의 대부인 양 옆을 지나가자 그는 경례하고는 고개를 푹 숙였다. 한 서른 살쯤 되어 보이는 수염이 많이 난 이 유태인은 독일어를 익숙하게 해내 여러 사람들의 시선을 끌었다. "우리들은 모두 여기서 독일군과 부딪치게 된데 대해 크게 놀랐다. 정말이지 우리들은 헝가리 사람을 미워한다. 그러나 독일 사람들에 대해서는 존경하고 있다. 그들은 세상에서 제일 귀중한 국민이다. 우리들은 그들에게서 배우고 있고 또 그들을 해치지 않았다"라고 그는 말했다. 이 사나이는 흥분하여 호의 있는 말투로 말했다. 아마 그는 공포심을 가지고 있거나 또는 오랫동안 독일에서 산 일이 있는 모양이다. 아무도 그의 말에 대답하지 않았다. 독일군은 포로가 된 프랑스군에게 "왜 당신들은 우리에게 선전포고를 했는가?" 하는 질문을 즐겨하는데, 이 흔해 빠진 질문마저도 하는 사람이 없었다. 결국 그도 입을 다물고 말았다.

❖

11월 13일

밤에 주위에 있는 산에서 늑대들의 울부짖는 소리가 들려왔다. 당나귀를 몰고 온 사나이는 "이것은 눈보라가 칠 징조다"라고 말했다. 우리의 진지에 다시 보스니아군이 들어왔다. 선발대는 새벽녘에 렘헤니이로 출발하고 우리들은 정각 8시에 하늘이 흐렸음에도 불구하고 키스하바스를 떠났다. 산을 내려갈 때 나는 그 미친 노파의 일을 생각하지 않을 수 없었으나 참모들은 다른 길로 내려갈 것을 명령했다.

뒤에 안 일이지만 그 길은 걷기 힘든 돌림길이기 때문에 군대는 잘 지나다니지 않는 길이라는 것을 알았다. 아마 10시쯤 되어서 처음으로 갈색 밭과 파란 집이 있는 들이 보이는 듯싶더니 곧 사라져 버리고, 갑자기 검푸른 경사면이 맞부딪치는 사이에 에스텔넥의 종각이 보였다. 모두 그것을 보고 환호성을 질렀다. 배낭 같은 것은 짊어지지도 않았다는 듯이 소리 높이 노래부르면서 행진의 속도를 빨리했다. 그때 오스트리아의 참모부에 근무하는 장교 한 명이 높은 소리로 신호를 하면서 달려와서는 우리들의 연대장에게 급히 뭐라고 보고하면서 지도를 펼쳐 보였다. 그러자 힘차게 정지 명령이 내렸다. 연락병은 자전거를 타고 앞서 가는 중대를 세우기 위해 달려가지 않으면 안 되었다. 노랫소리는 멈추었다. 빗방울이 내리기 시작하는 속을 사병들은 의아스러운 표정으로 대기하고 있었다. 몇 분 뒤에 후퇴 명령이 내렸다. 빗방울이 돋는 구름 속의 산악지대로 되돌아갔다. 연대장이 말하는 바에 의하면 중요한 고지를 몇 개나 빼앗겼으며, 그 중에는 중요한 국경의 룬클 마레 산도 있어 이것을 곧 탈환하지 않으면 안 된다는 것이다.

오이토츠에서 티차 백작을 보았다. 백작은 따뜻하고 털이 짧은 저고리를 입고 회색 모자는 손에 들고 장교들 사이에 서서 제크레 연대를 사열하고 있었다. 우리 중대는 큼직한 나무 바라크에 머물게 되었다. 연대장에게서 잠시 휴가를 얻어 나는 지체 없이 대대장을 찾아가서 대대 근무로 되돌아온다는 보고를 하였다.

그는 보잘것없는 숙소에서 혼자 다 부서진 의자에 앉아 지도를 펼쳐놓고 들여다보고 있었다. 키스하바스의 침침하고도 습기 찬 산중턱이 그의 아픈 곳을 쑥쑥 쑤시게 하고 있는 것이다. 그는 나를 보자 곧장 그 가루약이 좀 없느냐고 물었다. 다행히 남아 있는 것이 조금 있었고, 게다가 발리가 보내 준 고급 초콜렛이 하나 마지막으로 배낭 속에 남아 있었다. 그것을 먹으면서 약 30분 동안이나 별반 말도 하지 않고 바람이 스며드는 방 안에 앉아 있었다. 지금까지도 그는 야전 병원으로 간다는 것은 전연 생각지 않고 있다. 그는 이미 쉰이나 되었으니 집에 가만히 앉아 있다 하더라도 누구 하나 비난할 사람은 없으리라. 앞으로 어떻게 될 것인지 예측할 수 없는 전쟁에 나와 항상 새로운 겨울의 산을 습격할 필요는 없으리라. 산 뒤쪽에는 얼마든지 새로운 적군이 있는데 이런 충고를 해도 아무 소용 없겠지.

내 가슴 어느 구석에서 이 소령과 함께 지낼 수 있다는 것을 좋아하는 마음을 발견하였다. 그것은 아마 오랫동안 담배를 피우지 못하고 있던 애연가가 독하기는 하나 좋은 담배에 다시 불을 붙여 물었을 때의 그런 기분과 비슷하였다.

사병들은 그 동안에 뮌헨 맥주를 배급받았다. 우선 우리들은 여기서 대기하고 있을 뿐이고 아마 참다운 전선에는 배치되지 않을 것이라는 이야기를 듣고 사병들은 어린아이처럼 좋아했다. 아무도 잠들고자 하지 않는다. 소란과 노랫소리가 한밤중까지 계속되었다.

⚜

11월 14일

7시에 비와 안개 속을 행군한다. 세 명의 사병은 발진티푸스의 염려가 있어 오이토츠에 남아 있지 않으면 안 된다. 나쁜 병을 퍼뜨리고 돌아다니는 이[蝨]란 놈이 요전까지만 하더라도 우스꽝스럽고 귀찮은 놈에 지나지 않았으나 점점 그의 악마적이며 막아낼 수 없는 본성을 드러내어 몇 달 전부터 그놈은 내 육체를 괴롭히고 있다. 피부가 천 군데나 염증을 일으킨 것같이 느껴질 때도 많다. 그놈 때문에 사색도 꿈도 산산조각이 되어버렸고, 이제는 우리를 죽일려고 하고 있다. 키스하바스에서 이상하게 여겨진 것은 센틀레크의 그 여자가 준 나뭇가지 위에 두었던 내의에는 거의 이가 생기지 않는다는 것이었다. 그래서 나는 어떤 식물의 휘발성

기름이 해충에게는 나프탈렌 이상으로 싫어하는 것임에 틀림없다고 결론지었다. 그렇지 않아도 나프탈렌의 배급은 점점 줄어들고 있다. 그래서 나는 야생의 박하풀을 뜯었다. 이것은 이곳의 무성하고 푸르스름한 초록색 숲속에 얼마든지 있었다. 하루에 두 번씩 그 잎과 줄기를 나의 피부에 문지르고 또 많이 따서 가져왔다. 이것을 문지르자 처음에는 몹시 따끔따끔하였으나 우선 그 효과는 좋았다.

1시에 바로 가까이에서 총소리가 났다. 총알이 쉿쉿하며 머리 위를 지나간다. 우리들은 전에 세관이었던 건물 곁에서 정지했다. 거기에는 벌써 우리 연대의 응급 치료소가 만들어져 있었다. 제3대대는 루마니아군과 교전중이다. 방 안은 부상자로 가득 차 있다. 바휠에서 비에 젖은 채로 풀이나 짚 위에 누워 있는 부상자도 많았다. 창백한 얼굴을 번쩍이면서 한 신부가 다 죽어 가는 부상자들 사이를 돌아다니면서 정다운 말을 속삭여 주며 성유聖油를 발라 주고 마지막 유언이나 소원, 거기에다 가족의 주소를 묻고 있었다. 그리고 그것을 모두 그의 짙은 녹색 표지로 되어 있는 공책에 조심조심 적고 있었다.

나는 새로 온 연대 군의관 닥터 펠레러에게로 안내되어 거기서 파상풍용 혈청을 얻고자 했다. 그는 현관 곁의 큰 방에서 중상자를 치료하고 있었다. 내가 들어간 것도 그는 알아차리지 못했다. 지금 그를 방해한다는 것은 죄악에 가까웠다. 그러나 나의 목적은 나를 거기 머물러 있게 하였고, 구경꾼으로서도 있고 싶었다.

그 이유는 이런 곤란한 일을 이만큼 손쉽게 또 안전하게 척척 처리해 나가는 것을 여지껏 본 적이 없었기 때문이다. 이 의사는 어떠한 일이라도 서두르지 않고 초조해하지 않는 것 같다. 피가 줄줄 흐르는 동맥을 묶거나 혹은 부러진 팔다리에 부목을 대는 일이나 아주 익숙하게 해냈다. 정성이 깃든 냉정한 행동 — 우리 도 또한 그렇게 하려고 애쓰고 있으나 — 이 이곳 크나큰 파괴의 한가운데서도 조금도 어긋나지 않고 조용히 행해지고 있었다. 결 국 그는 나를 보았다. 나는 내가 원하는 만큼의 혈청을 얻었다. 그 대가로 약간의 모르핀을 주었을 뿐이다.

독일 사람과 루마니아 사람을 합해 여섯 사람이 짚 위에 누워 있었다. 복부에 총알을 맞은 것으로 아직 적당한 운반병이 오지 않았다. 10분마다 한 번씩 입박붕대를 갈아 주었다. 펠레러는 나 에게 이 치료법을 추천했다. 이 치료법으로 가끔 효과를 보고 있 는 모양이었다. 곧 일선으로 배치되리라고 생각하고 있었으나 아 직 우리가 필요치 않은 모양이다.

내리면서 얼어버려 반쯤은 물방울이고 반쯤은 얼음방울이 되어 내리는 빗속을 뚫고 계곡으로 내려가 이스란트이에로 뒤덮힌 매 우 늙은 가문비나무가 솟아 있는 숲 사이에 천막을 쳤다. 높은 산 이 적의 공격에서 우리를 보호하고 있다. 불을 붙이는 것을 허락 받았으나 젖은 나무가 아무리 해도 불이 붙지 않는다. 배가 고파 서 가슴이 쓰리기 시작한다. 이번에 배급받은 빵은 잘못 구어져서 반쯤은 반죽이 그대로 남아 있고 반쯤은 곰팡이가 피어 있다. 좀 있다면 이럭저럭 먹을 만한 것을 좀 잘라 내겠지만 그것마저 없 었다. 그때 나는 친절한 마가레트 폰 샬딩 부인이 내가 아직 리벨 몽에 주둔하고 있을 때 언젠가 잠행성 병을 고쳐준 것을 기억하 고 있다가 그에 대한 보답으로서 보내 준 양철깡통이 생각났다. 안에 무엇이 들었는지 몰랐으나 지금의 이 경우 그것이 고맙지 않을 리가 만무했다. 렘이 배낭을 뒤져 깡통을 가져와 조심스럽게 뚜껑을 열자 황갈색의 벌꿀이 가장자리까지 가득 차 있었다. 이제 야 번식의 기적이 나타나는 것 같았다. 그 이유는 세계의 천막에 머물러 있는 사람들이 그것을 먹고 기운을 차렸는데 반도 줄지 않았기 때문이다.

　—저녁 6시

　나는 다시 한 번 구원자의 역할을 하게 되었다. 아무리 해도 불이 붙으려 하지 않자 나는 레기나의 초 성물함이 틀림없이 붕대 가방 밑주머니 속에 들어있으리라는 생각이 들었다. 내 천막은 다른 천막에서 좀 떨어져 나무 뒤에 있어서 아무도 나를 주목하는 사람은 없었다.

　삽시간에 조그만 상자는 조각조각으로 깨어져 불이 붙여지고 그 위에 초로 만들어진 손이 놓여졌다. 표면의 붉은 것이 녹아 떨어져버리고 안의 햐얀 것이 드러났다. 그러자 곧 소리를 내면서 초 묻은 송진투성이의 나무는 격렬하게 불타기 시작했다. 동료들은 뜻하지 않던 나의 노력으로 이루어진 불꽃에 환호성을 올리며 사방의 천막에서 불을 얻으려 뛰어왔다. 어린 '레기나'도 지금 계곡 전체가 훨훨 불타오르며 불꽃이 튀는 것을 보면 기뻐하겠지.

하레슬
룬쿨 마레 산 기슭에서

❧ 1916년 11월 16일

1시 반에 잠이 깨어서 천막을 걷고서는 급히 짐을 꾸렸다. 거의 뜬 눈으로 지새다가 출발했다. 잠시 동안은 타다 남은 불이 우리의 길을 비추어 주었다. 그 후 우리는 어둠침침한 숲속을 더듬더듬 올라갔다. 각기 앞서 가는 사람에게서 밝은 무엇을 찾았다. 나는 앞사람 허리띠에 매달려 있는 쇠붙이 컵의 희미한 빛을 목표로 삼고 전진했다. 눈송이가 안개 속을 뚫고 조금씩 내렸다. 그와 함께 좀 밝아졌다. 우리 머리 위에 틀림없이 달이 떠 있을 거라고 생각하면서 행동은 점점 빨라졌다. 절벽 밑을 지나가기도 하고 오솔길을 지나가기도 하며 또 바위를 빙빙 돌아가기도 하며 몇 시간이나 행군하였다. 사병들도 돌격용의 가장 가벼운 무장을 하고 있었다. 배낭은 오이토츠에 남겨 두고 왔다.

나무 숲이 많은 하레슬이라고 일컫는 계곡에 도착 했을 때 안개 사이로 험한 산이 솟아 있는 것이 보였다. 갑자기 모두들 드디어 때가 왔구나 하는 생각이 드는 듯했다. 이곳에서는 레스페디의 작은 언덕 앞에서와는 다른 사명을 부여받았다. 즉 적에 의해 강력히 점령된 험한 국경의 산을 탈환하지 않으면 안 되는 것이다. 그것은 가장 중요한 고개 가까이에 있는 것으로서 지벤뷔르겐 지방을 위협하고 있다. 돌격은 반 시간 이내에 감행하지 않으면 영원히 기회를 놓쳐버리게 된다. 대포의 엄호사격은 바랄 수 없었다. 아메리카 인디언처럼 부대를 넓게 산개시켜 2개 중대가 기습을 하지 않으면 안 되었다. 이 강력한 기습 작전으로 적을 깜짝 놀라게 하여 도망치게 하거나 살상시키는 것이다. 소령의 지휘하에 따로따로 전진하고자 나누어진 지점 가까이에 우리들 군의는 부관과 함께 남아 다음 명령을 기다리고 있었다. 응급 치료소로 만들 만한 곳이 있는가 알아 보았으나 안전한 곳도 물이 흐르는 곳도 없었다. 야광시계를 보니 시간은 이미 공격 예정 시간을 지나고 있었다. 최후 순간에 와서 공격이 중지되지 않았는가 혹은 평화의 소리가 침침한 외부 세계를 떠돌고 있지 않는가 하고 막연한 생각이 머리에 떠올랐다. 그때 독일군이 돌격하는 환호성이 힘차게 울려 왔다. 그리고 난 뒤 잠시 동안 깊은 정적이 흘렀다. 이번에는 지금껏 들어 본 적 없는 집중사격이 시작되었다.

아군의 잘 조정된 맹렬한 총소리와 쫓기면서 맥빠지게 쏘아대는 적군의 둔한 총소리가 완전히 구별되었다.

명령을 기다리지도 않고 우리는 숲을 떠났다. 그러자 갑자기 날이 훤히 밝아진 것같이 느껴졌다. 앞쪽에는 금 간 원추형인 벌거숭이 산이 솟아 있다. 그 산에서는 엷은 안개가 푸른 하늘에 무럭무럭 솟고 있었다. 우리가 맨 처음에 본 사람은 포로가 된 루마니아 사병으로서 중상을 입은 독일 사병을 조심스럽게 운반하고 있었다. 갑자기 우리들은 구원을 외치는 부상자들이나 다 죽어 가는

사람들 틈에 끼어 우리가 서 있는 엄폐掩蔽되지 않은 자리를 응급
치료소로 하지 않을 수 없었다. 벌써 우리들이 서 있는 곳에 유탄
이 떨어져 부상자 두 사람이 죽었다. 거기에 헝가리 예비역 중대
의 대위가 와서 가까이 있는 숲속의 바위 위에 그런대로 쓸 만한
응급 치료소가 마련되어 있다고 가르쳐 주었다. 우리들은 길 안내
의 조그만 나무판을 나무에 못으로 박아 놓고 거의 텅 빈 방에
부상자들을 옮겨 갔다. 거기에는 군의관을 위한 조그만 방도 있고
또 그곳엔 나무침대와 작은 책상도 있었다. 아직 젊은 군의관보
두 사람이 하얀 바탕에 붉은 비단으로 수놓은 적십자 완장을 차
고 우리를 맞아 주었으며 조수가 되겠노라고 말했다. 그 소년들의
가냘픈 손은 예상 외로 익숙한 솜씨로 일하기 시작했다. 여러 가
지 형태로 고통이 덮쳐 왔다. 거기다가 공교롭게도 소령의 연락병
이 왔다. 9시에 나와 동료 R에게 사령부로 오라는 명령이었다. 우리
들은 서두르지 않고 10시가 넘어서야 겨우 올라가기 시작했다.

우리들은 이 암흑과 죽음의 고지인 산을 천천히 올라갔다. 아직
전투가 끝나지 않은 동쪽의 비탈에서 총소리가 들려왔다. 우리 쪽
에서는 이제 막 적이 점령당한 지대에 공격을 개시하여 점령군을
괴롭히기 시작했다. 왕호박벌처럼 유탄이 바위에 구멍을 뚫고 살
아 있는 사람이나 죽은 사람에게서 살점을 찢어 간다. 때로는 독
일군의 부상병이, 때로는 루마니아군의 부상병들이 우리를 부른
다. 루마니아군의 부상병들은 자기편의 총알에 있으나 대부분은
뱀처럼 몸을 꿈틀거리고 있다. 이 죽음의 지대 한가운데를 지나
독일군의 경상자들이 내려가는 것이 보인다. 창백해져 넋을 잃은
것 같은 사병도 있고 어떤 자는 사살된 적군에게서 빼앗은 조끼
나 훈장을 카니발에서 가장행렬 할 것처럼 붙이고는 의기양양해
하고 있었다. 어떤 자는 루마니아 진지에서 축음기를 들고 왔다.

그 사나이는 태엽을 감고는 바위 위에 올려놓아 보았다. 피기로의 〈소년이 부르는 노래〉가 울려나오기 시작했다. 미친 사람의 울부 짖음처럼 모차르트의 노랫소리가 폐허된 그 자리에 울려 퍼졌다. 사령부 가까이의 편편한 화강암에 연락병 글라비나가 기대 서 있었다. 그는 아직 숨은 쉬고 있었다. 그는 아직 숨은 쉬고 있었으나 이미 죽어 가는 사람의 창백한 얼굴이 되어 있었다. 인제 핏기라고는 찾아볼 수 없었다. 고통과 전율을 물리치면서 우리는 상처를 찾아 결국 목덜미에 조그만 파편이 꽂혀있는 것을 발견했다. 얼마 후에 숨을 거두었다. 아마 그의 호주머니에서 빠져 나왔을 몇 장의 연락용 종이를 부관에게 넘겨주기 위해 가져갔다. 쪽지에는 잔뜩 글이 씌어 있었으나 그것은 하등 근무상의 일을 적어 놓은 것이 아님을 도중에 알아, 우선 내가 보관하고 있기로 했다. 우리는 소령에게 앞서 말해 두었던 보스니아의 부상자 운반병이 도착하지 않았다는 것을 보고하였다. 그는 사단에 전화로 연락해 주겠노라고 약속했다. 그리고 우리들은 곧 하레슬로 되돌아갔다.

그 동안에 하늘이 흐려 눈이 내리기 시작했다. 흐르는 것 같은 하얀 연막이 대포의 목표물을 뺏아버렸다. 대포 소리가 하나하나 잠잠해져 우리들은 별 위험 없이 산을 내려갈 수 있었다. 도중 두 그루의 백양나무 사이에 쓰러져 있던 루마니아 병사가 우리의 길을 가로막았다. 나는 죽었으려니 생각하고 지나가려고 했는데 가느다란 신음 소리를 내면서 안간힘을 다해 겨우 내 외투자락을 붙잡았다. 발걸음을 돌려 나는 서른 살이 채 될까 말까 한 사나이의 다 죽어 가는 얼굴을 보았다. 눈은 거의 감겨 있었고, 입가를 매우 괴로운 듯이 비틀고 있었다. 그런데도 손가락은 여전히 나의 외투자락을 꽉 붙잡고 있었다. 그의 가슴을 덮고 있는 회색 외투 사이로 김이 나고 있었다. 보다 못해 R이 외투를 뿌리치자 박살이 난 늑골과 가슴팍에 있는 기관들이 튀어나왔고 심장은 맥없이 뛰고 있었다. 은과 구리로 만들어진 성인들의 그림이 그려진 메달을 검은 리본에 메어 목에 걸고 있던 것이 살 속에 깊숙이 박혀 있었고, 그 중에는 몹시 구부러진 것도 있었다. 우리는 다시 외투를 덮어 주었다. 그는 가늘게 눈을 뜨고 입술을 움직였다. 하는 수 없이 나는 모르핀을 주사기에 가득 채웠다. 아마 그도 이것을 바랐을 것이리라. 그는 나의 외투자락을 놓고 팔을 이쪽으로 내밀려고 애썼다. 그것은 거의 다 죽어 가는 사람의 행위이다. 죽어 가는 사람에게는 어떻게 해서든지 해방되고 싶은, 한없이 쓸쓸하고 한없이 괴로운 고통이 있으리라. 그것 때문에 타는 듯한 괴로움을 느끼면서도 살아나가다가 편히 죽지 못할지 모르는 일이다. 그것은 아무도 알지 못한다. 주사 놓는 것이 끝나자 그 사나이는 기분 좋다는 듯이 머리를 백양나무에 떨어뜨리고 눈을 감았다. 그러자 파인 눈 언저리에 곧 큰 눈송이가 떨어졌다. 우리는 가던 길을 계속 걸어갔다. 하레슬에 도착하였을 때는 벌써 1시가 되었다.

　눈이 계속해서 내린다. 대포는 침묵을 지키고 있다. 그러나 나뭇가지 위로 여전히 총알이 날아간다. 공기는 산산조각으로 찢겨진 나무들의 송진 냄새로 가득 찼다. 보스니아의 부상자 운반병들을 기다리고 있으나 허사였다. 틀림없이 길을 잘못 들어섰을 것이다. 응급 치료소에는 이제 헝가리병도 독일병도 수용할 여유가 조금도 없다. 중상을 입은 루마니아 병사들은 눈 내리는 솔밭 사이에 누워 있다. 루마니아의 위생병 하사관 중의 한 사람인 유대인을 그곳에 남겨 두었다. 그는 그들에게 불을 붙여주고 있다. 불은 붙을까 말까 하다가 떨어지는 눈으로 핏핏 소리를 내고 있다. 그 위에 손을 내밀고 불을 쪼이고 있는 사람이 몇 사람 있다. 한 사람은 끊일 새 없이 미소를 띠고 이따금 십자를 긋고 있었다.

응급 치료소에는 점점 피 냄새가 짙어진다. 그 끈적끈적한 동물적인 냄새는 신경을 자극하여 기분을 우울하게 만든다. 모두들 자주 밖으로 나간다. 쾌감과 고통과 격노와 자비와 정신착란과 지혜와 함께 생명은 피로 연결되어 있는데, 어째서 이 붉은 진액은 한 번 밖으로 쏟아져 나오면 참을 수 없는 구역질을 나게 하는가?

—저녁

보스니아인들은 결국 오지 않았다. 다른 부대에 붙잡혔는지도 모르겠다. 많은 경상자들이 우리의 위험한 중상자들을 오이토츠로 운반하겠다고 간청을 하고 나섰다. 밤중까지는 거기에 도착할 것이다. 나머지 사람들은 더 편히 잘 수 있게 되었고, 루마니아 사람은 다섯 사람이나 응급 치료소에 수용되었다. 나머지 사람 중의 세 사람만이 죽었다. 다른 사람들은 불 곁에 바싹 다가앉아서 장화를 태워버린 사람도 몇 명 있었다. 그들은 다 젊은 사람들로 둥근 얼굴을 하고 있다. 그에 비하면 젊은 독일 병사들은 얼마나 마르고 핼쑥하고 명상에 잠긴 듯 침울하고 전쟁으로 늙어보이는 것인가!

독일어를 할 줄 아는 유대인 하사관 한 명이 전 포로를 대변하여 나에게 언제 자기들은 야전 병원으로 보내지느냐고 물었다. 그래서 나는 솔직히 가장 가까운 야전 병원도 20시간 이상이나 소요되는 거리에 있으며 또 부탁해 놓은 위생병들도 뜻대로 되지 않는 것 같아 내일까지 도착하기는 어려울 것 같다고 설명했다. 분명히 불쾌하다는 듯이 통역관은 이 우울한 소식을 통역했다. 모두의 얼굴에 나타난 실망이 사실상 너무나 컸기에 나도 불평에 말려들어 적당히 약속함으로써 어린아이들을 달래듯이 그들에게 운반병이 올지 어떨지 조금만 더 참아 주도록 부탁하고, 여하튼

간에 어둡기 전에 전 포로를 막사 안에 데려가 먹을 것도 많이
주겠노라고 바보 같은 소리를 하였다. 유대인은 한 마디 한 마디
를 통역했다. 모두들 기운이 나서 열심히 듣고 있었다. 그러나 약
속을 하자마자 그 말이 전부 엉터리였음을 알고 깜짝 놀랐다. 아
군이 머물 곳만 해도 부족하고, 식량도 매우 부족하고 살아 남아
있는 자들은 전사자의 빵에 달려드는 형편인데다가 명령할 권리
도 나에게는 없는데—어찌하여 나는 이런 사실들을 모두 잊었던
가? W하사는 "그놈들을 그렇게 돌봐 줄 필요 없어요. 우리의 전
우들도 산 위에서 얼음과 눈 속에 누워 있어요. 전쟁은 어디까지
나 전쟁이에요. 루마니아 놈들이 전쟁을 일으켰으니 그 대가를 받
아야 해요"라고 말했다. 그것에 대해서 나는 곧 대답할 말이 없었
다. 나는 그래도 보스니아 사람이 올지도 모른다는 새로운 희망을
가졌다. 응급 치료소에는 때마침 별반 할 일이 없었기에 산에 올
라가 보았다. 처음에는 보초들이 조용히 미사 드리는 신부처럼 눈
속에서 입는 셔츠와 모자를 쓰고 서 있는 그 뒤로 바싹 붙어서
올라갔다. 연락병이 오가고 있었다. 총알이 노래하듯 소리를 내며
날아갔다. 높은 곳에 올라 서니 눈보라 사이에 불그스레한 빛이
스쳐 지나가는 것이 보였다. 다음 고지 위에는 적의 진지가 비스
듬히 연결되어 있으니 저 불빛은 아군 것은 아닐 것이다. 불빛 속
에 사람의 그림자가 하나 떠올라 들것에 들려 사라져 버리더니
그 불빛마저 없어져 버렸다. 나는 계속 더 올라갔다. 한 그루의
높은 나무 곁에 다다르니 그 나뭇가지 사이를 한 마리의 회색과
흰색이 섞인 새가 훨훨 날아갔다. 티티새만큼 큰 놈으로 아마 흰
멧새일 것이다. 이 고요한 숲속에서 처음 만난 새였다. 눈은 아직
도 내리고 있다. 우주가 수천 조각으로 쪼개져 떨어지는 것같이
느껴지고 호흡하고 힘을 북돋아 주는 허무의 물결이 느껴졌다.

하레슬에 되돌아오니 깜짝 놀랄 일이 생겼다. 루마니아의 부상병들을 찾아보았으나 한 명도 보이지 않았다. 죽은 시체만이 벌써 눈에 파묻혀 아직도 연기를 내고 있는 불 곁에 누워 있었다. 역시 운반병들이 왔구나, 하고 생각하며 앞으로 나아가려고 할 때 아침에 응급 치료소를 가르쳐 준 헝가리군의 중대장을 만났다. 그는 나를 기다리고 있는 것 같았다.

이때 나는 크든 작든 간에 인간 세상의 여기저기에서 이따금 일어나는 일이나 다른 사람이 경솔하게 약속해 버린 것을 누군가가 지키지 않으면 안 될 경우를 경험하였다. 대위는 독일 사람의 권한을 좀 손상시켰다는 것, 내가 없는 동안에 포로를 다른 곳으로 옮겨버렸다는 것, 그의 부하가 나를 사방으로 찾아다녔으나 보이지 않더라는 것을 짧막한 말로 사과하는 것이었다. 가까이에 있는 그의 참호의 조그마한 둥근 창문에서 부상자와 죽어 가는 사람들의 무리가 불쌍하게 불을 쪼이고 있는 것을 하루 종일 환등幻燈처럼 눈 앞에 보고 있다는 것은, 그의 흔들리기 쉬운 신경으로서는 정말 견디기 어려워졌던 것이다. 그래서 좀 떨어진 계곡에 빈 섶나무로 된 오두막집이 있어 지금 모두는 그곳에 머물러 있으며 따뜻한 음식과 물도 가져다 주었다는 것이다. 나는 그에게 진심으로 고맙다고 했으나 그는 듣고자 하지 않았다.

"불쌍하게도 당신들 독일 사람들은 먹을 것이 부족한 지경입니다. 그렇지만 우리 헝가리 사람들은 당분간은 괜찮을 만큼 많이 있습니다"라고 말하고는 바람에 불려 쌓인 눈과 덤불 사이를 지나 계곡으로 나를 안내해 주었다. 오두막집 안에는 촛불이 켜 있었고, 전나무 가지를 깔고 그 위에 부상자들이 누워 있었다. 그들은 깡통에 든 고기를 먹으며 휴대용 컵으로 뜨거운 차를 마시고 있었다. 하사관은 일어서서 장교에게 독일어로 보고를 하고는 나에게 일동의 이름으로 숙소와 음식물을 주어서 고맙다고 했다. 헝가리의 장교에게는 나의 경솔한 약속을 고백하였다. 두 사람 다 내가 말하는 바를 잘 이해하지 못한 것같이 보였다.

우리들이 다시 밖으로 나오자 독일군도 루마이아군도 다 수많은 조명탄을 쏘며 경계하고 감시하고 있었다. 하레슬 전체가 번쩍번쩍 산꼭대기까지, 붉은색 혹은 푸른색으로 타오르고 있었다. 색깔이 변하는 조명탄 속에 눈송이가 사탕과자처럼 내리고 있었다. 총소리는 뜸해졌고 로키트탄의 쌩쌩하는 소리와 키스하바스 산에서 늑대의 울음소리가 아득히 들려왔다.

✤

11월 14일

새벽녘에 총소리가 들렸지만 곧 멎었다. 해가 뜨자 흐리던 하늘이 밝아졌다. 투명한 구름의 넓은 막 뒤에 기울어져 가는 달은 배아 같은 황금색이었다. 운반병이 도착하여 점차로 부상병을 다 운반해 가버렸다. 필클은 남아 있지 않으면 안 된다. 맥이 거의 없으니 아마 오이토츠에 도착할 때는 시체로 변해 있을 것이기 때문이다. 그의 동생이 한 시간의 여가를 얻어 그를 문안 왔으나 그때엔 벌써 말도 통하지 않는 것을 깨닫고 그 시간을 이용하여 아직 숨이 붙어 있는 형을 위해 무덤을 파고 십자가를 깎아 만들고 거기에다 파란 색연필로 정성들여 전사한 그의 형 이름을 적어넣었다.

9시가 되자 깃발을 든 유대인 신부에게 인솔되어 총과 탄약을 가진 열세 사람의 루마니아 군사가 나타나 헝가리 대위에게 면회

198

를 청해 와서는 정식으로 항복했다. 이 광경은 아무래도 좀 연극적인 데가 있는 듯했다. 헝가리 사람이나 루마니아 사람들은 확실히 우리 독일인들보다 극적 기질을 다분히 가진 것 같다. 평범한 날이 계속되고 추위도 좀 가라앉았다. 남풍이 시꺼먼 바위 위의 얼음과 눈을 스쳐 지나간다.

이따금 난롯가 근처에 있는 것 같은 따뜻한 공기가 흐른다. 창백한 태양이 그 윤곽을 희미하게 드러내며 압지 같은 흰 안개 속에 파묻혀 있다. 저녁때 헝가리의 군의관 후보생이 그들의 큰 배낭에서 큰 병과 훌륭한 고급 유리컵을 꺼내 따가운 술로 자기네와 우리들의 기운을 북돋아 주었다.

❀
11월 18일

겨울 숲속의 어두침침한 곳에서 잘 자고 꿈도 많이 꾼다는 것은 이상스러운 일이 아니다. 여자들과 친구들 틈에 끼어 평화롭게 노는 꿈을 꾸었다.

하나하나의 몽상에는 하등의 관련성도 없었다. 그러나 평화와 귀향 이야기가 이제 화제에 오르지 않게 되고부터는 여러 가지 환상의 조명력이 일어나기 시작했을 뿐만 아니라 내 앞에 신비스러운 목표를 만들어 놓고 빙빙 돌며 나를 그곳으로 데리고 가려고 하는 것같이 느껴졌다. 때때로 환상은 외적 사건으로 인해 광범위한 전개를 방해당해 거친 윤곽으로 끝나버린다. 오늘 아침에 유탄이 응급 치료소 앞에 떨어져 나는 꿈에서 깨어났다. 갑자기 땅 밖으로 나오게 된 두더지처럼 그 꿈은 도망칠 여유가 없었기 때문에 이상하게도 뚜렷이 머리에 남아 있었다.

　나는 밤중에 잠에서 깨어나 응급 치료소에 쥐가 있다는 것을 알았다. 쥐는 작은 책상 위를 가볍게 뛰어다니면서 빵을 갉아 먹다가 두서너 번 교묘히 헝가리 장교의 훌륭한 유리컵 사이를 지나다니고 있었다. 그것으로 갑자기 쥐의 징그러움은 사라지고 방 안에 그 무엇인지 귀신이 있는 것 같은 느낌이 들고 더할 나위 없이 유쾌한 쥐의 변형을 구경하다가 잠들어 버렸다. 이 짐승들은 색깔이 흐려지더니 마지막에 하얗게 빛나며 파란 평지를 이리저리 뛰어다녔다. 좀더 가까이에서 유심히 보려고 했는데 나는 어느 결에 연기가 자욱한 커피하우스의 당구대 곁에 서 있었다. 눈에 보이지 않는 오케스트라가 멀리서 연주하고 있었고 쥐 대신에 흰 공이 파란 천 위를 구르고 있는 것이 보였다. 당구를 치고 있는 유일한 사나이는 우리들이 저 산 위에서 모르핀 주사를 놓아준 그 루마니아 군인이었다. 그는 무용하는 듯이 가벼운 걸음걸이로 몸을 흔들며 당구대를 돌면서 큐를 살며시 가르치는 동작으로 다른 공을 건드리지 않고 흰 공을 굴리고 있었다. 공은 점점 번쩍였다. 팽이처럼 소리내며 궤도의 안정성을 유지하며 푸른 헝겊 위를 이리저리 굴러다녔다. 서로 부딪치는 일 없이 가장자리에 부딪치면서 궤도 속도와 빛을 더 증가시켰다. 실상은 어느 것이나 서로 같았으나 얼마 되지 않아 그 중의 하나가 유난히 번쩍이는 것같이 느껴졌다. 그뿐만 아니라 나의 모든 운명이 그 공에 묶여져 있는 것처럼 느껴졌다 ―그 공이 다른 공과 부딪치거나 하면 한없는 불행이 일어날 것이다. 조금 떨어진 곳에서 '레기나'가 청소부가 되어 이 당구대에서 저 당구대로 옮아가며 담배꽁초나 깨어진 유리컵을 주어 힘겹게 질질 끌고 다니는 쓰레기통에 던졌다. 갑자기 그녀는 나의 곁에 서서 속삭였다. "이제 막 당신 그림자를 만났다는 것을 알고 있어요"라고. 그리고는 당구대에 다가서서 유유히 나의 그 이상한 공을 집어서는 다른 쓰레기와 함께 쓰레기통에 던지고는 뚜껑을 닫아버렸다. 이번에는 갑자기 글라비나와 비슷해진 그 루마니아 군인은 계속해서 당구를 치고 있었다. 그의 눈두덩에는 눈이 담뿍 쌓여 있었으나 그는 예사였다. 나는 손을 올려 '레기나'의 이마를 두들겼다. 그러자 그녀는 선 채로 무엇이라고 표현할 수 없이 행복한 미소를 지으면서 잠들어 버렸다. 그러나 그 공은 쓰레기통 안에서도 가만히 있지 않았다. 점점 소리를 높이며 빙빙 돌고 이따금 쥐의 울음 같은 소리를 내는 것이 들렸다. 그러자 마룻바닥이 이상해지기 시작하여 똑바로 서 있는 것도 힘들었다. 모든 것이 다 흔들렸다. 뻣뻣이 굳어진 채 잠자고 있는 레기나는 여전히 미소를 띠며 만들어 놓은 조각처럼 점점 커지더니 내 쪽으로 몸을 굽혀 나를 때려죽일 것 같은 모양을 하고 있었다.

바로 그 순간 바깥에서 요란한 폭음을 내며 유탄이 폭발했다. 나는 곧 일어섰다. 길게 울리는 것 같은 고함 소리가 들렸으나 마치 고함지르는 사람의 성대를 잘라버린 것같이 갑자기 함성이 멈췄다. 라프, 렘과 함께 몇몇 부상자가 문간으로 뛰어갔다. 다른 사람들은 안전한 곳을 찾아 안으로 뛰어들어왔다. 포탄이 떨어졌던 구멍 옆에 헝가리 병사가 넘어져 있었다. 그는 이미 죽어 있었다. 그 외에는 아무도 부상을 입은 사람이 없었다. 유탄은 틀림없이 잘못 발사된 것이리라.

그 후로는 다시 날아오지 않았다.

보병인 필클은 의식을 잃고 이틀 동안 응급 치료소에서 잠들고 있었으나, 열 번째의 지기다리스제를 주사하자 힘차게 맥박이 뛰

고 동시에 깊이 숨쉬기 시작했다. 완전히 의식을 회복하고, 휴대
용 컵의 반만큼 차를 마시고 깡통에 든 고기를 먹었다. 자기 자신
의 똥 오줌 속에 누워 있어 극도로 기분이 나빠져 곧 일어나서
몸을 씻기 위해 밖으로 나가자 곧 그의 동생이 그를 위해 만든
십자가가 눈에 띄었다. 거기에 씌어 있는 자기의 이름을 열심히
읽고 나서는 파놓은 무덤 속을 들여다보고 오랫동안 눈을 비볐다.
갑자기 기분좋게 웃었기 때문에 풀어진 붕대가 두건처럼 뒤로 내
려왔다. 그때 그는 그에게 말한 농담의 뜻을 알아차렸다는 듯이
손가락을 펴고 웃으며 가던 길을 계속 걸어갔다. X-레이로 비쳐
보지 않으면 그의 상처는 알아보지 못할 정도였다. 총알은 틀림없
이 머리 속에는 들어가지 않고 소뇌 바로 밑의 경추를 상하게 했
을 뿐이다.

❧
11월 20일

침울한 날이 이렇다 할 전투도 없이 계속된다. 비가 눈 덮인 전
사자들을 씻어 냈다. 그것을 하나하나 파묻는다.

아프다고 신고하는 사람이 많아졌다. 거의 전부가 바짝 마르고
안질에 걸렸다. 병이 나는 사람도 많고 발가락이 동상에 걸린 사
람도 있다. 게다가 나무 위에 숨어 있는 적의 저격병에게 희생되
는 자도 많다. 적의 저격병은 짐승 같은 끈기로 아군이 엄폐물에
서 나오지나 않을까 하고 밤낮 노리고 있다. 고양이 같은 전쟁 방
법으로 이러한 떳떳치 못한 전법에 대해서 독일군은 세계 어느
나라 군대보다 서투르다.

그것은 그렇다 치고 이럭저럭 건강한 자들은 소위 말하는 전투력이 극도로 줄어드는 것을 만족스러운 눈으로 보고 있다. 그것은 교체를 의미하기 때문이다. 이런 점에서는 소령도 마찬가지로 내가 상당히 관대하게 야전 병원으로 후송하는 처지를 너그럽게 용서하고 있다. 그래서 레베렌츠 중위는 당신이야말로 적군 이상으로 병력을 줄이고 있다고 힐책하고 있으나 그도 나와 마찬가지로 아무리 용감한 군인이라 할지라도 사흘 밤 사흘 낮을 이곳에 있으라고 할 수는 없다는 것은 인정하고 있다. 게다가 산 위에는 엄폐물이라곤 하나도 없다. 병사들은 바위나 나무 뒤에 숨어 축축한 눈 위에서 잠들어야 한다. 불 피우는 것마저 허용되지 않는다. 밝은 동안에는 절대로 머리를 쳐들어서는 안 된다. 그러나 우리로서 제일 큰 고통은 갈증이다. 더구나 이 목마름은 물마시는 데 대한 이루 측량할 수 없는 혐오감과 결부되어 있다. 피를 담뿍 뒤집어 쓴 바위에서 떨어져 내리는 눈 녹은 물은 부패균이 우굴거리고 있어 차를 끓이는 데 쓰고 싶은 생각도 나지 않고 더구나 그냥 마실 기분은 더더욱 나지 않았다.

케즈디 알마스

1916년 11월 22일

어제 저녁에 프러시아의 예비군과 교대한 우리들은 축축한 눈보라를 뚫고 오이토츠로 내려갔다. 내려오면서 어둠 속에서 몇 번이나 길을 잃었다. 발은 규칙적으로 앞으로 나가고 있는데도 몇 초 동안 잠들 수 있을지 어떨지 나로서는 분간하기 어려우나, 이 야간 행군 동안에 나의 눈 바로 앞에 금색 표지가 달려 있는 푸른 접시가 나타나 잠이 깬 듯이 깜짝 놀라 확실히 기운이 나는 것같이 느껴진 일이 딱 한 번 있었다. 이것만은 분명히 알고 있다. 자정이 지나서야 바라크에 도착했다. 아침 8시가 지나서 날이 밝자 배낭을 다시 찾아 메고 행군을 계속했다. 전사자들의 배낭은 큰 짐차에 실려 행군 뒤에 따라왔다. 대대의 인원은 이젠 훨씬 줄어버렸다. 큰길에 나오니 그것이 뚜렷이 눈에 띄었다.

케즈디 알마스 가까이에 도착하자 연대장이 그의 부관들과 군악대를 데리고 마중 나와 있는 것이 보였다. 그들은 우리를 기다리고 있었던 것이다. 그들의 말소리가 잘 들릴 만큼 가까운 곳에 다다랐을 때는 맑은 북소리가 울려나오고 가벼운 리듬이 그 뒤를 따랐다. 그러자 〈카르멘〉 행진곡이 힘차게 연주되었다. 군복은 때에 절어 누더기가 되고 지친 나머지 패잔병처럼 몸을 늘어뜨린 채 가까스로 걷던 우리들 부대도 생기를 되찾기 시작했다. 우리들은 점점 그 늙은 연대장이 우리에게 표한 경의를 이해했다.

〈카르멘〉 행진곡에 이어 '착한 전우'의 노래가 계속되었고, 우리의 선두가 마을에 도착할 때까지 끊어지지 않았다. 마을 아이들은 음악 소리에 홀딱 반해 만면에 미소를 띠고 우리 쪽으로 달려왔다.

평온한 하루가 지났다. 그러나 가슴이 아파 병실에 출두하는 사람도 많았다. 진찰해 보니 심장 고동의 결체가 빈번히 나타난다. 그런데도 야전 병원으로 후송되는 것은 아무도 원치 않는다. 제각기 몇 주일 동안의 휴식을 바라고 쥐오줌 풀로 만든 약을 몇 방울 떨어뜨려 조제한 약으로 만족하고 있다. 라프가 위생차의 문을 열려고 하자 열쇠가 없었다.

이 조그마한 마을에서는 자물쇠 장수를 찾아볼 수 없었다. 물론 지금 현재로서는 붕대가 방 속에 들어있는 것으로 충분하다. 뎀과 라프는 서로 열쇠를 잃은 데 대한 책임을 전가하면서 거의 화를 내고 있다. 이 숙소는 괜찮은 편이다. 나의 방은 크고 마룻바닥에는 고운 모래가 뿌려져 있다. 십자가가 벽에 붙어 있고 거기에 도구가 걸려 있다. 침대에는 빨간 모피가 깔려 있다. 제일 아름다운 것은 집 뒤에 있는 사과밭이다. 그것은 버드나무 숲으로 에워싸여 마치 광주리 속에 들어 있는 것 같다. 한쪽 모서리에는 키 큰 해바라기가 때늦게 꽃을 피우고 있다. 검고 노란 접시 같은 꽃은 가장자리를 안쪽으로 향해 고개를 숙이고 있다. 여름 동안 태양을 향해 어느 쪽으로든지 따르고자 하는 꽃의 의지는 이토록 강력했던 것이다. 이젠 꽃피는 비로드도 띄엄띄엄 퇴색하여 얼룩지거나 빠져 회색 씨의 모자이크가 드러나 있다. 내가 곁을 지나가던 그때에 잿빛의 새 한 마리가 씨를 주둥이에 물고 황혼 속으로 날아가 버렸다.

케즈디 알마스

✤
1916년 11월 25일

요 이틀 동안은 비상 소집의 걱정은 없을 것 같다. 모두들 푹
쉬고 있다. 책이나 좋은 군복을 꺼내는 자도 많고 사진을 책상 위
에 세워 놓은 자도 많다. 나의 숙소는 몹시 소란스럽다. 이웃 사
람들이 드나들고 조금 전만 하더라도 어떤 늙은 노파가 들어와
브랜디를 달라고 했다. 오늘 낮에 나는 어떤 광경을 목격했다. 그
것은 어찌 생각해 본다면 그렇게 대수롭지 않은 일 같지만, 그것
은 나에게나 많은 다른 사람들에게 관련이 있는 것처럼 느껴졌다.
수주일 전에 이 집의 고양이가 새끼를 많이 낳았는데, 지금에 와
서는 그것들 때문에 골치를 앓고 있었다. 특히 고양이 새끼에게
먹일 우유가 없었던 것이다. 이 집에 고용되어 있는 열대여섯 되
는 아이에게 너무 많은 고양이를 어떻게 좀 처치해 버리라는 이
야기를 한 것같이 보였다. 방 안에서 글을 쓰고 있던 나는 그가
고양이를 뜰 저쪽 편으로 가져가는 것을 보았다. 어떻게 할 작정

인지 눈치채기도 전에 그는 고양이를 한 마리 한 마리를 익숙한 솜씨로 헛간 벽에 내던졌다. 고양이는 소리도 못 내고 그 아래에 쓰러져 갔다. 아이는 휘파람을 불면서 여느 때와 같이 팔을 흔들며 부엌으로 돌아왔다. 때마침 거기엔 식사 준비가 다 되어 있어 다른 사람들과 함께 천천히 식사를 시작했다. 그러나 처형된 고양이 새끼들 중에서 얼굴과 가슴팍과 다리가 희고 목덜미에 밝은 은빛 털이 있어 다른 것과 완전히 다른, 푸른색과 회색이 뒤섞인 한 마리는 다만 기절해 있었을 뿐 차츰 되살아났다.

비틀거리며 몇 걸음 걷다가는 멈춰 서서 앞발로 귀 위를 몇 번 긁적거렸다. 그렇게 함으로써 정신을 차릴 수 있었는지, 그리고 난 뒤에 뜰을 지나 집 안으로 되돌아왔다. 그때에야 비로소 나는 고양이의 턱에서 피가 흐르고 있는 것을 보았다. 다른 곳에는 아무런 상처도 입지 않은 것같이 보였다. 고양이 새끼는 주저하다가 부엌문으로 들어와 사방을 두리번거렸다. 음식을 먹고 있는 사람들을 보자 의자 위에 뛰어오르고자 몇 번 움츠리다가 결국은 성공하였다. 그 후 잠시 동안 조용히 앉아 있었다. 드디어 고양이는 유쾌한 듯이 입을 놀리고 있던 자신의 가해자 곁에 다가가 의자에 뛰어올라 탄원하듯이 그의 팔꿈치에 살며시 몸을 대었다. 나는 책상 뒤에 숨어 그 아이의 일거일동을 놓치지 않고 관찰할 수 있었다. 소년은 이 고양이를 보았을 때 처음에는 잠시 동안 계속해서 음식을 먹다가 갑자기 구역질이 나는지 일종의 딸꾹질을 하면서 수저를 놓았다. 다른 사람들이 다 나가버리자 그는 고양이가 무서워졌는지 아니면 정말로 살아서 돌아온 것인지를 알려는 듯 조심스럽게 고양이를 만져 보았다. 마지막에는 마치 사기그릇인 것처럼 조심조심 고양이를 식탁 위에 올려놓고는 먹다 남은 고기와 빵을 잘라 주었다. 고양이는 그것을 좀 먹었다. 분명히 그 아이는 그것을 좋아했다. 주인 마누라가 들어오자 아이는 열심히 무엇인지 지껄였다. 이따금 마추카라는 말이 들렸다. 그때마다 그는 고양이를 가리켰다. 주인 마누라는 아무 말 없이 고양이를 바라보다가 나가버렸다. 그리고 나서 그 아이는 뜰에서 다시 일을 시작했다. 죽은 고양이 새끼도 살아 있는 것처럼 조심조심 주어 모아서는 어디론지 가져가 버렸다. 그의 마음에 변화가 있었던 것 같다. 조금 전에 비해 얼굴은 긴장되고 걸음걸이도 침착하였다. 그 후로는 소년의 휘파람 소리를 나는 듣지 못하였다.

내일은 오스트리아의 황태자가 이곳에 왕림하여 렘헤니이에서 사열을 갖는다. 나는 휴양할 필요가 있다고 말하고 케즈디 알마스에 머물러 있어도 좋은지 허가를 신청했다. 바람이 몹시 불기 때문에 추워진다.

❧

11월 28일

푸른색과 회색이 뒤섞인 고양이는 오늘 죽었다. 한 시간쯤 여가가 있으니 고양이가 괴로워하던 그 이야기를 적어 두고자 한다. 이것도 또한 나의 생활의 한 부분이다.

아침 일찍이 나는 낮은 신음 소리와 으르렁거리는 소리에 잠이 깨었다. 큰 방 안에서 앞서의 그 헝가리 소년이 매우 겁에 질린 표정으로 마룻바닥에 웅크리고 앉아 고양이에게 물을 담은 접시와 우유를 담은 접시를 번갈아 가며 밀어 붙이고 있었다. 고양이는 간밤엔 피를 토하고 아침이 되자 담즙을 토했다. 우유는 쳐다보지도 않고 물만을 멍하니 쳐다보고 있었다. 내가 가까이 가자 지칠 대로 지쳐 슬픔에 잠긴 사람처럼 천천히 고개를 들었다. 얼굴은 초췌하고 가장자리가 금색 호박으로 아로새겨진 눈동자는 흐려지고 코는 매우 뜨거웠다. 틀림없이 열이 나고 목은 타는 듯이 마를 것이다. 때로는 울고 때로는 쿵쿵거리면서 코를 물에 갖다 대다가는 물에 닿자 성난 소리를 내며 몸을 떨고 물러서 버린다. 물을 마시려 하면 고통이 심해지는 모양이다. 그러나 참기 힘든 갈증을 느끼는지 고양이는 몇 번이고 되풀이 해서 물을 마셔 보려고 했다. 갑자기 고양이는 앞다리 하나를 물 속에 담궜다. 결국에는 몸 전체를 접시 속에 담그려고 하는 듯했으나 접시가 너무 작았다. 큰 접시에 물을 가득 채워 주었더니 고양이는 속속들이 달아오른 몸을 물 속에 푹 담그고는 한참 동안 가만히 있었다.

이러는 동안 시골 아주머니가 들어왔고 아이들과 이웃 부인네들도 들어와 호기심과 동정심으로 괴로워하는 불쌍한 고양이의 주위에 둘러섰다. 어제와 그제까지만 하더라도 이 고양이를 냉정하게 내동댕이쳐 놓고는 이제 와서는 아무도 빨리 죽여 줌으로써 고통을 덜어주는 일이라고 생각하는 사람은 하나도 없었다. 모두가 다 귀여운 고양이 새끼라고 여기고 고양이를 치료하는 데는 이런 방법이 좋다거나 혹은 이런 약이 좋다고 말할 뿐이었다. 고양이는 그 고통으로 신 가까이에 옮겨진 것처럼 모두들, 특히 어린아이들은 고양이에 대해 경건한 마음을 가졌다. 사실 이 작은 고양이의 태도에는 경탄할 만한 것과 이 고뇌에서 초월할 수 있는 뭐라 표현할 수 없는 그 무엇이 있었다. 물론 죽음이 점점 빼앗아 가거나 짓밟아 버릴 수는 있으나, 결코 굽힐 수는 없을 것이라고 여겨지는 천성적이고도 야성적인 우아한 의식과 일종의 자부심이 있었다. 그 자신의 불행은 돌보지 않고 끝까지 자신의 본성에 충실하려고 애쓰는 모양, 이미 죽음 앞에서도 자신의 품위를

유지하고 그의 머리를 갸우뚱하게 기웃거리는 그 모양. 그것이야
말로 틀림없이 고뇌 그것보다도 더 강력히 모두의 가슴을 울렸을
것이다. 어떤 영적인 것이 고양이들에게는 스며 있으리라. 그래서
고대 이집트 사람들은 이 짐승을 신성시하고 이 짐승을 죽인 자
를 처벌했으리라. 그것은 그렇다치고 곧 케즈디 알마스의 선량한
사람들도 그들의 지혜를 총동원하다가 결국 나에게 기대를 걸고
나를 쳐다보았다. 때마침 그곳에 와있던 뎀은 모르핀 주사를 권했
다. 나는 거기다가 아트로핀을 첨가하였다.

　우리들은 고양이를 물그릇에서 꺼내어 극히 적은 양의 주사액
을 넓적다리에 놓아주었다. 그때 조그마한 소녀가 큰 소리를 질렀
다. 그러나 마추카는 주사 놓을 때도 꼼짝하지 않았다. 그토록 내
장의 고통으로 가득 차 있었다. 30분 후에 고양이는 마루를 비추
고 있는 약간의 햇볕 쪽으로 걸어가 기분 좋다는 듯이 사지를 뻗
고는 머리를 앞다리에 올려놓고 잠들어 버렸다. 가끔 꿈속에서 낮
은 으르렁 소리를 내곤 하였다. 훨씬 뒤에 이미 햇볕이 쪼이지 않
게 되었어도 고양이는 그대로 가만히 거기에 있었다. 그리고 난
뒤에 또다시 물을 찾아 헤매는 헛수고가 시작되었다. 우리들은 이
번에는 세 배나 강한 주사를 다시 놓았다. 그러자 고양이는 우선
은 매우 활발해져 거의 방종해지기까지 하더니 미쳐 가기 시작하
여 이상한 몸짓을 하였다. 그러나 그의 동작의 아름다운 조화는
여전히 지니고 있었다. 갑자기 고양이는 나에게 뛰어올라 내 얼굴
의 냄새를 맡았다. 나는 그것을 발 아래로 내려놓았다. 앓는 소리
를 내면서도 고양이는 내가 하는 대로 내맡기고 있다가 갑자기
잠들어 버렸다.

　내가 새벽 2시에 잠이 깨어 회중전등으로 비추어 보니 가볍게
경련을 일으키면서 그대로 잠들고 있었다. 꼬리를 기분 좋은 듯이

몸가에 감고 머리는 나의 왼쪽 발 위에 올려놓고 있었다. 그 자세가 매우 불편해 보이기에 발을 빼려고 했더니 고양이는 매우 성이 나 앓는 소리를 내고는 내 발가락을 물어뜯으려고까지 했다. 그래서 나는 죽어 가는 것에 대한 동정심으로 불편한 다리를 꾹 참고 꼼짝하지 않았다. 그런데 이 조그마한 짐승에게 강요되어 가만히 있는 동안 나는 곧 나의 내부에 어떤 변화가 일어나고 있는 것을 느꼈다. 그것은 생각건대 신부들이 반성이라고 일컫고 있는 그 이상한 내적인 정적과 집중이었다. 여느 때보다 육체가 가볍게 느껴지고 의지는 자유롭고 착실하게 움직였다. 어떤 종류의 병의 성질에 대한 생생한 관념이 제일 먼저 떠올랐다. 나는 갑자기 병을 지금까지보다 훨씬 간단하게 치료할 수 있다는 것을 알았다. 그와 동시에 이 양양된 상태에 도달할 수 있는 것은 마추카 덕택이라는 것을 의식하고 있었다. 우리들은, 인간이나 영이나 별에서뿐만 아니라 때때로 동물이나 식물, 그뿐이겠는가, 무생물에서도 우리들 자신이 알지 못하는 사이에 본연의 모습으로 돌아가는 것이고, 우리들이 은총이라고 일컫는 모든 것은 결국에 가서는 거기로 되돌아간다는 것을 이때보다 더 확신을 가졌던 적은 아마 없었을 것이다. 그러한 지금, 지난날 내가 고양이에 대해 듣거나 읽은 착한 이야기들이 하나도 남김없이 빨리 명백하게 나의 머리를 스쳐 갔다. 마지막엔 어머님께서 가끔 이야기해 주시던 노아의 홍수 같은 감동적인 전설도 떠올랐다.

어린 사나이가 바람에 물결치는 끝없는 해양 한가운데에서 요람을 타고 떠 있었다. 그의 곁에는 고양이 한 마리가 있었다. 요람이 뒤집혀질 것같이 될 때면 이 날쌘 짐승은 반대쪽으로 뛰어가 균형을 잡았다. 드디어 이 조그마한 배는 높은 떡갈나무 가지에 걸렸다. 홍수가 빠졌다. 사람들이 이 요람을 내려다본즉 어린아이도 고양이도 다친 데 없이 무사히 살아 있었다. 사람들은 이 사내아이의 양친을 몰랐기 때문에 아이를 돌트라고 불렀다. 나무 우듬지라는 정도의 뜻이다. 그리하여 이 어린아이가 유명한 대종족의 선조가 되었다.

이러한 회상에서 생각은 여기저기 돌고돌아 마지막에는 가장 가까이에, 현재로서는 제일 바라던 평범한 곳으로 되돌아왔다. 나는 갑자기 큰 가죽가방 중의 하나 속에 들어 있는 붕대의 작은 보따리와 의료기구 사이에 위생차의 열쇠가 틀림없이 들어 있으리라는 생각이 들었다. 아마 내가 거기에 넣어 두고 잊고 있었을 것이다. 열쇠의 걱정이 없어지자 나도 모르게 잠들어 뎀이 차를 가지고 와서 나를 깨울 때까지 자버렸다. 곧 열쇠를 찾아오라고 했다. 열쇠는 틀림없이 생각하고 있던 그곳에 있었다. 그러나 마추카는 영영 깨어나지 못했다. 내가 일어나는 동안 마추카의 숨은 끊어졌다. 그 후 날카롭고 가쁜 소리를 내다가 마지막엔 다시 한 번 기분 좋은 숨을 깊이 쉬었다.

때마침 연락병이 긴급 명령을 들고 왔다. 렘헤니이의 사열은 중지되었다. 우리들은 짐을 꾸렸다. 열쇠를 찾은 것은 참 다행한 일이다. 좋은 군복은 벗어버리고 사진도 책상 위에서 치워졌다. 그 어린 헝가리 소년은 죽은 고양이 앞에 꿇어앉아 눈물을 흘리면서 어루만져 주고 있다. 미숙한 인간이 영원한 것에 감염되는 것을 본다는 것은 항상 아름다운 것이다. 모든 계시, 모든 것을 순화시키는 놀라움을 존경하자! 저 아이는 두 번 다시 생물을 죽이지 않으리라는 것을 나는 확신한다. 신이여, 모든 사람에게 그들의 짐승과 죄를 주시어 인간을 깨우치게 해주소서. 그러나 더 순결한 놀라움에서 어떤 행위가 별처럼 솟아오르고 그러한 또 다른 계시도 있으리라.

하늘은 눈구름으로 덮혀 있다. 추위가 스며든다. 서리가 오래된 해바라기 꽃에 내려 씨가 딱딱하게 얼어버렸다. 저녁에 찾아드는 새가 이 씨를 쪼아내는 데 고생하리라. 동녘에서 포성이 울린다. 4시다. 게츠디 봐샬헤리를 향하여 길을 떠난다.

214

쾨제플라크

❧
1916년 11월 29일

―저녁

스물아홉 대의 트럭에 편승하니 연대는 밤에 지메스 고개를 넘어 히데그쉐그 골짜기로 운반되었다. 그것은 포장 없는 허름한 트럭으로서 국내서와 마찬가지로 바퀴에는 고무 타이어가 달려 있지 않았다. 우리들이 타고 있던 차는 울퉁불퉁한 땅 위를 점점 위험하게 흔들리다가 갑자기 길가의 도랑에 푹 빠져버렸다. 간신히 전복만은 면했다. 자동차를 다시 꺼내 올리려고 아무리 애써도 헛수고였다. 훨씬 뒤떨어져 따라오던 자동차가 다섯 대나 순조롭게 우리들을 넘어서 버렸다. 그때마다 좀 도와 달라고 외쳤으나 헛수고였다. 모두들 화가 잔뜩 나서 기다리고 있었다. 여기저기에서 몇몇 사람들이 눈앞의 이 고장이 거대한 운명에 대해 도망칠 곳을 제공하는 것처럼 웃었다. 도움을 청해 받을 수 없다면 무리해서라도 얻는 수밖에 없었다. 모두들 길에 가득 서서 다음에 오는 자에게 협박적인 태도를 보이라고 권했다.

이 짓궂은 방법은 효과를 나타냈다. 운전수는 꼼짝하지 않고 서 있는 병사들의 무리를 보자 곧 정지하였다. 그리하여 몇 분 사이에 우리의 차는 다른 차에 매달려 길 위로 끌려 올라갔다. 그리고 난 뒤 우리들은 언 눈으로 별 하나 없는 밤을 앞을 달리는 번쩍이는 후등의 불만 바라보며 달렸다. 나는 운전수 곁에 앉아 있었다. 그는 폴란드 사람으로 그의 익숙지 못한 위험스런 솜씨로 인해 낭떠러지 곁을 몇 번이나 스쳐 지나갔다. 이러한 경우에 경고나 간섭은 소용 없었다. 그에게 맡기고 가슴속으로 어떻게든지 잘 운전해 주기를 바라는 것 외에는 별 도리가 없다. 고개의 꼭대기에 이르렀을 때 동이 텄다.

북동편에서 살결을 에는 듯한 바람이 횡횡 불어 왔다. 구름은 높이 떠 있었다. 스산한 지방 풍경이 나타났다. 심하게 풍화 작용을 받은 회색의 산맥이다. 자그마한 요철과 회색 네모진 바위로 가득 찬 벌거숭이 비탈, 그 사이에 바위 같은 오두막이 거기에 엉켜 있다. 날이 밝아짐에 따라 골짜기에 있는 길이나 산길이 다 넘겨다볼 수 없을 만큼 많은 군대가 동쪽으로 행진하고 있는 것이 보였다. 수천 명 사람들이 이와 같이 행진하는 것을 본다는 것은 서글픈 숙명적인 느낌이 드는 것이다. 마치 같은 수레바퀴의 살 위를 빨갛게 타오르는 눈에 보이지 않는 축을 향하여 나아가는 것 같다. 크나큰 앞을 비춰 주는 목표가 있어 모든 사람들의 괴로움을 달콤하게 만들어 주면 좋을 텐데! 그러나 그들의 제일 고귀한 것은 아마 그들로서는 결코 경험할 수 없는 인류의 꿈 속에 간직되어 있는 것이다. 다만 이따금 누군가가 자신은 미래의 주인에게 봉사하고 있다는 것을 느끼는 데 지나지 않을 것이다.

아침 8시에 쾨제플라크 마을에 도착했다. 이곳의 건물은 띄엄

띄엄 서 있었다. 교회당 가까이에 있는 큼직한 노란 집이 본부 숙소로서 나에게 할당되었다. 그 집은 작은 방 두 개와 난로가 부서져 연기투성이가 된 큰 홀 하나가 있었다. 군의 후보생이 외투를 입고 장화를 신은 채 마룻바닥 위에 누워 자고 있었다. 먼지투성이가 된 그의 여윈 얼굴은 너무도 심한 피로로 인해 죽은 사람의 얼굴과 비슷했다. 한쪽 구석에는 소령과 부관이 지도를 들여다보고 앉아 속삭이고 있었다. 그 반대쪽에서는 붉은 수염이 난 오스트리아의 대위가 쉴새없이 머리를 수그리며 전화기에 대고 말하고 있었다. 나는 이쪽 구석과 저쪽 구석 사이에 어색한 기분이 감돌고 있는 것을 느꼈으며 그 이유는 잠시 후에 알게 되었다. 탄약 장교와 이 마을 지휘관을 겸하고 있는 이 오스트리아의 대위는 우리 부대의 소령에게 쾨제플라크에는 병사들이 들어 있지 않은 집이 하나도 없으니 그가 머물고 있는 편안한 숙소에 소령과 그의 장교들이 같이 머물러 있을 수 없겠느냐고 정중히 제의했다. 이에 대해 우리의 지휘관은 여하튼 간에 집을 비워 달라고 무뚝뚝하게 부탁했다. 이 요구는 거절당했다. 그러자 소령은 서너 마디 오스트리아군에 대한 일반적인 욕설로 이야기를 중단했다. 붉은 수염의 사나이는 세상살이에 능한 사람처럼 태연히 물러났다. 그러나 그는 자기 취사장에서 독일 장교들과 식사를 같이 하도록 이미 요리를 시켜두었으나 철회하고 단순히 공적인 교섭으로 그치겠노라고 덧붙여 말하는 것을 잊지 않았다.

　나는 군의 후보생 곁에 누워 11시까지 잤다. 그 후 잠시 동안 근무를 끝마치고는 히데그쉐그로 내려갔다. 강가를 거니니 그 지방의 토지와 영에 관여하는 것 같은 느낌이 든다. 이곳 주민들이 걸어온다. 처음에는 늙은 사람들, 그 다음에는 젊은 부인과 처녀들이 걸어온다. 그들은 가슴을 펴고 가벼운 걸음걸이로 걷는 훌륭한 종족으로, 건강하고 둥근 얼굴에는 종족의 정신이 아름답게 지배하고 있고 얼굴 하나하나에 이 종족의 본성이 잘 드러나 있다. 맨 처음에는 이탈리아가 연상되나 거기에는 또 다른 이유가 있는 것이다. 마치 짐승처럼 날쌘데다가 전혀 마음을 터놓지 않는 어떤 것과 마음속으로 귀를 기울이는 그 무엇이 있는 것이다. 또한 아시아를 생각게 하는 야성적인 옛 기품이 풍기고 있다. 어제까지만 하더라도 눈에 띄던 도회지풍의 모방적인 옷차림은 볼 수 없고, 이곳 여자들은 손수 만든 것만을 몸에 걸치고 있는 것 같다. 스커트 대신에 짙은 여러 가지 색깔 무늬가 든 천을 간단히 기었을 뿐이어서 걸을 때 흰 털실로 만든 좁은 즈로스를 입고 있는 다리가 보인다. 가슴팍에는 조끼를 입고 있다. 그것은 안쪽은 털이 달린 가죽이고 바깥쪽은 교묘하게 수놓아 다듬은 가죽으로 되어 있다. 거기에 검은 두건과 코가 새의 부리처럼 뾰죽한 신군대가 지나가도 다른 곳의 시골 사람들처럼 아무도 서서 멍하니 바라보지도 않는다. 인간들이 딱딱하고 자신에 만족하고 인간의 운명이 명확하게 이루어져 가는 지방이 이 근처에서 시작된다는 것을 느낄 수 있다.

강가에는 이상한 광경이 보였다. 며칠 전까지만 해도 이 강은 범람해 있었음에 틀림없다. 그러다가 갑자기 추위가 닥쳐와 수면에 얼음이 엷게 얼었는데 그 밑으로 물이 줄어들어서 얼음은 유리판처럼 나무 줄기와 그루터기에 붙어 있다. 또 종을 달아맨 다리같이 물위에 매달려 있거나 조개 껍질처럼 휘어져 얼음조각을 단 껍질이 되어 강가의 크고 검은 돌을 둘러싸고 있었다. 점심때 우리 독일군이 적처럼 따로 떨어져 쓴 커피와 딱딱한 빵과 진절머리 나는 고기 통조림을 먹고 있노라니, 같은 방 안의 동맹군의 식탁에서는 포도주 냄새가 나고 오스트리아군의 연락병이 명령받은 대로의 눈초리로 우리 쪽을 넘겨다보면서 부엌에서 맛있게 구운 고기와 팬케이크를 우리들 곁을 지나 운반하고 있었다. 여느 때는 검소한 소령도 이번만은 참지 못했다. 그러나 계급이 낮은 우리 젊은 사람들은 이 맛있는 음식을 대할 수 없는 아쉬움도 잘 견뎌 낼 수 있었다. 우리의 지휘관은 위엄이고 무엇이고 다 잊은 양으로 취사당번에게 오스트리아의 취사당번과 친해져서 최소한 과자라도 조금 얻어오라고 설득시키려고 하였다. 그러나 취사당번의 말은 그를 실망시켰다. "오스트리아의 놈들은 우리들을 상대하지도 않습니다"라고 그는 말했다.

오후에 동쪽으로부터 날카로운 대포 소리가 들려왔다. 부관은 전화통에 매달려 있었다. 5시경에 행군 준비의 명령이 내렸다. 그러나 6시에 그 명령은 다시 취소되었다.

호스츠하바스 라코차스

1916년 12월 1일

11월의 마지막날 밤은 고요히 지나갔다. 정오 12시에 비상 소집이 있었고 부대는 곧 출발하였다. 러시아군과 루마니아군이 헝가리군의 전선을 돌파하여 미하리사아라스 산을 점령하였는데 우리 부대에게는 적의 진격을 막고 그 산을 탈환하라는 임무가 부과되어 있다는 이야기다. 모두들 지도상에서 미하리사아라스를 확인하고서는 우리들이 이다지도 적 가까이에 있다는 것을 알고 놀랐다. 야전 취사자는 이미 불을 지피고 있었고 행군 중에도 계속하여 불을 피우고 있었다. 강가의 자갈밭에서 식사를 하고서는 강을 따라 빨리빨리 행군했다. 처음 잠시 동안은 쾨제플라크의 부인네들과 아이들이 호기심에 차서 우리들을 따라왔으나 얼마 되지 않아 의심스럽다는 몸짓으로 서버렸다. 길잃은 새까만 돼지 새끼 한 마리가 잠시 동안 무심히 병사들 사이를 뛰어다니고 있었다. 8중대의 2개 분대의 병사들이 이 뜻밖의 전리품에 대해 서로

디투고 있었으나 조그만 사내아이가 쫓아와 소리를 지르면서 돼지 새끼를 마을 쪽으로 쫓아버렸다.

해는 짧고 침침한 날씨였다. 안개가 곰팡이처럼 언덕에 드문드문 서 있는 가문비나무 주위를 감싸고 있었다. 저녁때 가축과 마차 등을 끌고 내려오던 한 무리의 피난민을 만났다. 맨 뒤에 자그마한 마른 풀을 실은 마차가 훌륭한 뿔이 난 은회색 황소에 끌려왔다. 이 수레를 다루고 있는 사람은 몸집이 큰 여자로 머리에는 검은 두건을 쓰고 몸에는 긴 갈색 외투를 입고 손에는 회초리를 들고 있었다. 인형을 꼭 껴안고 있는 어린아이 하나가 이럭저럭 주워 올려놓은 짐더미 위에 앉아 있었고 한 늙은 남자가 젊은 처녀의 뒤에서 밀려 떨어지는 물건을 연신 주워 올렸다. 겨우 열 살쯤 되어 보이는 어린아이가 이상하게도 세상과는 동떨어진 유쾌한 얼굴을 하고서는 수레 곁을 따라가며 마치 아무런 근심이 없다는 태도로 노래를 흥얼거리고 있었다. 그는 왼쪽 팔에는 검은 사진틀에 끼운 그림을 들고, 오른쪽 손으로는 이따금 호주머니에서 옥수수 알을 꺼내어 수레에 묶여 깡충깡충 뛰어가는 송아지에게 먹여 주고 있었다. 이 모습이, 특히 수레를 다루고 있는, 아이의 어머니인 것 같은 그 여인의 모습은 곧 나의 가슴속에 조각품처럼 깊이 뿌리박혔다. 단 한 번 우리 곁을 스쳐가는 냉담한 경험으로는, 타향 사람에게는 더럽힐 수 없는 어떤 신성한 것이 있다고 글라비나가 쓴 적이 있었는데 그 기분을 이해할 수가 있었다. 거리낌없는 거만한 태도의 얼굴에는 성숙하고 남을 억누르는 것 같은 젊음이 깃들어 있었으나 가파른 이마를 딱할 만큼 찌푸리고 있는 그 여자는 우리 편은 돌아보지도 않고 똑바로 앞을 쳐다보고 있었다. 마치 그 여자만이 참다운 완전한 생명이고 우리들은 쇠퇴하여 목표를 잡지 못하고 헤매고 있는 자인 것처럼.

밤이 되었다. 가루처럼 안개가 내리자 계곡은 한없이 보이지 않게 되었다. 여기저기에서 물속을 건너가야 했다. 물은 구멍 뚫린 구두 속으로 꾸역꾸역 스며들었다. 한번은 제6중대가 길을 잘못 들어 옆 골짜기 속으로 들어가 버렸다. 연락병이 고함을 지르기도 하고 신호탄을 올리기도 해서 30분 후에야 간신히 연락이 되었다. 극도의 피로가 모든 사람의 몸을 녹초로 만들어 버렸다. 여기저기에서는 격분과 절망의 넋두리가 인다. "전쟁을 하려거든 적어도 온전한 신발을 한 켤레쯤 줘!" 하고 누군가 중얼거렸다. 그러나 장교들은 그러한 소리는 못들은 척한다. 그들 자신도 많이 참고 견디어 왔던 것이다. 또 동시에 그렇게 소리치는 자들도 결국 따라온다는 것을 잘 알고 있었다. 합법적인 증명 없이 군대에서 이탈하는 자는 며칠 동안은 과로와 위험에선 벗어날 수 있어도 새로운 굴욕적인 고뇌에 직면하게 되는 것이다. 먼 어둠 속에서 두 번 푸르스레한 빛이 번쩍였다. 포성이 들리고 고함 소리가 들렸다. 유탄이 줄을 이어 자갈에 떨어졌다. 한 사람이 전사하고 S 중위가 부상을 입었다.

어둠 속에서 온갖 힘을 다해서 치료했다. 아마 우리들의 신호가 적탄을 유인한 것 같다. 불을 켜서는 안 된다는 엄격한 금지 명령이 내렸다. 욕설을 퍼붓는 소리도 다 그쳐버렸다. 외부의 적의 위협으로 군기는 확립되어 병사들은 조용히 잡담하기 시작했다. 침착하고도 쾌활한 분위기가 감돌았다. 12시에 마른 평지에 도착했다. 소령과 함께 한 발 앞서 말을 타고 와 있던 부관은 우리들을 맞아 주었다. 야간 전투를 할 필요는 없어졌다. 적은 다시 산을 반쯤 포기하고 근처에 호를 파고 있다. 우리는 호스츠하바스 마을에 주둔하게 된다. 숙소는 얻을 수 있으나 전투 태세의 숙소로서 아무도 장화를 벗어서는 안 된다고 부관은 설명했다.

　장교들, 많은 사병과 함께 나는 주인이 도망치고 없는 농가에 머물렀다. 테이블 위에는 빵과 사과가 있었고 그 곁에는 원추형으로 굳힌 소금을 비스듬히 깍아 버린 것이 놓여 있고 그 곁에는 석유가 가득 든 등잔이 놓여 있었다. 우리는 등잔에 불을 켰다. 땔나무가 한 묶음 난로 뒤에 있었고 벤치 아래 광주리 속에는 닭이 숨겨져 있었다. 삽시간에 반쯤 굶주린 병사들은 이 닭에 덤벼들어 요리할 수 있는 자에게 그것을 넘겨 주고자 하였다. 방에는 서둘러서 도망친 흔적이 역력했다. 굉장히 큰 베틀에는 삼베 조각이 걸린 대로 있었다. 장과 서랍은 반쯤 열려 있고 꺼냈다가 다시 던져 넣은 것도 들어 있었다. 그러나 그 중에는 올이 곱게 짜인 천, 성글게 짜인 천, 수놓은 내의 등이 잘 정돈되어 쌓여 있는 것도 있었다. 벽에는 화려한 횃댓보가 쳐져 있었고, 그 위에는 말라 시들은 꽃다발이 달린 성인들의 그림이 걸려 있었으며, 그 곁에는 유레자라는 이름이 금색으로 그려진 접시가 걸려 있었다.

　구석구석까지 훌륭하게 수놓아진 린넬에 감탄하여 바라보고 있노라니 많은 사람들은 내가 그것을 갖고 싶어하는 것이라고 추측하여, 주저하지 말고 특별히 마음에 드는 것을 기념으로 가져가라고 나에게 권하였다. 생각건대 이러한 귀중한 것을 갖고 싶어하는 사람들이 적지는 않았다. 만약 나이 깨나 먹은 대원 중의 한 사람인 내가 한 개라도 내 것으로 만든다면 결국 이것이 도화선이 되어 너 나 할 것 없이 약탈을 시작하게 되었을 것이다. 사실인즉 그 매력적인 무늬는 나의 욕망을 자극시켰다. 그리고 내가 이러한 선물을 갖고 날이 갈수록 가난해져 가는 고향으로 돌아갈 경우 발리나 빌헬름의 기뻐하는 모습을 머릿속에 그려 보았고, 또 어차피 언젠가는 다 없어져 버릴 것들이란 생각도 들었다. 몇 시간 후에 우리들이 전진하거나 후퇴하면, 다치지 않고 남겨 둔 것도 다른 독일 군인이나 혹은 적의 손아귀에 들어가 버린다고 말한 어느 전우의 말이 옳다고 생각하지 않을 수 없었다. 그러나 갑자기 우리가 오는 도중에 만난 그 피난민들이 눈앞에 떠올랐다.

이상하게도 꼭 이 집이 그들이 버리고 간 재산임에 틀림없을 거란 생각이 들면서 그들의 불행이 그 얼마나 큰 것인가를 추측하게 되었다. 왕비처럼 거만하게 수레를 이끌고 가던 그 여자의 모습이 눈앞에 떠올랐다. 현실에 개의치 않고 그 여자를, 이 집의 안주인인 그 부인에게 마음속으로나마 말을 걸어 친근감을 느끼려고 했다. 그러나 그 여자는 다만 "당신은 무엇을 원하세요? 이것들은 겨울 밤을 지새우며 짜 놓았다는 것을 아셔야 해요. 여기에는 할아버지, 아버지, 어머니와 아이들의 속옷이 있어요. 그리고 또 우리들의 수의도 있고요. 잘 생각하세요. 당신의 처자에게 그 옷을 입히고자 하시나요? 독일 사람들은 무뚝뚝하고 다른 나라 사람에게는 이해되지 않는 사람들이긴 하지만 근본적으로는 신앙심 깊은 국민이라고 들어 왔어요. 자 보세요, 이것저것 다 당신네들 앞에 헤쳐 놓았어요. 우리들은 당신네들에게 무엇 하나 숨기지 않았어요. 모든 것을 다 당신네들의 너그러운 마음에 맡기겠어요. 굶주림이나 목마름을 잊게 하는 데 필요한 것은 아무거나 가지세요. 그러나 어머니들의 옷감만은 너그럽게 봐주세요!"라고 말하는 것처럼 느껴졌다.

갑자기 우리들은 놀라 몸을 움추렸다. 울부짖는 소리가 다시 밤공기를 뚫고 울려 왔다. 솜털같이 부드러운 것이 눈썹 위로 날아오는 것 같았다. 아주 가까운 곳에 총알이 떨어진 것이다. 집의 기둥이 무너지는 것 같았다. 식기와 망원경이 소리내며 떨어지고 등잔불이 꺼졌다. 등잔에 불을 밝히지 말았어야 했다는 것을 대원 모두는 그제서야 깨달았다. 아무도 창문을 가려야 한다는 사실을

224

미처 생각하지 못해 멀리까지 비치는 등진불이 적을 자극시켰던 것이다. 어둠 속에서 다음 포탄을 대기하고 있었으나 다음 포탄은 날아오지 않았다. 이젠 조심조심 모든 창문마다 바깥에서 천막 천을 치고는 비로소 다시 불을 켰다. 취사병은 태연히 닭을 요리하고 있었다. 점점 닭고기 굽는 냄새가 공기 속에 스며들었다. 그러나 나는 그 유혹적인 서랍을 조용히 닫아버리고는 그 앞에 큰 가죽으로 된 붕대 가방을 쌓아올리려 내 외투를 그 위에 덮어 아무도 가까이할 수 없게 해 놓고는 이만하면 괜찮으리라고 생각했다.

✠

12월 2일

운명은 나를 너그럽게 봐주고 있다. 응급 치료소는 이제는 사용하지 않는 빈 헌병대 막사에 만들어졌다. 이곳은 대대 본부와 전선의 거의 중간 지점이어서 히데그쉐그 지방을 멀리까지 바라볼 수 있다. 중대가 진지로 올라가는 동안 나는 완전히 간밤에 설쳐버린 잠을 좀 보충할 수 있었다. 두 시간 후에 나는 어떤 이상한 기분으로 잠을 깨었다. 이 기분은 많은 사람들이 흔히 겪고 있는 일이지만 아무도 그러한 것에는 대수롭게 여기지 않을 따름이다. 나는 약 3분간쯤 계란형의 완전히 공허한 공간으로 된 것같은 기분이 들었다. 그 후 왼편으로부터 강력히 눈에 보이지 않는 어떤 액체를 들이마시기 시작했다. 그와 동시에 이 세상에 존재할 수 있는 모든 환상이나 생각·언어들이, 다시 말해서 이미 알려진 것이나 미지의 것이 뒤범벅이 되어 흘러 들어왔다. 그러자 갑자기 나는 고무풍선처럼 부풀어올랐다. 그때서야 간신히 완전히 잠에서 깨었고, 동시에 글라비나가 액체 속에 녹아 있었던 것처럼 느껴졌다.

저녁때까지 눈이 내렸다. 그리고 난 뒤 날씨는 개이고 몸이 에는 것 같은 추위가 닥쳤다. 러시아군은 그들의 진지에서 꼼짝도 하지 않고 있다. 그들은 산꼭대기를 굳게 지키고 서쪽 비탈은 포기해 버렸다. 아래의 계곡에서 그들의 전선은 이미 호수츠하바스 바로 옆까지 와 있다. 아군은 많은 포를 장치하기에 여념이 없다.

⚜

12월 3일

벌써 꼭대기에서는 고지 쟁탈전이 벌어졌지만 그 동안 나는 산 중턱에서 내가 할 수 있는 한의 준비를 갖추었다. 전선 가까이에 있는 국도에 프러시아의 위생병 중대가 있어 부상병들을 거의 전부 받아서 후송하고 있다. 그래서 나에게는 상당히 한가한 시간이 있기에 홀로 앉아 편지를 쓰기도 하고 가끔 글라비나의 편지를 읽기도 한다. 그가 쓴 글씨는 확실하지 않고 또 일부분은 젖어서 보이지 않았다. 기껏 해독해 낸 것도 몇 개의 흩어진 문장에 지나지 않았는데, 분명히 어떤 완전한 것, 아마도 한 편의 시를 쓰려 했었던 것 같다. 그것이 다만 아름답게 잘 다듬어진 말에 지나지 않았다면 나는 그렇게 애써 읽고자 하지 않았겠으나 그것은 가끔 미친 사람의 외침같이 울려 오고 꿀벌처럼 가슴 주위를 감싸고 떠들고 있다. 아무리 거기에서 멀어져 가려 해도 역시 귀를 기울이지 않을 수 없다.

응급 치료소의 창문을 통해서 서리와 눈으로 번쩍이는 골짜기를 내다볼 수가 있다. 골짜기에는 인가가 양배추잎에 붙은 벌레처럼 띄엄띄엄 있다. 린넬 천이 보관되어 있는 파란 집도 보인다. 우리들의 통신병이 그 집에 머물러 있게 되었다. 선량하고 분별심도 있고 그 집안의 신령도 존경할 줄 아는 사람이다. 저녁때에 나는 내려가서 도착한 우편물을 물었다. 아무런 변화가 없다는 것을 확인하고 산중으로 되돌아왔다. 수천의 집이 파괴되었는데 단 한 채의 집만 파괴되지 않았느냐 어떠냐 하는 문제는 보통의 생각으로서는 무의미하다는 것을 나 자신은 얼마나 잘 알고 있는가! 그러나 우리의 정신은 그러한 거의 꿈 같은 피난처를 필요로 하고 있다. 이러한 곳은 우리의 정신에게는 보금자리인 동시에 전리품인 것이다. 그렇기에 우리의 정신은 이러한 장소를 지켜보고 있는 것이다. 그런데 우리의 정신은 그 자신이 누구를 위하여 그것을 지키고 있는지 알고 있는 것일까? 아마도 벌써 요람 속에 누워 있는 자를 위해, 나아가서는 분노와 고통의 그 무서운 울부짖음을 노래와 찬송가로 바꿔버리는 자를 위한 것이리라……. 추운 날씨다. 태양은 희멀겋고 조그마하게 우리들의 머리 위에서 번쩍이고 있다. 공기는 떠도는 결정으로 반짝이고 나무에는 서리가 지남철에 달라붙은 무쇠조각처럼 달라붙어 있다.

❧

12월 4일

"키스하바스의 산 곁에 서리 맞은 바위와 노가주나무 들판 위에 전사자들을 위한 기념비를 세우라!"

나는 일어나자마자 글라비나의 수기를 해명코자 하였으나 때마
침 생각하지도 않았던 독일군과 러시아군의 부상병들이 들이닥쳤
다. 러시아군을 미하리사아라스 산 저 너머로 격퇴시킬 작정이었
으나 제6중대가 안개로 인해 길을 잘못 들어 한 시간 늦어서 공
격은 반쯤만 성공했을 뿐 산꼭대기는 아직도 적군이 장악하고 있
었다. 러시아 병사들은 모두 힘이 장한 젊은이들로서 금발에 파란
눈동자를 가지고 있었고, 그 몸짓에 묘하게도 아기 같은 순진한
점이 있었다. 그들은 마치 우리들과 오랜 친구나 되는 것처럼 친
숙하게 쉴새없이 말을 걸었다. 그들은 그들이 말하는 것을 우리가
이해하고 있다고 전제하고 있는 것 같았다. 큰 소리로 울면서 그
들은 상처를 서로 보이고 있다. 아군 병사들은 말없이 이를 깨물
며 아픔을 참고 있는데 그들은 아픔을 솔직하게 드러내 놓는다.
그러나 중상자는 거의 없다. 오늘 야전 병원과의 교통편은 마른
풀을 싣는 큰 마차로 마련되었다. 빠르고도 안전하게 운반하여 응
급 치료소는 벌써 비어 있었다. 모레 다시 공격이 가해질 예정이
다. 더욱더 많은 대포를 가져왔다.

　3시가 넘어서였다. 하사관인 뎀이 보병인 크리스틀을 데리고
왔다. 크리스틀은 전투에서 뛰어나게 용감하였으나 그 후 갑자기
좀 정신이상이 생긴 것 같다는 것이다. 결국 이렇게 군무를 이탈
하기 위해 꾀병을 부리고 있다고 생각되는 자가 몇몇 있었으나
의사가 아니고라도 정말로 정신착란이라는 것을 능히 알 수 있었
다. 끝없는 불안이 네모진 창백한 얼굴을 일그러지게 했다. 얼마
후에 그는 하사 곁에서 도망치려고도 하고 또 때로는 그의 팔에
매달리기도 한다. 내가 부르면 졸리운 듯이 미소를 지으면서 자세
를 바로 세우나 곧 다시 극도로 흥분하곤 한다. 갑자기 무릎을 꿇

고 두 손을 모아 제발 자기를 러시아군에게 넘겨 주지 말라, 지금까지 말할 수 없이 불행했다고 나에게 애원한다. 그렇게 말하면서 군복 저고리와 속옷을 열어젖히고는 안주머니에서 돈지갑을 꺼내어 금화를 세 개 집어내서는 자기를 적군 쪽으로 내쫓지 않는다면 그것을 나에게 주겠노라고 말한다. 정말 슬픈 광경에 부딪쳤다. 어떤 자가 자기의 왼쪽 옆구리를 찔렀는데 지금 피가 나온다고 한다. 그는 속옷을 더 벌리고서는 자기가 부상입었다는 곳을 가리킨다. 그것은 그렇다 하더라도 그의 아버지는 아직도 많은 금화를 갖고 있어서 그것을 고향집의 말오줌나무 아래에 파묻었다는 것이다. 자신이 그때 거들어 주었으나 그것은 매우 어리석은 짓이었다고 하면서 그런 곳에 감추어 두지 않고 그것을 국립은행에 가져다 두었더라면 정세가 바뀐 후에 자기들은 평화스러운 세상에서 살 수 있었을 것이라고 말하는 것이었다. 그는 20마르크 금화 세 개를 펼친 손바닥 위에 올려놓고는 햇빛에 번쩍이는 것을 보이더니 갑자기 쾌활해져서 시계를 꺼내어 나에겐 보여주지 않고 금화와 함께 다시 집어넣고는 "시간이 다 되었군요. 저는 보초 근무를 해야합니다"라고 말한다. 못 나가게 붙들면 미친 듯이 날뛴다.

이 사나이의 상태는 정말 당황스럽다. 차도 없고 데리고 갈 사람도 이젠 더 없다. 그렇다고 이 환자를 아무에게나 맡기고 싶지도 않다. 내 소지품을 뒤져 보다가 스코프라민이 든 앰플을 몇 개 발견해 내긴 했다. 크리스틀은 주사놓는 데에는 거의 반항하지 않았다. 여느 때에는 그렇게 잘 듣지 않는 조제가 즉시로 효과를 내었다. 열두 시간 이전에는 깨어나지 않을 것이다. 그것은 아마 산산조각이 된 신경의 말초를 원상태로 고치는 데 충분할 것이다.

경환자들만 왔었기 때문에 식사 전에 나는 강가로 나갔다. 이곳에서는 얼음이 서로 부딪쳐 여러 가지 뚜렷한 형태를 이루고 있다. 흰 침·잎·창이나 자그마한 고딕식 형태 등이 대부분은 반쯤 이루어졌고, 혹간은 잘 만들어져 여기저기의 돌 사이에 끼어 있었다. 맑고 높은 하늘에는 이삭 같은 것이 형성되어 있고 그것에 꽃 같은 불그스레한 털이 나 있었다. 이 조그마한 구름도 얼음의 결정으로 이루어졌다는 것을 알 수 있다.

❖

12월 5일

나는 오전중을 숲속의 공병대에서 보냈다. 이곳에서 그들은 반쯤 풀로 뒤덮힌 길을 2, 3일 후의 부상자 운반을 위해 다듬어 놓지 않으면 안 된다. 그때 호스츠하바스 저 너머에서 고함 소리와 총소리가 들려왔다. 응급 치료소로 돌아왔더니 러시아군이 우리 부서의 왼편에서 오스트리아군의 전선을 돌파하였기 때문에 우리 진지는 위험하게 되어 가치없게 되었다는 말을 들었다. 산꼭대기는 아직 조용하다. 연락병이 출발 준비의 명령을 전해 준다. 부상자나 환자는 지체 없이 파란카로 보내라는 것이다. 크리스틀은 어떻게하면 좋을까? 그는 아직도 자고 있다. 그를 지금 후송시킬 수는 없다. 그렇게 한다는 것은 어쩐지 께름칙한 일이다. 소란한 소리가 점점 가까워진다. 렘은 내 얼굴만 쳐다보고 있다. 그는 내가 걱정하는 바를 알고 있다. 드디어 그는 가만히 있지 못하고 솜므에서는 이따금 형세가 더 위험할 것같이 보였지만 곧 회복될 것 같다고, 그리고 저 아래 마을에는 우리 연대의 예비 부대가 2개

중대나 배치되어 있으니 걱정없다고 말한다. 나는 그에게 차를 가져오라고 하고는 글라비나의 편지를 한 자 한 자 더듬어 본다. 글자는 거의 읽을 수 없다. 그러나 나는 어떤 리듬을 알 수 있었다. 이 리듬을 따라 읽어 나가면 충분히 의미를 알 수 있다. 나는 이미 상당히 많이 해독하고 친해졌다. 단 한 마디라도 씌어 있고 한 줄이라도 희미하게나마 시작되어 있으면 그 뒤는 자연히 짐작으로 연결시켜 읽어 나가게 된다.

그러나 귀향하는 자여 마음의 준비를 게을리 하지 마라! 신은 한 사람 한 사람을 다른 목소리로 부르노니, 각성의 길만이 그대들의 것이니라. 일하는 날은 많고 잔칫날은 드물다. 축제의 노래도 드물다. 영양이 잠자듯 잠을 자도 방심 말라!

3시다. 포성이 치열해졌으나 이 순간에는 러시아군이 우세하지 못하다. 나는 다시 크리스틀에게 가서 어깨를 흔들고 이름을 불렀다. 아무 소용이 없다. 그는 깊이 잠들어 있다.

엄격하고도 구속적인 말은 어린이의 기억에서 없어진다. 까마귀는 성역에서 황금의 책을 가져온다.

희생, 이것도 부름을 받지 못하면 무슨 소용이 있는가? 성당은 제단과 기도하는 사람 위에 무너진다. 폭발된 다리는 아직 순례자들의 기원의 노랫소리를 울리면서 바다 속으로 떠내려 간다.

우리의 정신은 제 집 문 앞에 서고도 아직 제 집을 찾지 못하고……

3시 30분, 소음은 점점 더해 간다. 창문을 통해 밖을 내다보니 눈이 부시다. 몇 군데 땅바닥이 솟아오른 곳에 눈이 쌓여 빛을 반사한다. 눈의 흰 빛깔이 희다 못해 푸른빛을 띠고 있다. 이제야 전투 준비를 끝낸 아군이 넓은 간격을 두고 평지에 나타났다. 적군은 이것을 알아차렸다. 총알이 번쩍이는 철모 위에서 터진다. 신식 유산탄이 두 가지 빛깔의 연기를 내뿜고 있다. 눈에 보이지 않는 계란에서 빨간 날개와 새까만 날개를 가진 새가 걸어 나오는 것 같다. 병사들은 달려간다. 거의 뛰어간다. 갑자기 아무런 엄폐물도 없이 프리시아의 대포들이 마을 주변에 즐비하게 서서 숨도 돌리지 않고 연달아 쏘고 있다. 공기가 미는 힘으로 응급치료소의 창문이 하나 깨어졌다.

파묻혀지지 않은 자가 어떻게 부활할 것인가? 12시 전에 돌아오라! 부스러진 인간의 모습을 말없는 먼지 속에서 접어내어 새로운 건물 아래 남몰래 숨겨 놓아라!

4시 30분, 요란스러운 발소리와 함께 소령이 들어왔다. 부관도 함께 들어왔다. 뒤따라 부상당한 독일군과 러시아군이 들어왔다. 푸르스레한 갈색 얼굴을 하고 매우 맑은, 새 같은 눈을 한 젊은 러시아 군인 한 사람만이 부상당하지 않았다. 그는 심문을 받아야 했다. 그러나 아무도 러시아어를 아는 사람이 없다. 근처에 있는 동맹군에서 보스니아 사람, 폴란드 사람, 우크라이나 사람 등을 끌고 왔다. 우크라이나 사람은 러시아말은 잘하지만 독일말을 이해하지 못했다. 그래서 네 나라말로 문답이 오고 가고 하였다. 젊은 사나이는 그의 연대의 진지와 병력에 대해 심하게 심문을 당하자 순진한 방법으로 바보인 척하면서 얼토당토 않는 말을 해댔다.

만약 사리에 맞지 않는 대답을 하면 이틀 동안 굶기겠다고 소령이 위협을 하였다. 그는 심한 매질을 당한 사람처럼 깜짝 놀라 고개를 푹 숙이고 한 마디 말도 못했다. "대단한 놈이다" 하고 소령은 중얼거리고는 그 이상 추궁하지 않았다. 갑자기 그 러시아 군인이 호주머니를 여기저기 뒤지더니 절망한 듯이 머리를 흔들고는 우크라이나 사람에게 쉰 목소리로 말을 건넸다. 모두들 긴장하였다. 틀림없이 무슨 이야기가 나올 것이라고 부관은 연필을 곤두세웠다. 그러나 통역들은 차례차례로 웃었다. 이야기를 들어본즉 그 포로는 전투하는 사이에 담배를 잃어버렸다는 것이다. 그는 담배를 좀 달라고 청했다. 보스니아 사람이 그의 청을 들어주니 그 러시아 군인은 담배에 불을 붙이고는 아무도 자기 일에 참견하지 않으니까 가까운 의자에 앉았다. 그러자 곧 머리와 팔이 아래로 축 내려가고 담배는 손아귀에서 떨어졌다. 그는 벌써 코를 골고 있었다. 연락병이 온다. 적의 공격을 완전히 물리쳤다. 적은 점령한 지역을 모두 잃었다. 평지에는 아무도 없다. 까마귀 떼가 골짜기 위로 낮게 날아간다. 출발하기 위해 젊은 러시아 군인을 억지로 흔들어 깨웠다. 소령은 나에게 내일 점심을 같이 먹게 호스츠하바스로 오라고 명령했다.

내가 크리스틀을 보러 옆방으로 갔을 때에는 벌써 완전히 어두워지고 난 뒤였다.

그는 일어나 앉아 있었다.

"러시아 군인이 와 있습니까?"

"그래, 포로야. 벌써 후송되었어."

"네? 그렇습니까? 포로입니까?"

라고 그는 의심스러운 듯이 되풀이했다.

"그런데 부루시로브 장군이 불을 뿜는 차를 타고 지나가지 않았습니까?"

어떤 조그마한 헝가리 썰매가 두 개의 작은 등잔에 불을 달고 1분 전에 창가를 지나갔다. 그것이 그가 말하는 불을 뿜는 차였을 것이다. 나는 그것을 크리스틀에게 자세히 설명해 주었다. 그는 그것을 부정하지 않는 것 같았다. 나는 또 내일은 파란카로 후송되어 기기서 고향으로 보내질 것이라고 설명해 주었다. 그는 기뻐하는 것 같지 않았다.

"고향에는 전부 모르는 사람들뿐입니다."

그는 말했다.

마지막으로 나는 그에게 지금 곧 누워 자야만 내일 아침 일찍 내가 잠에서 깨우면 곧 정신차리고 일어나 차를 마시고 흰 빵에 잼을 발라 먹고는 기운을 차릴 수 있다고 타일렀다. 그는 차렷을 하고 "명령대로 하겠습니다"라고 말했다. 몇 번 그의 얼굴을 어루만져 주는 것만으로 그는 다시 잠들 수 있었다.

나는 자리에 들기 전에 다시 한 번 글라비나를 읽는다.

그 옛날의 방랑자처럼 그대들은 나무껍질과 바위 위에, 뿐만 아니라 모래와 눈 속에도 표식을 남긴다. 길가에서 죽음을 당할 때에도 그대들은 숨마저 꺼져 가면서도 먹이와 부드러운 주문으로 거친 새들을 하늘에서 불러다 흰 날개에 새빨간 사랑의 문구를 쓴다.

❧

12월 6일

전투는 새벽녘에 시작하여 수학의 방정식을 푸는 식으로 진행되었다. 9시 이후에는 이미 미하리사아라스의 산 꼭대기에 러시아 군인은 한 사람도 없었다. 러시아군은 몬테 아델까지 후퇴했다. 임무는 다 끝났다. 10시 전에 벌써 헝가리의 장교들이 진지를 알아 두려고 왔다. 내일 그들의 대대가 이 진지를 우리에게서 인계받게 되어 있다.

크리스틀은 11시에 눈을 뜨자 곧 일어나 배가 고팠던지 많이 먹었다. 그러나 군의관의 보고서를 갖고 파란카로 가서 거기서 바이에른으로 돌아가도 좋다고 일러주자 그의 얼굴은 곧 다시 이상해질 듯하다가 정신을 차리고 곰곰이 생각하면서 제발 자기를 여기에 있게 해달라고 애절한 말투로 나에게 간청했다. 그는 고향에 대한 기억이 거의 희미해진 것처럼 보였다. 조금이라도 변화하는 상태를 두려워하고 우리들 몇 사람이 그의 전 세계인 것처럼 우리에게 매달리는 것 같았다. 허나 이 텁텁한 공기 속에서 이런 연약한 인간을 도대체 나는 어떻게 해야 한단 말인가? 그리고 또 소령과 레베렌츠는 이 일에 대해 무엇이라 말하겠는가? 아니 그러는 동안에 괜찮아질 것이라고 라프는 너무 성급하게 말한다. 크리스틀이 위생병 근무에 대해 다소라도 알고 있다면 한 2, 3일간 여기에서 병실일을 돕도록 하는 것도 좋겠다고 그는 말한다. "나는 위생병으로서의 훈련을 받았습니다"라고 크리스틀은 열심히 말참견을 한다. "나는 붕대를 정말로 잘 만듭니다. 그리고 또 팔이나 다리의 부목도 만들 줄 압니다." 이 일을 잘 생각해 두었다가 지휘관이나 중대장과 의논해 보겠다고 약속했다. 우선 그는 병실의 환자로 있으면서 하루에 두 번씩 나에게 오기로 했다. 그는 곧 라프와 함께 나가 뭔가 일하려고 약병이나 가구 등을 닦기도 하고 모슬린의 붕대를 말곤 했다.

—저 녁

점심을 먹고 있는데 노크도 없이 헝가리군의 정복을 입은 젊은 사나이가 들어와 사방에 미소를 던지고 아름다운 끈이 달려 있는 갈색 펠트 모자를 벗지도 않고 우리 주위를 빙빙 돌아다니다가는, 아무 말도 없이 벽을 쳐다보고 장과 그림과 거울과 창문을 애정 어린 표정으로 어루만지고는 매우 친밀하게 우리들을 바라보았다. 말할 것이 한없이 많은 것처럼 보였다. 소령은 방해당한 것에 화가 나서 불쑥 일어서서는 나가라고 명령했다. 이 젊은 친구는 불쾌한 내색이나 화난 내색을 내지 않고 가까이 와서 소매를 걷어올리고는 길고 깊이 파고든 아직도 시뻘건 상처를 말없이 보였다. 소령이 계속하여 야단을 치자 그제서야 그는 천천히 문 쪽으로 걸어가서는 문턱에서 다시 한 번 우리들에게 미소를 던지는 것을 잊지 않았다. 그가 밖으로 나가자 우리 지휘관은 화낸 것을 후회하는 것같이 보였다. 나는 이 기회를 놓치지 않고 그의 기분이 어느 정도 풀린 것을 이용하여 나의 용건을 꺼내 크리스틀은 이젠 보병으로서는 아무 소용이 없으니 고향으로 돌려보내거나 시험적으로 다른 부서로 돌리지 않으면 안 되겠다고라고 말했다.

"다른 부서로 돌리다니?"

"위생병으로서 쓴다는 말입니다."

"위생병 훈련을 받았던가?"

"예."

  이 전보 발령은 승인되어 곧 전화로 레베렌츠와 연락이 취해졌
다. 레베렌츠는 매우 기분이 좋았다. 그는 크리스틀에게 크리스마
스 휴가를 생각하고 있었고 벌써 십자 훈장을 준비하고 있었다.

발봐니오스 파라크

❧

1916년 12월 7일

정오에 교대되어 우리는 발봐니오스 계곡으로 향했다. 이 계곡
은 지메스뷔이크 근처에 있는 것으로 트로트슬로 통하고 있다. 몇
몇 중대는 산길을 걸어가고 소령과 부관과 우리 세 사람은 얼어
붙은 히데그쉐그 강을 끼고 말을 타고 갔다. 이따금 그 강 위를
지나기도 했다. 부서진 얼음덩어리의 강한 반사광선에 눈이 부셔
세 마리 말은 갑자기 놀라 펄쩍 뛰어 도망치려다가 곧 진정했다.
말은 가끔 뜀박질도 하며 보통 걸음으로 나아갔다. 그다지 박차를
가할 필요는 없었다. 말은 얼음 위에서는 천천히 걸으면 자신 있
게 걸을 수 없었기 때문에 발굽으로 힘차게 밟는 것을 좋아했다.
붕대가 풀려 피가 자꾸 나오는 어떤 부상자를 뒤쫓아가 만났다.
나는 그 사나이 곁에 머물렀다가 뒤늦게 혼자 나아갔다. 하늘에는
구름이 끼어 눈이 내릴 것 같았다. 지메스뷔이크의 집들이 벌써
보이기 시작했을 때쯤 높이 짐을 쌓아올린 마차와 함께 시골 사

람들의 행렬이 저쪽 기슭에서 오고 있는 것을 보았다. 맨 앞에 오는 마차는 어디선가 본 것 같았다. 그쪽으로 말을 몰아갔더니 아니나 다를까 그 아름다운 회색 황소였다. 그 곁에는 전날의 그 몸집 큰 여자가 있었다. 그 여자는 이젠 많은 가족들의 영도자인 것같이 보였다. 그 여자는 도망칠 때에는 맨 뒤에 섰고 돌아올 때에는 제일 선두였다. 어린아이는 이불을 뒤집어 쓴 채 그 위에 담요를 덮고 마차 위에서 자고 있었다. 딸이 뒤에서 밀고 있었고 백발 노인은 다리를 질질 끌면서 뒤따라오고 있었다. 좀 떨어져 강기슭에 바싹 붙어 전번의 그 소년이 두터운 장갑을 끼고 그림을 팔 아래에 끼고 걸어가고 있었다. 깨진 유리 아래 은색 바닥에 붉은 옷을 입고 축복하고 있는 어린 예수 그리스도가 보였다. 나는 헝가리말로 인사를 걸었다. "안녕하십니까!"라고. 그 어머니는 맑은 목소리로 인사를 받고는 그 무엇을 묻고 싶다는 듯이 가까이 다가왔다. 그 여자가 말하는 것을 알아듣기 위해서는 귀를 귀울이지 않으면 안 되었다. 맨 처음에 그 여자는 호스츠하바스의 집들이 다 파괴되었는지를 알고 싶어했다. 내가 아무 일 없이 무사하다고 이야기해 주자 그 여자는 기쁜 기색을 감추지 못했다. 그 다음에 그 여자는 우리 앞에 나타난 적이 어느 나라 놈이었는가를 물었다. 내가 러시아군이었다고 말하자 미소를 띠고는 그렇다면 도망칠 필요가 없었다며, 러시아 군인들은 작은 농사꾼에게는 아무런 해도 끼치지 않으며 여자들에 대해서는 루마니아 군인들보다도 한결 예의바르더라고 말했다. 내가 떠나려고 하자 그 여자는 마차에서 조그만 자루를 꺼내서는 그 속에서 말린 배 한 줌을 나에게 내밀었다. 내게는 이 호의에 보답할 만한 것으로는 싱싱한 군용 빵밖에 가진 것이 없었지만 요행히도 그들은 그것을 기쁘게 받아주었다. 그때 비로소 나는 그들이 매우 창백하고 말랐다는 것을

알았다. 틀림없이 그들은 식량이 부족해서 고생했을 것이다. 소년
이 불려 왔다. 그는 조심스럽게 그 사진 틀을 돌멩이에 비스듬히
기대 놓고 좋아하며 뛰어왔다. 빵 한조각이 그에게 돌아갔다. 계
곡 입구에서 렘이 기다리고 있었다. 그곳에서 나는 다시 한 번 돌
아보았다. 때마침 피난민의 대열은 히데그쉐그 강을 막 건너가고
있었다. 어린 예수그리스도 그림의 은색 바탕이 저녁 햇빛에 밝게
번쩍이고 있었다. 4시 30분에 우리들은 숙소에 도착했다. 역시 천
장이 낮고 횃댓보가 쳐진 농가의 방이었다. 이젠 전선의 후방 11
킬로미터 지점에 와 있다. 주민들은 평상시와 같이 각자의 일에
종사하고 있다.

✣

12월 9일

내 짐을 자그마하게 꾸려 곁에 두고 난 뒤부터는 나는 언제든
지 출발 준비가 되어 있어서 여느 때 같으면 출발 준비가 다 되
지 않을까 봐 허덕이는 짧은 시간에 이제 막 경험한 것을 좀 생
각해 볼 수 있었다. 오전에는 책을 읽는 것과 글쓰는 것으로 시간
을 보냈다. 3시에는 건강 진단을 하기로 되어 있었다. 병실 곁의
큰 창고가 이 일에 꼭 알맞은 곳이었다. 추위 때문에 나는 급히
서둘렀다. 전염병의 우려가 있는 자는 하나도 없었다. 이 일은 지
체 없이 진행되었으나 끝날 무렵에 이상한 장애가 생겼다. 창고의
제일 밝은 곳에서 발가벗은 사병들의 마지막 행렬이 내 앞을 지
나가고 있을 때, 이 집의 젊은 주부가 갑자기 비틀거리는 것 같기
도 하고 춤추는 것 같기도 한 걸음걸이로 들어왔다. 왼손에는 술

항아리를 쥐고 흔들며 오른손은 무엇을 붙잡고자 하는 깃처럼 내저으면서 곧장 발가벗은 사나이들 쪽으로 나아가 루마니아말과 헝가리말을 뒤섞어 무슨 말인지 알 수 없는 말을 중얼거렸다. 우리들이 들어본 바에 의하면 남편이 러시아에서 전사하고 자식 하나 없는 과부로 한 명의 늙은 머슴과 하녀 몇 사람의 도움으로 소유지를 이럭저럭 관리하고 있다는 것이었다. 너무 슬픈 나머지 술 마시는 습관에 빠져버렸는지 어쩐지 우리는 알 수 없었다. 여하튼 간에 어제 우리들에게 포도주가 배급되었을 때 그 여자는 우유와 계란을 들고 나와 많은 병사들에게서 포도주와 바꿔 상당히 많은 양을 모은 것같이 보였다. 술에 취해 그 여자는 아마 마구간에서 우리들의 이 괴상한 사열식을 틀림없이 엿보고 있었을 것이다. 그래서 견디다 못해 뛰어들어온 것일 게다. 원칙적으로 말하자면 그 여자에게 곧장 나가라고 명령을 내렸어야 했을 것이다. 그의 외양에는 사람의 마음을 끌어당기는 힘이 있었다. 귀신에 홀린 상태를 이다지도 완전히 본 적은 없었다. 모두들 얼굴을 돌릴 수 없었고 우리는 모두 침묵해 버렸다. 그녀의 얼굴은 이곳에서 가끔 볼 수 있는, 반은 마자르족식의 반은 로마식의 아름다움이었다. 그의 정신이 정상이었더라면 매우 우아하고 오히려 내숭스러운 성격이었을 것이다. 그러나 지금의 그 여자의 얼굴 모습은 경화硬化와 해방을 동시에 나타내고 있었다. 이 얼굴에는 웃을 여지도 미소를 띠울 여지도 없고, 생에 대한 갈망으로 죽은 사람의 그것처럼 보였다. 보통의 일하는 날임에도 그 여자는 분명히 일요일의 외출복을 입고 있었다. 검고 엷은 명주수건을 머리에 감고 양피지의 누른 조끼는 금색과 다른 여러 가지 색깔로 수놓아 화려하게 장식되어 있었다. 아직 발가숭이로 내 앞에 서 있는 자들은 대대에서 온 제일 나이 어린 군인들이었다. 그 여자는 그들에게로 가까이 가서 술항아리를 내밀고는 건배했다. 이때 비로소 나는 그녀의 눈이 거의 감겨 있다는 것을 알았다. 그 여자는 눈꺼풀이 투명한 물질로 되어 있는 것처럼 눈꺼풀 사이로 보고 있는 것 같았다. 그 여자가 젊은 군인 중의 한 사람에게 술병을 내주려고 했을 때 지나가버려 눈에 보이지 않는 자에게 내밀게 되어 그 여자의 거동은 다소간 저 키스하바스 산의 미친 노파를 연상케 했다. 그러는 동안에 젊은 군인들은 당황했던 것에서 제 정신으로 돌아와 부끄러움에 내의를 주워 입었다. 뎀과 라프가 이 여자를 밖으로 데리고 나갔다. 그 여자는 하는 대로 내버려 두고 있었으나 뒷걸음으로 나가면서 여전히 방 안을 바라보며 노래를 부르며 술항아리를 높이 쳐들고 손짓했다.

근무를 마친 뒤에 뜰에서 출동 명령을 갖고 온 하사관과 마주쳤다. 그를 따라 루마니아 복장을 한 늙은 남자가 똘똘 만 어린아이를 안고 와서는 모자를 벗고 나에게 군목이냐고 물었다. 그의 증손인 이 젖먹이는 아파 다 죽어 가는데도 아직 세례를 받지 못했으며, 이 근처를 아무리 찾아도 신부를 만날 수 없으니 이 아이가 세례를 받도록 해줄 수 없느냐는 것이었다. 나는 하사관인 스텔처 생각이 떠올랐다. 그는 신학생이며 또 임시 신부 직책을 갖고 있었다. 나는 그를 부르게 하고 그 갓난아이를 그에게 넘겨 주었다. 이 아이의 병세는 거의 희망이 없었다. 길에는 벌써 대대가 집합해 있었고 한시도 지체할 수 없었다. 그래서 곧 신부 후보자는 간단한 식을 그 여자의 방에서 올렸다. 이렇다 할 경우에는 기독교도이면 누구나 다 이러한 식을 거행할 자격이 있을 것이다. 그 젊은 여자는 여전히 술을 마시고 떠들어댔다. 드디어 뎀이 몹시 야단치고 곧 물을 떠오라고 명령을 하자 그녀는 좀 잠잠해졌다. 그 후 계속해서 뎀이 그 여자를 다스린 것이 좀 냉혹한 것 같기도 했으나 냉정한 태도는 내 마음에 들었다. 그 대도는 그를 보통 때의 뎀 이상으로 보이게 하였다. 나는 그를 처음 보는 것 같은 느낌이 들었다. 그는 이 여자를 계속 야단치면서 결국 아이를 안게 하고는 대야 위에 갖다 대고 가만히 있으라고 명령했다. 젊은 스텔처는 감격하면서 그의 임무를 다하였다. 서두르지 않고 분명한 어투로 "나는 너에게 세례를 주노라"라고 말했다. 길에는 벌써 중대원들이 배낭을 메고 있었다. 술취했던 그 아름다운 여자는 완전히 정신을 차려 의식의 엄숙함에 압도되어 어린아이에게서 눈을 떼지 않았다. 자기도 모르게 그 여자는 이 갓난아이의 대모가 된 것이다. 점점 그 여자는 남 모르는 기쁨을 안고 겸손한 태도를 취하는 것같이 보였다. 그 여자의 흐느껴 우는 소리가 들렸다. 그리고는 갑자기 세례 받은 어린아이 위에 눈물을 떨어뜨렸다. 이 갓난아이는 점점 약하게 죽어 가는 듯이 목구멍에서 가래가 끓었다.

여기서 나는 그쳐야겠다. 말이 발을 들썩이며 힝힝거리면서 내 쪽으로 뒤돌아본다. 하늘은 구름이 짙게 끼어 있다. 작은 눈송이가 소용돌이치고 있다. 소령과 부관은 불안하여 누가 행군의 목적지를 물어도 대답하지 않는다. 큰 산이 다시 러시아군에게 뺏겼다는 소문이 나돌고 있다.

파란카

🌸
1916년 12월 10일

눈을 떠 보니 흐린 창 너머로 흰 비둘기 두 마리가 보인 것 같아 더 자세히 보려고 일어났다. 그것은 하얀 노새가 움직이고 있는 두 귀였다. 여윈 노새는 등이 눈으로 뒤덮인 채 썰매에 매여 이따금 이끼나 풀뿌리를 찾고자 땅바닥을 긁었다. 군단에서 행군을 중지하라는 전화가 왔다. 글라비나의 글을 읽고 싶으나 혼자 책상에 앉아 있을 수가 없다. 편지의 여러 가지 문구를 중얼거려 본다. 저기 아래쪽 트로트슬에는 얼지 않는 강기슭이 여기저기 있다. 맑고 맑은 물이 황금색으로 번쩍이는 자갈 위로 흐르고 있어 빌헬름의 편지가 생각났다. 그래서 나는 어린애에게 기념으로 가져다 주려고 번쩍이는 몇 개의 돌을 주워 들었다. 그 순간, 그 번쩍임은 빛을 잃었다. 그래도 나는 몇 개를 호주머니 속에 넣었다. 아버지가 금 대신에 돌멩이를 갖다 줘도 아들은 불평하지 않을 것이다. 그 중에는 연한 보랏빛 줄이 간 새하얀 것과 새알 모양

얼룩이 있는 흐린 초록색과 불그스레한 것과 노란 것 등 매우 예쁜 것들이 많이 있었다. 산을 올라가면서 나는 솔밭 사이를 지나갔다. 위에 달려 있는 바위가 이끼와 잎이 넓은 담쟁이로 덮인 좁은 곳에 눈이 떨어지는 것을 막고 있었다. 여기서 나는 내가 어렸을 적에 종려나무라고 생각했던 식물을 다시 만났다. 성장의 여러 단계를 드러내며 이 식물은 녹색 섬의 가장자리를 꾸미고 있었다. 허나 이젠 어린아이가 아닌 나의 눈 탓인지 혹은 이 식물이 그의 기본적인 형태에서 멀어진 탓인지 극히 약간의 관목만이 조금 종려를 연상하게 하고 있었다. 대부분은 벌써 줄기 아래쪽에서 잎이 돋아나서 무성하게 변종하고 있었다. 이와 같이 생명의 영혼이 높은 사상을 지닌다는 것은 이따금 있는 일일 것이다. 그러나 높은 사상을 부과받은 생물은 발전해 감에 있어서, 자기를 억제하지 못하고 욕심을 내어 극단적으로 되고 발전의 멜로디를 깨뜨려 버려 모든 것이 흩어지게 되는 것이다. 허나 인생에 있어서 수억의 실패물이 무엇을 의미하는가? 그것은 가시를 잎으로, 잎을 장미로 형성할 수도 있는 것이다. 다시 낳고 새로이 분만하기에는 시간과 별이 충분히 있는 것이다. 언젠가는 영혼이 원하는 대로 생명이 약동할 것이다. 돌아오는 길에 나는 바라크 속에서 즐겁게 떠드는 소리와 노랫소리를 들었다. 마음을 가라앉게 해주는 흰 눈이 끊임없이 내리는 오늘 하루다.

쇼스텔레크

❦
1916년 12월 12일

―밤 11시 30분

모두들 잠들었다. 나도 벌써 반쯤 잠들었다. 그래도 나는 오늘
오는 도중에 일어난 일과 도착했을 때의 광경을 생각해 보고자
애쓰고 있다. 내일은 아마 시간 여유가 없을 것이다. 요전까지만
해도 나는 무엇 때문에 일기를 쓰는지 정말 알지 못했다. 그러나
지금은 헨젤과 그레텔이 길을 잃지 않고 집으로 돌아갈 수 있게
숲속에 뿌려 둔 빵조각 같은 것이라고 생각한다. 물론, 아이들이
집으로 돌아가고자 하였을 때는 벌써 새들이 모두 주워 먹고 없
었지만. 허나 이런 곳에서 비로소 참다운 동화가 시작되는 것이다.

눈은 오전중 쭉 계속해서 내렸다. 모두들 바라크 안에서 큼직한
양철솥에 불을 지폈다. 몇 사람은 몸을 씻고 있고 몇 사람은 파르
스름한 옥수수대 위에 누워 담배를 피우거나 무엇을 읽고 있었다.

이제 비로소 피로가 엄습해 오는 것을 모두가 느꼈다. 끈기있게 쏟아져 내리는 눈보라는 우리들을 푸근하게 해주어 모두 즐거워 했다. 밖에서 한 사나이가 열심히 눈에 빵을 둘둘 뭉쳐서 바라크 지붕 위에 던지고 있었다. 저 바이에른 지방에서는 크리스마스가 가까워지면 이와 같은 신부의 축복을 받은 포도주를 눈덩어리에 뿌려 그것을 집 위에 던짐으로써 액을 면한다는 풍습이 있다. 12시가 지나자 눈은 더 내리지 않았다. 동풍이 하늘을 맑게 하였고 곧 중포의 사격 소리가 골짜기에 울리는 것이 들렸다. 2시에 진군 명령이 내렸다. 트로트슬 강을 따라 우리들은 항가리 영토와 루마니아 영토를 드나들면서 진격하였다. 어느 거리에서는 러시아군의 관측망 속을 지나갔다. 적이 산에 파놓은 진지는 그 가까이에까지 굽어져 있었다. 적은 우리들을 목격하고 총을 쏘았으나 맞지 않았다. 유탄은 강 속에 떨어져 물기둥을 올렸다. 아무도 부상당하지는 않았다. 추우제스에서는 쉬지도 않고 급히 통과하여 옆 계곡으로 올라갔다. 도처에 눈이 뒤범벅이 되어 가득히 쌓여 있어 파아란 그늘 쪽에 있는 낭떠러지가 타는 듯한 은색 면과 부딪치고 있었다. 치게스에서 한 시간 이상이나 기다리고 있었으나 무엇을 기다리고 있는지 알 수 없었다. 소령은 말을 타고 앞서 갔으며 부관은 이상하게도 입을 다물고 딱딱해져 진격할 목적지에 대해서 아무 설명도 해주지 않았다. 저쪽 편의 민둥산 낭떠러지에 부딪쳐 길이 비스듬히 올라가며 되돌아오는 곳이 있었다. 제일 마지막으로 우리들이 그늘진 훨씬 아래쪽을 걸어가고 있는 동안에 우리 부대의 선두가 벌써 우리들의 머리 위 높이 햇빛을 받아 불그스레한 오렌지 색깔로 번쩍이는 바위를 올라가 그 뒤로 사라지는 것이 보였다. 지는 해의 몹시 붉은 밝음에서 미지의 세계로 들어가는 유순한 사람들의 그칠 줄 모르는 행렬은 몇 번이나 나의 시

선을 끌었다. 모두들 곧 저 밝게 빛나는 언덕에 도착한다는 것을
기뻐하며 힘드는 걸 잊고 있었다.

꼭대기의 눈으로 덮힌 넓은 들판에서 잠시 쉬고 있는 동안 보
병 한 사람이 아프다고 신고했다. 그는 파란카에서 우리 부대로
편입된 초년병이었다. 그는 나에게로 오는 동안 그의 부대의 사람
들에게서 가혹한 말을 듣지 않으면 안 되었다. 그뿐만 아니라 어
떤 사나이는 길을 막으려는 시늉을 하다가 나의 외치는 소리에
비로소 물러섰다. "나는 28개월 동안이나 휴가를 기다리고 있어"
라고 늙은 루츠는 말했다. "전쟁중에 나의 허리는 굽어지고 머리
는 백발이 되었는데, 네놈은 겨우 이틀 만에 벌써 손을 들려는 거
야?" "참고 견디는 거야, 전우야"라고 다른 군인이 비꼬았다. 곱게
만 자란 어린애 같은 얼굴에 큼직한 철모를 쓴 이 젊은 사나이는
거의 울 듯이 일선에 자원해 나왔으며 건강만 회복되면 곧 일선
으로 다시 갈 작정이지만 지금은 이 이상 갈 수 없다고 설명하였
다. 모두들 그를 조롱하였다. 그의 호흡은 차가운 공기 속에 흰
김을 내뿜고 눈은 고열로 번쩍였다. 그러나 다른 사람들은 이러한
것을 거들떠보지도 않았다. 피로와 불안한 미래로 신경이 날카로
워져 그들은 함께 겪는 지옥에서 도망치려는 자를 저주하듯 미워
했다. 나는 끊임없이 이 고함치는 자들의 소리를 무조건 흘려버리
고 일을 간단히 처리해 버리겠다고 결심하고는, 맥을 짚어 보고
일정한 증세를 물어본 다음 가장자리에 빨간 줄을 친 종이쪽지를
꺼내 필요한 설명을 적어 환자가 야전 병원으로 갈 수 있도록 그
의 외투에 붙여주려 하는데, 뎀이 근심스러운 표정을 하며 다가와
서는 늦게 온 뜻을 사과하였다. 보통 흔히 있는 일을 무슨 큰일인
것처럼 만들기 시작했다. 눈 위에 큰 가죽가방을 두 개 놓고는 환

자를 그 위에 눕게 하고 외투와 저고리를 벗으라고 명령한 뒤에 나에게 새삼스러이 보병 뢰르의 진찰 준비가 다 되었다고 보고하였다. 차츰 나는 뎀의 훌륭한 지혜를 알 수 있었다. 이러한 경우 아프다고 나서고 싶은 기분이 얼마나 전염되기 쉬운가를 그는 두려워한 것이다. 뎀은 자기 자신도 지조 있는 군인으로서 오래 전부터 허물어져 가는 군기를 그냥 보고 있는 것보다는 좀 잔인하게 보이려고 했던 것이다. 사실인즉 의심스러운 눈초리로 보고 있던 친구들에게 우리 군의관은 결코 너그럽게 보아 넘기지 않는다는 것, 그리고 잡화 상인들처럼 병의 무게를 엄밀히 다룬다는 것을 알려주지 않으면 안 되었던 것이다. 경건하게, 그러나 용서 없이 그는 나로 하여금 극도로 까다로운 군의관의 역할을 맡게 하였다. 병원에서 진찰하는 것같이 얼어 있는 사나이를 상세히 타진하고 청진하며 체온기를 꽂아 놓는 것 외에 나로서 무슨 일을 할 수 있다는 말인가? 우리의 주위는 고요해졌다. 이 임상학적인 의식에 압도되어 불쾌한 말투는 쑥 들어가 버렸다. 거기에 누워 있는 연약한 사나이를 보고 다른 사나이들은 그들이 얼마나 튼튼하고 건강한가를 알았다. 젊은 사나이는 다시 옷을 입고 허리띠를 매고는 환자라는 것을 나타내는 표를 매달자 옴쟁이처럼 누구의 방해도 받지 않고 파란카로 향해 무거운 발걸음을 옮겼다.

5시 전에 우리들은 험하고 높은 언덕에서 정지했다. 계곡에는 반쯤 얼음으로 얼어붙은 강이 보였다. 집들 사이에는 진지에서 지피는 불이 일고 있었다. 불빛 속에서 오스트리아의 군인이 천천히 왔다 갔다 했다. 우리들은 서서 바라보고 있었다. 동쪽에서 전투의 환호성이 울려 왔다. 넓은 산꼭대기가 조명탄과 포탄의 낙하로 활화산처럼 보였으나 그것은 불과 1분간이고 그 산도 곧 다른 많은 산들과 함께 보이지 않는 회색이 되어버렸다. 그러나 주위는 마지막 태양이 이상한 빛을 던지고 있었다. 그림자는 불그스레한 눈에 푸르스름하게 비치고, 조그마한 떡갈나무는 더할 나위없는 녹옥으로 꾸며졌다. 앞을 바라보니 자기 자신이 초록색 형태로 보였다. 아무도 입을 열려고 하지 않았다. 얼어붙은 조그마한 눈덩어리가 경금속 모양으로 소리내며 떨어지는 소리가 들렸다. 갑자기 차디찬 바람이 불어 왔다. 그러자 벌써 서산으로 기울어진 햇빛도 마치 도자기의 표면에서 미끌어지듯 사방의 밝은 표면에서 사라져 버렸다. 부관은 지도를 더듬으면서 우리는 지금 슐타 계곡에 있으며 저 집들은 헝가리의 국경에 있는 마을인 쇼스텔레크이며 우리는 이곳에서 쇼스텔레크까지 6킬로미터를 더 걸어가지 않으면 안 된다고 설명했다.

길도 없기에 우리들은 올라가다 아래로 미끄러져 내려갔다. 모닥불 곁을 지나갈 때 그 불기운이 우리들의 뺨을 스쳤다. 그리고 이제부터는 전선을 등지고 계속 길을 걸어갔다. 몇 번이나 쉰 다음 우리들은 밤 11시에 쇼스텔레크에 도착했다. 점점 줄어든 달이 중천에 높이 떠 있었으며 그 바로 뒤에 유성 두 개가 고요히 반짝이고 있었다. 부관과 군의관 후보생과 연락 장교와 몇 명의 통신대 사병들과 함께 나는 언덕 위에 외따로 서 있는 조그마한 집의 큼지막한 방을 숙소로 배정받았다. 방은 그을음 나는 등잔불로 희미하게 밝혀져 있었다. 우리들이 들어서니 한 아름다운 부인이 완전히 정장을 하고 잠든 두 딸과 함께 말린 풀로 가득 채운 폭넓은 침대에서 일어나 우리들을 냉정하게 경계하는 눈초리로 바라보았다. 드디어 그 여자는 품위 있고 친절한 태도로 이 방은 당신네들에게 제공하겠으나 다른 방들은 아이들에게 너무 추우니 난롯가의 짚더미서 재우게 해달라고 청했다. 우리들은 이를 거절하고 우리들은 우리들대로 어떻게 하겠으니 그들의 휴식을 될 수 있는 대로 방해하지 않겠다는 것을 일러주었다.

우리들이 식탁에 앉아 있는 동안 세 사람은 벽으로 돌아앉아 낮은 목소리로 기도를 올리고 있었다. 몇 번이나 절을 하거나 십자를 긋거나 하고 있었으며, 그때마다 제일 어린 딸은 주먹에 힘을 잔뜩 주고는 명치를 두들기곤 하였다. 여인들이 이러한 예배를 드리고 있는 십자가나 예수의 초상화를 보고자 하였으나 거기에는 다만 꺽쇠가 하나 있을 뿐이었다. 그리고 그 아래쪽에는 빈 벽에 검은 테두리를 남긴 하얗게 네모진 곳이 있었다. 이곳에 바로 그 초상화가 걸려 있었던 것이다. 틀림없이 몇 년 동안 걸려 있었는데 군인들에 의해 땔감으로 쓰여져 없어지게 된 것일 게다. 허나 신앙심이 깊은 사람의 눈에는 언제나 그것이 보인다는 것을 누가 알 것인가? 글라비나가 어렸을 때 산을 넘어가며 소나기에도, 또 죽은 사람들이 부르는 소리에도 두려워하지 않고 한 장의 빈 종이쪽지에서 축복받은 것을 읽었노라고 하는 그의 꿈이 생각났다.

두 딸은 곧 다시 잠이 들었다. 부인은 잠시 동안 손으로 턱을 고이고 계속 침대 곁에 앉아 있었다. 그 여자의 여위고 창백한 얼굴은 모든 괴로움을 겪었는데도 놀랄 만큼 확고함과 명확함을 지니고 있었다. 아마 그 여자는 많은 봉변을 당했을 것이다. 그래서 우리에게서도 별로 좋지 않은 일이 있을지도 모른다고 생각하고 있으리라. 나는 이제야 비로소 방이 몹시 스산한 것을 인식했다. 성인들의 초상화가 하나 빠져 있을 뿐만 아니라 다른 사진 틀과

십자가와 시계는 먼지와 거미줄로 형태만 구분될 정도였다.

이제야 부관은 입을 열기 시작했다. 러시아군은 훨씬 앞서서 지메스 고개를 위협하고 있다. 우리는 불안한 나날을 각오하지 않으면 안 된다고 일러주었다. 그러나 그 외의 정세는 분명하지 않다. 적어도 자기는 어느 산이 적에게 점령당하고 있는지 알 수 없다고 말했다.

✤
12월 13일

—아침 7시

꿈을 다시 기억해 내는 일이 점점 싫어진다. 그러나 그 꿈은 너무나도 뚜렷하며 많은 암시로 가득 차 있다.

우리들은 다시 프랑스로 돌아가 말니이 오스리이즈 근처의 쓸쓸한 황무지에서 대기중이다. 심한 바람이 불어 왔다. 유탄이 단조롭게 머리 위를 오고 가고 하였다. 나는 공포에 떨고 있었다. 나의 육체는 거의 중량을 잃고 있었다. 나는 마치 솜털처럼 가볍게 느껴졌고 더 세게 불어 오는 바람이 이제라도 나를 들어올려 프랑스군 쪽으로 운반해 가는 것을 기다리지 않으면 안 되었다. 그때 무엇인지 나의 팔꿈치에 매달리는 것이 있었다. 무엇인가 하고 보니 그것은 마추카, 즉 케즈디 알마스에서 죽는 것을 본 적이 있는 그 회색 고양이였다. 그것은 커서 귀여워졌다. 목덜미의 흰 털이 불빛처럼 번쩍이고 있었다. "요즈음 어떻게 지내고 있니?" 말하며 쓰다듬어 주려고 했더니 고양이는 껑충 뛰어 유탄으로 파인 구멍으로 들어가 보이지 않다가 잠시 후에 다시 나타났다. 붉은 표식을 그린 번쩍이는 유탄을 입에 물고 와서는 공손한 태도로 내 앞에다 놓았다. 나는 얼마나 기뻐했던가! 유탄은 퍽 무거운 것이다. 이놈만 손에 쥐고 있으면 아무리 센 바람이라도 나를 날려 가지는 않을 것이다. 그러나 그것을 붙잡자 그것은 총알이 아니고 불그스레한 반점이 있는 금회색의 물고기로 변해 바둥거렸다. "이놈을 불에 구어야지!"라고 귀 익은 목소리가 뒤에서 들려왔다.

뒤돌아보니 발리가 난로불 곁에 서 있었고 그 곁에는 빌헬름도 서 있었다. 빌헬름도 "이놈을 불에 구어야지!"라고 외쳤다. 이상한 웃음을 띠면서 발리는 물고기를 받아 들고 그것을 그녀의 아들에게 넘겨 주니, 아들은 난롯불로 가지고 갔다. 그러고 난 뒤 그 여자는 내 옆에 누웠다. 우리들은 포옹하고 힘껏 껴안았다. 그때 좀 이상하게 여겨진 것은, 그것은 틀림없이 발리였으나 동시에 레기나이기도 하였고 다시 여기 낯선 방에 누워 있는 헝가리 여성이기도 하였다. 그러나 나는 한 모습 속에서 세 여인을 얼마나 사랑하였던가! 사실상 그들은 하나의 존재였다. 한 사람이 강력히 다른사람 속에 존재하고 있었다. 물론 어딘지 모르게 꿈속에서 꿈을 꾸고 있는 것같이 보이는 깊은 곳에는, 어떤 애매한 것이 혹은 우리들을 완전히 기쁘게 해주지 않는 말 없는 항의가 있었으나 그것도 곧 사라져 버렸다. 그 여자는 독일말을 할 줄 모르며 나는 헝가리말을 할 줄 모른다는 것이 머리에 떠올랐다. 이 생각이 나에게 끝없는 자유를 주었다. 다행히도 나의 중량이 나의 체내로 되돌아오는 것을 느꼈다. 그때 내부에서 빛나는 파란 구름이 우리들에게서 떠나 하늘 높이 솟아올라 지평선까지 물러갔다. 우리들은 일어서서 조심스럽게 이 구름을 쳐다보았다. 그 구름 가에는 곤충 비슷한 번쩍이는 긴 행렬이 생기고 있었다. 그것은 점점 가까워져서는 커지고 호전적이 되어 갔다. 결국 그것은 푸르스름한 은색 철모를 쓴 진짜 군인으로 붉은 날개가 달린 장군의 지휘를 받고 있었다. 비스듬히 번쩍이며 질주하면서 그들은 무수히 우리들의 머리 위와 우리 사이를 연기처럼 스쳐갔다. 갑자기 빌헬름이 여행 준비를 갖추고 오른손에는 지팡이를, 그리고 왼손에는 그 고기를 담은 접시를 들고 나의 곁에 섰다. 나는 일어서서 그 아이에게 먹을 것을 주고 나도 먹었다. 한 조각을 삼키자마자 사실은 그것이 내가 포옹하고 있던 각각 다른 세 사람의 여인이라는 것을 알기 시작했다. 그러나 빌헬름은 나에게 수심에 잠길 시간적 여유를 주지 않았다. "아빠 시간이 되었어요!"라고 소리지르고는 더 참지 못하겠다는 듯이 지팡이로 땅을 두들겼다. 우리들은 불꽃에 에워싸인 먼 곳을 지나 나아갔다.

그때 나는 눈을 뜨고 밝은 난롯불을 바라보았다. 때마침 젊은 부인이 피싯 하고 소리를 내는 철판 위에 큼직한 솥을 올려놓았다.

모두들 일어났다. 두 소녀만이 아직 잠자고 있었다. 부관은 아침인사를 하고 그렇게 항상 많은 것들을 수첩에 기입하고도 피곤하지도 않느냐고 물었다.

"결국에 출정이라는 것은 항상 참혹하고 권태로운 일에 지나지 않는데도 대체 나는 어떤 별다른 것을 기록할 수 있는지를 알다가도 모를 노릇이야. 여하튼 군사적인 기밀은 언급하지 말도록 조심하는 것이 좋을 거야. 우리들은 어떻게 될지 예측하기도 힘든 지방으로 가니까 뜻밖의 일이 일어나지 않는다고 생각 안 할 수도 없는 거니까 만약에 불행히도 포로가 된다면 귀찮은 일이 또 일어나겠지."

그가 말했다.

나는 그를 안심시켰다. 그 젊은 부인은 여전히 난롯가에서 일하고 있었다. 지금껏 이 국경지방에서 만난 얼굴 중에서 이 여자의 얼굴이 가장 아름답고 깨끗하고 과감하였다. 희미하거나 부족한 점은 조금도 없었다. 이 여자의 얼굴과 다른 여자의 얼굴과의 관계는 완성된 작품과 스케치와의 관계였다. 어제의 피로는 사라지고 상처난 발바닥도 거의 다 나았다. 이처럼 상쾌해질 정도로 실컷 잘 수 있었던 것도 분명히 건강한 여자가 바로 곁에 있었기 때문이다. 겨울 공기는 산성을 띤 광물질을 용해해 놓은 것 같은 맛이었다. 태양은 이지러져 파르스름한 달빛을 빨아들이고 있다. 동쪽 편에는 슐타 강의 얼음이 노르스름하게 번쩍거리고 있다. 갑자기 대포를 쏘기 시작하여 아이들이 잠이 깼다.

슐타 계곡

—오전 11시

8시경에 출발하여 한 시간이 채 못 되어 쇼스텔레크로 되돌아왔다. 이곳 주민들이 뜰에서 일하고 있는 것이 보였다. 사내아이들이 눈사람을 만들고 있었다. 오스트리아의 군단 숙소 주위에는 많은 군중들이 떠들고 있었다. 거기서는 큼직한 죽은 암곰 한 마리가 새끼 곰 사이에 뒷발을 묶여 발코니에 매달려 있었다. 때마침 경기병 두 사람이 긴 칼을 휘두르며 그 곰을 잘라내고 있었다. 군인들과 새빨간 두건을 쓴 많은 여인들이 섞인 군중들이 이 보기 드문 작업을 에워싸고 있었다. 아무도 우리들의 서투르고 흔히 볼 수 있는 행진에 한눈을 팔고자 하지 않았다.

9시까지 우리들은 계속하여 숲으로 덮힌 언덕 사이의 피해를 입지 않은 지대를 행군하였다. 숲속에서 프러시아 공병들의 회색 통나무집들이 은둔자들의 암실처럼 보였다. 마치 오래된 그림 한가운데를 지나가 그 일부분이 되는 것 같았다. 공기에는 약간의 남풍이 섞여 있었다. 미끄러져 떨어지는 눈이 옷감처럼 억센 가지에 느슨히 걸려 있었다. 골짜기는 새들의 천지를 이루고 있었다. 우리들은 까마귀를 보았다. 마치 발가락을 밟힌 것처럼 항상 이상하게 옆으로만 뛰고 있었다. 피가 솟는 것 같은 빨간 가슴팍을 한 피리새가 길 위를 날아갔다. 갑자기 골짜기가 굽어지고 숲이 이따금 보이지 않았다. 곧 좁아진 강바닥에서는 다시 전쟁이 그 모습을 드러냈다. 부서진 바퀴와 포가 얼음 속에 솟아 있었다. 그 곁에는 휘어지거나 찢어진 포구를 가진 포선이 굴러 다니고 있었다. 멧새, 할미새 등의 새 떼가 가문비나무 숲 속에서 날았다. 그 숲에는 거의 눈 하나 맞지 않은 완전한 말의 해골이 딩굴고 있었다. 발굽에는 아직도 네 개의 편자가 붙어 있는 것을 볼 수 있었다. 전체가 흩어지지 않은 것은 관절에 있는 연한 피막으로 인한 것이라기보다는 오히려 추위로 인한 것이었다. 근육과 힘줄은 하나도 남지 않았고 머리에 남아 있는 약간의 가죽은 예쁘장한 새들의 뾰족한 부리로 쪼을 수 있는 단 하나의 것이었다. 그 바로 옆에 깨끗이 씻기고 표백된 사람의 해골이 있는 것을 보지 못하고 지나칠 뻔했다. 그 해골 위에는 아직도 대담하게 루마니아군의 모자가 얹혀 있었다. 이 사나이에게서 아직도 남아 있는 것은 눈 속에 숨겨져 있었다. 왼쪽에서 전투하는 요란한 소리가 들린다고 몇 사람이 주장했다. 나도 그런 것 같았으나 다른 사람들은 그것을 부정하였다. 좁은 시야가 트이지 않는 골짜기 속을 전진한다는 것은, 전쟁의 상황을 잘 알지 못하기 때문에 위험하다고 생각하는 사람들도 많았다. 새로운 산들이 나타났다. 처음에는 폭넓은 시꺼먼 숲으로 가득 찬 산이 골짜기의 동쪽을 가로막고 있었다. 그 산은 봐다스며 러시아군이 그저께 이 산꼭대기에 진을 쳤다는 것이다. 한번 길이 나누어졌으나 곧 다시 하나로 합쳐졌다. 그 분기점에 증기 제재소와 넓직한 부속 건물이 서 있었다. 독일군과 오스트리아군의 탄약이 여기에 많이도 집결되어 있었다. 이와 같이 집결해 놓은 것은 적탄이 한 알만 떨어지면 예측할 수 없는 결과를 초래하는데 아직까지도 치우지 않고 뭘 하고 있었는지 모르겠다고 소령이 비난한 것은 정말 이유 있는 말이었다.

그러나 이것 전부를 후송하기 위한 충분한 마차와 인부를 이틀 안으로 어디서 구해 온단 말인가? 결국 우리들도 욕설만 퍼붓고 쌓여 있는 그대로 내버려 두는 수밖에는 별도리가 없었다. 반 시간 후에 우리들은 판자로 된 오두막집에 도착했다. 나는 지금 거기에 나의 부하들과 함께 살고 있다. 응급 치료소로 쓰기에 꽤 괜찮게 마련되었다. 나와 교대한 본부 군의관인 S는 지난 며칠 동안의 경험을 매우 자신있게 이야기해 주었다. 그의 대대의 몇 개 소대가 봐다스 산 후면에 위치한 조그마한 마을을 막 점령했을 때였다. 도망치고 있다고 믿고 있었던 러시아군이 되돌아와서 눈보라가 몰아치는 사이에 아주 맹렬히 공격해 왔다. 독일군의 소대장한 사람이 전사하고 그의 부하는 대부분 포로가 되거나 전사하거나 하였다. 군의관은 외양간 문을 통해 간신히 그의 숙소를 빠져나올 수 있었으나 그때에는 벌써 길기스 사람의 장교가 앞마당에 들어와 있었다. 차이스제 망원경과 붕대 가방과 더할 나위 없이 좋은 모피 외투는 그냥 놔두지 않을 수 없었다. 다음 날 아침, 펠츠의 부대가 적의 전진을 막았다. 그러나 봐다스의 산꼭대기는 함락되었다. 그건 그렇다 하더라도 이 골짜기에서 지낸 이틀 동안은 좋은 휴양이었다고 S는 말한다. 지금까지 총알은 날아오지 않는다. 아마 러시아군이 뜻밖에도 이렇게 잠잠하다는 것은 지대가 곤란한데다가 눈으로 뒤덮여 대포의 수송에 매우 많은 지장을 주고 있기 때문일 것이라고 그는 웃으면서 말한다. 우리 대대장은 작은 망원경으로 이 골짜기의 구석까지 내려다볼 수 있으므로 우리들이 이곳에서 오랫동안 머뭇거리고 있는 것을 용납하지 않을 것이라고 말했다. "군의관 후보생은 무슨 일이 있더라도 봐다스 산 기슭까지 같이 가지 않으면 안 됩니다. 우리들은 이곳을 집결소로 합니다. 이보다도 더 안전한 장소는 없으니까요. 당신이 여기에 머물러 있겠다고 한다면 별 반대할 생각은 없습니다"라고 그는 결정지었다. 나는 그 동안에 이미 방의 할당을 고안해 내고 이곳에 남아 있기 위한 여러 가지 이유를 발견했으나, 이 노인이 내가 이곳에 남아 있는 것을 별반 좋아하지 않는다는 것을 알았다.

— 밤 아홉시

고요하다. 병자도 부상자도 오지 않는다. 이따금 산에서 소총 소리가 난다. 나는 라프와 함께 기한이 다 된 보고서를 작성해 놓고 편지를 쓰기 시작했으나 잠을 이기지 못했다. 오두막집 속은 담배연기로 가득 차 있다. 파라핀 초는 잘 타지 않아 나의 상을 찌푸리게 한다. 모두들 벌써 누워 있다. 크리스틀만은 아직도 부목을 깍고 있다. 그는 항상 조용히, 그리고 묵묵히 자기 일만 한다. 다만 이따금 불안한 듯한 표정을 지을 따름이다.

⚜

12월 15일 금요일

— 아침

꿈속에서 나는 봐다스 산 봉우리에 걸려 있는 시커먼 구름을 보았다. 잠을 깨고난 뒤에 곧 새 집에서 꾼 첫 꿈이 이루어졌는지 어떤지 보러 나갔다. 그러나 공기는 어제보다 더 맑았고 추위가 그 차디찬 큰 손을 갖고 흐르는 물속 깊숙이 뻗치고 있다.

부상자가 좋지 못한 소식을 갖고 왔다. 손과 팔에 관통상을 입은 것을 노골적으로 좋아한다. 길기스 병사들이 산봉우리의 숲 전체를 철조망으로 쳐놓았다. 그들은 공격할 엄두를 내지 못하게 독일군의 진을 완전히 내려다볼 수 있는 높은 곳에 자리잡고 있다. 아군은 낮에는 바위돌 뒤에 다시 숨어 있지 않으면 안 된다. 어제 오후에는 다섯 명이 생명을 잃었다. 좁은 골짜기는 아직도 조용하다.

나는 포도주를 부어 놓고는 다시 글라비나의 종이쪽지를 뒤적인다. 유감스럽게도 잃어버린 것이 많다. 나는 다시 기억을 더듬어 많은 부분을 짜내야 한다. 그랬더니 내 자신의 많은 것이 자기도 모르게 흘러 들어간다. 그것이 어쨌다는 건가! 독에 가득 찬 물을 물들이는 데는 두서너 알의 과망간산 칼륨으로 충분한 것이거늘.

—11시

소령과 본부 군의관의 추측은 옳았다. 러시아군은 도로로 향해 소경포와 중경포를 발사하기 시작했다. 이로 인해 벌써 몇 명의 보행자들이 희생되었다. 좀 전에는 봐다스에서 발에 부상을 입은 젊은 보병 때문에 실컷 웃었다. 그는 걸을 수 없다고 완강히 설명하고는 쇼스텔레크로 운반해 가거나 차로 가야 한다고 우겼다. 그러나 첫번째의 유탄이 떨어지자 마치 족제비처럼 날쌔게 달아나 버렸다. 렘과 라프는 한 시간 안으로 우리들의 오두막집이 넘어지리라 여기고 있다. 대대장에게 보내는 보고서와 응급 치료소를 봐다스로 옮겨야 하느냐의 문의 쪽지를 렘이 전달하겠노라고 나선다. 그러나 혼자서 간다는 조건하에서다. 단 한 사람을 보고는 포병들이 대포를 쏘지는 않을 것이라고 그는 말한다. 나는 나머지 포도주를 그에게 주고 짐 속에 같이 꾸리게 했다.

—12시

우리들은 골짜기의 낭떠러지에서 불쑥 나온 바위 뒤에 누워 있다. 장소는 잘 선택되었다고 생각한다. 본시 이 근처에는 이곳을 제외하고는 알맞은 장소가 전혀 보이지 않는다. 러시아군은 우리들 모두를 쏘아서 쫓아내려고 포탄을 아끼지 않는다. 옛 시절에 포수였던 라프는 그렇게 되지 않을 것이라는 사실을 우리에게 확신하게 해준다.

하마터면 나는 도망칠 기회를 놓칠 뻔하였다. 그 오두막집을 떠나야할 때가 왔다고 얼마나 성가시게 라프가 나에게 설명했는지 모른다고 싫증 내지도 않고 이야기한다. 나도 그의 말에 찬동하고 먼저 떠나라 명령하고는 나 자신도 지체하지 않고 곧 따라가겠다고 약속하였으나 필경은 글라비나의 묘한 문구가 나를 내가 의식한 이상으로 오랫동안 붙들어 놓았을 것이라고 그는 말한다. 밖에서는 유탄이 떨어져 불발된 채 방바닥에 꽂힌다. 오두막집은 와르르 흔들리고 먼지와 토사가 종이 위에 떨어진다. 주위를 살펴보니 아무도 없었다. 그러나 멀리서 부하들이 나를 부르는 소리가 들렸다. 왼손에는 종이쪽지를 집고 오른손에는 반쯤 찬 술잔 하나를 들고 술타를 지나 그들에게로 넘어갔을 때 그들은 웃음을 참지 못했다. 얼마 안 가서 다시 총알이 떨어져 오두막집은 카드의 집처럼 산산조각이 되어 날아가 버렸다.

—2시

렘은 무사히 돌아왔다. 소령은 다음 포격이 멎을 때 응급 치료소를 쇼스텔레크로 옮기라고 명령했다. 거기 같으면 다른 곳보다 더 효과가 있을 것이고 일도 곧 착수할 수 있을 것이라는 의견이었다. 그는 이때까지는 볼 수 없었던 온정으로 나와 나의 부하에 대해 묻고는 우리들이 잘 지내고 있다는 것을 매우 기뻐하였으나, 유감스럽게도 늙어버렸고 수심에 잠겨 보였다고 렘이 말했다. 하이러 중위도 안부를 보내 왔다. 그는 자신의 초소에서, 물론 간단한 망원경이기는 하나 골짜기에 떨어지는 포격을 바라보고 있었기 때문에 우리들이 모두 죽었거나 부상을 입었을 것이라고 믿고 있었다는 것이었다. 아직 전투는 시작되지 않았다. 그러나 정세는 참을 수 없을 정도로 절박하다. 길기스군은 공격을 하지 않는 경우엔 공격을 받지 않으면 안 된다. 오늘 밤에 산꼭대기의 적 진지를 부셔버리기 위해 박격포를 올려 간다는 것이다. 아군 쪽은 조용해졌다. 아직도 이따금 포탄이 떨어진다. 독일 황제가 적에게 강화를 요청했다는 소문을 적어 두어야겠다. 쇼스텔레크로 갈 준비를 한다.

—3시

미래의 전쟁에는 육·해·공에 틀림없이 특수한 상황이 벌어질 것이다. 그러나 우리들이 놓여 있는 것 같은 이러한 상태가 과거에도 있었을까? 2시 30분 이후엔 러시아군은 포격을 중지했다. 매우 한산해졌을 때 적당한 간격을 두고 우리들은 후퇴하였다. 그 큰 제재소까지 한 5백 걸음쯤 남았을 때 쇼스텔레크 전면에 자리 잡은 프러시아 포병대에서 포격을 개시했다. 그것이 적군에게 피해를 입힌 것 같다. 왜냐하면 곧이어 수없는 반격이 시작되었기 때문이다. 곧 우리들의 적은 소대는 적의 목표 속에 들어갔다는 것을 의심할 수 없게 되었다. 나는 되돌아갈까 생각했으나 그것은 행군을 계속하는 것보다 더 위험하게 여겨졌기 때문에 제재소 건물 쪽으로 달려갔다. 많은 포탄이 우리들 가까이에서 터졌으나 아직 잘 맞지는 않았다. 바로 그때 총알이 한 발 날아왔다. 동시에 그것이 날아오는 소리만으로 그것이 우리들을 겨냥하고 있다는 것을 알아차릴 수 있었다. 불꽃이 날아왔다. 두 손으로 머리 뒤를 가리고자 하는 사이에 나는 내던져져 반쯤 땅 속에 파묻혀 버렸다. 이윽고 정적이 찾아들었다. 사지와 관절을 만져 보고 부상을 입지 않았다는 것을 알고 일어서서 다른 사람들 쪽을 보았다. 렘은 흙과 얼음을 뒤집어 쓰고 뺨에 피를 조금 흘리면서 일어나서는 좀 어색하게 웃어 보였다. 다른 사람들은 바위에 조각처럼 옆에 서서 길 넓이 전체에 걸쳐 막아버린 깊고 시꺼먼 포탄이 파놓은 구멍을 바라보고 있었다. 중상자는 아무도 없었다. 러시아군의 분노는 우리에게서 다른 곳으로 방향을 바꾸는 것 같았다. 손해가 가벼운 것을 기뻐하며 길을 계속 걸어가려고 하였을 때 새로운 사태가 일어났다. 우리들이 거의 제재소 가까이에 도착했을 때 유탄 한 발이 한가운데에 떨어졌다. 그 결과로 폭발이 일어났다. 곧이어 두번째 폭발이, 다섯번째 폭발이, 그 다음에는 무수한 폭발이 일어났다. 지붕이나 벽 여러 곳에서 불꽃이 튀었다. 이 순간에 전력을 다해 계속 뛰었더라면 우리들은 틀림없이 이곳을 빠져나가 쇼스텔레크에서 아마 곰의 요리를 먹을 수 있었을 것이다. 그러나 그렇지 않아도 좀 정신을 잃었으므로 우리들은 전율이 따르는 흐뭇한 만족감으로 이 눈앞에 전개된 광경을 바라보고 있을 뿐 아주 적절한 시기를 놓쳐버렸다. 적은 적대로 자기들이 저지른 것에 대한 효과를 곧 깨닫고는 장난꾸러기 아이들처럼 화염을 향해 미친 듯이 포격을 쏘아댔다. 그러자 서서히 그 정도가 더해 감에 따라 점점 폭발은 심해져서 산더미처럼 쌓인 탄약, 수류탄, 유산탄, 유탄, 박격포탄 등이 폭발했다. 우리들은 협곡 벽에 바싹 붙어 있을 필요는 없었다. 강한 기류가 우리들을 압박해 왔던 것이다. 기류는 우리들의 속과 주위에서 소리를 내고 공기와 암석 그리고 우리들 자신은 다 같이 감전된 것 같았다.

포탄의 파편이 멀리까지 날아왔다. 중사인 융커는 파편으로 이하선에 관통상을 입었다. 피가 길고 가느다란 선을 그어가며 흘러 눈 위에 떨어졌으나 쉽게 멎었다. 나는 왼손을 찢기어 피가 조금 났다. 제재소에는, 특히 도로 쪽으로 많은 탄환이 떨어진 것 같았다. 이리하여 적군은, 말하자면 우리들이 넘어가지 못할 요새를 길 한가운데에 세워 놓았다. 여전히 적군은 막 날뛰었다. 멀리에 숨어 있는 아군의 포병대는 적을 계속해서 자극시키고 있었다. 적은 아군의 포병대를 찾아내지 못하여 그가 발견한 몇몇 사람들에게 화풀이를 하였다. 아마 한 곳에 가만히 있을 수 없는 일종의 공포증에 걸린 모양으로 몸집이 작은 뤼티히는 협곡에서 기어나와 넓은 지대를 알아볼 생각이 든 것 같았다. 그러나 그는 어깨뼈가 으스러져서 되돌아왔다. 지휘가 엉망인 적의 요새는 계속해서 포탄을 낭비하고 있다. 머지 않아 총알이 다 떨어질 것이다. 눈을 감으면 극히 좁은 범위에 집결된 무서운 전투 광경, 잿더미와 뼈 외에는 아무것도 없는 전투 광경이 눈앞에 떠오른다. 태양이 느릿느릿 움직인다. 허나 이 흉측한 시간에도 시계의 바늘은 움직인다. 5시가 되면 어둠이 찾아올 것이다. 7시에는 쇼스텔레크에 도착할 수 있을 것이다.

—3시 45분
벌써 햇살이 바위 아래쪽에는 들지 않는다. 춥지는 않다. 화기

가 여기까지 작용하기 때문이다. 눈이 바위에서 떨어진다. 주위에
쌓인 널판도 불에 탄다. 폭발이 계속된다. 산꼭대기에 있는 적군
은 아직 만만찮다. 렘은 이젠 위험하지 않다고 믿고는 시험적으로
몇 발자국 앞으로 나갔다가 사격을 받았으나 부상은 당하지 않고
되돌아왔다. 우리들의 머리 위에는 맑은 대기가 움직이지 않고 있
다. 따뜻한 공기가 다시 대기에서 엉어져 버렸다. 가까이의 떡갈
나무의 배 부분에 흰 작은 새 한 마리가 퍼드덕거리고 있다. 이
가지 저 가지에서 눈을 쪼아대면서 지치지도 않고 이리저리 뛰어
다니곤 한다. 우리 동료 중에서 용기를 잃은 자는 하나도 없다.
그렇다. 죽음과 삶이 밀접하게 접근하고 있는 절박한 시간에는 우
리 내부의 근본적인 원소가 함께 뭉치고 순화되는 것 같다. 그리
하여 나쁜 납으로 만들어진 종이 순수한 산소 속에 담겨지면 갑
자기 은으로 만들어진 종 같은 소리를 내는 것처럼 각자가 그의
가장 고유한 본연의 소리를 내기 시작했다. 몇몇은 어린 시절의
이야기를 꺼냈다. 거의 모두가 다른 사람에게 무엇을 선사하고자
하였다. 나는 크리스틀이 다시 정신이 이상해지지 않을까 염려스
러웠다. 그러나 그는 매우 침착했다. 그도 뤼티히에게 더할 나위
없이 잘 붕대를 감아 주고는 빵으로 우스꽝스러운 작은 곰을 만
들어 그의 금화를 하나 곰의 입에 꽂아넣었다. 그는 그 작은 곰을
제물처럼 바위 틈에 끼워 놓고는 나무와 조약돌로 덮고자 하였다.
언젠가는 누군가가 이 작은 곰을 발견하겠지, 그러면 그놈이 러시
아놈이라 하더라도 금화와 함께 그놈의 것이다, 라고 그는 말했
다. 뤼티히는 모르핀의 힘으로 잠들었다. 허나 나는 고인의 글을
읽음으로써 시간을 소비했다. 대강의 흐름을 알아보기 위해 나는
다시 한 번 전부를 차례대로 읽어 내려갔다. 처음에는 혼자 낮은
목소리로 읽었으나 다른 동료들이 귀를 기울이고 있다는 것을 알

고, 이것은 전사한 글라비나에게서 발견된 시라고 말하고는 큰소리로 처음부터 다시 되풀이해서 읽었다.

키스하바스의 산 곁에 서리 내린 바위와 노가주나무 들판 위에 전사자들을 위한 기념비를 세우라. 군율에 충실하여 불평 하나 없이 그들은 푸른 떡갈나무 하나 나지 않는 낯선 바위 위에서 피흘리며 죽어 갔다.

그들의 마지막을 본 자는 누구인가? 모든 국민은 침울하게 생각에 잠긴다. 오 친구여! 가슴 깊숙이 새겨두어라. 너희들이 죽어 가는 자를 보면, 암담하고 깨끗하게 죽을 것을 그리고 저주하지 않기를 겸손히 빌어라. 머지 않아 모든 것은, 다만, 전주곡이 되리라. 우리들은 모두 썩어빠진 길을 걷는다. 죽은 자의 손을 푸르스름하나 침울한 노가주나무 잎으로 덮어라!

그러나 귀향하는 자여 마음의 준비를 게을리 하지 마라! 신은 한 사람 한 사람을 다른 목소리로 부르노니, 각성의 길만이 그대들의 것이니라. 일하는 날은 많고 잔칫날은 드물다. 축제의 노래도 드물다. 영양이 잠자듯 잠을 자도 방심말라!

그 옛날의 예언을 생각하라! 적개심에 가득 찬 빛이 모든 나라를 휩쓸었다. 북극으로부터 오는 저주의 천사를 막는 치열한 자의 숨소리는 가쁘다.

말없이 용기를 꺾어버리는 것, 얼굴은 있으되 날개 없는 새, 전류는 흐르지만 생산치 못하는 것들이 우리들의 단잠을 망쳐버린다. 탐

욕스럽게 모든 것을 굴복시키나 자신은 굴복하지 않는다.

엄격하고도 구속적인 말은 어린이의 기억에서 없어진다. 까마귀
는 성역에서 황금의 책을 가져온다.

희생, 이것도 부름을 받지 못하면 무슨 소용이 있는가? 성당은 제
단과 기도하는 사람 위에 무너진다. 폭발된 다리는 아직 순례자들의
기권의 노랫소리를 울리면서 바다 속으로 떠내려 간다.

우리의 정신은 제 집 문 앞에 서고도 아직 제 집을 찾지 못하고
은자와 주인의 문턱엔 풀이 난다. 그의 넋은 얼음이 되었도다. 맑고
둥글고 두터운 얼음이 되었도다. 얼음 아래서 고기가 즐거워하듯 모
든 욕망은 상하고 흩어지도다.

고향으로 돌아가는 자여 마음의 준비를 게을리 하지 마라! 그 작
은 꿈을 버려라! 밝은 망각을 세워라! 자기 자신의 율법에 축복을
주라! 신성한 불 가를 세 번 돌기 전에는 너의 신부와 잠자리를 같
이 하지 마라!

시간의 무덤 한가운데서 날개를 퍼덕이는 자는 행복하리라! 그는
불행 속에서도 행복을 퍼낸다. 오! 세상이 멸망하고 새로운 세상이
이제 남모르게 움틀 때, 항상 자유와 명철로 가득 찬 깊고 푸른 시
간이 넘실대고 리듬의 파도도 우리의 정신을 지양시킨다. 드디어 우
리의 정신은 완전히 새로운 기슭을 바라보고 비로소 처음으로 비상
을 기뻐한다.

위대한 넋인 태양은 떠오름과 저묾을 알지 못한다. 그는 우리들의

내부에서 불타지 않는가. 시시각각으로 멀리에서 그리고 가까이에서 사랑의 행위는 일어나지 않던가. 다정하고 영원한 것은 바다를 건너 입김처럼 이마에서 이마로 불어오지 않는가. 그리고 그것으로부터 신의 폭풍이 이는 부드러운 입김이 아닌가.

은총의 사자여 오라! 지금은 고인이 된 예언자의 방문을 받고 독수리와 함께 구름에 젖어 산 위에 더 이상 살지 말라! 불 꺼진 난롯가에 혈육들이 열렬히 기다리는 곳으로 따뜻하게 나타나라! 우리를 외침으로 깨워라!

파묻혀지지 않은 자가 어떻게 부활할 것인가? 12시 전에 돌아오라! 부스러진 인간의 모습을 말없는 먼지 속에서 집어내어 새로운 건물 아래 남몰래 숨겨 놓아라!

그대들이 고하는 것은 결코 새로운 교리가 아니다. 이미 너무나 많은 설교를 들었다. 빛과 암흑이 감도는 경계 위로 그대들도 노래하며 가까이 간다. 그대들이 인사한 자는 다 그들의 생활을 바꾼다. 그대들의 천국의 노래는 모든 사람의 양심에 옮겨간다.

그대들은 무정한 쇠사슬을 가벼운 마법의 고삐로 바꾼다. 결박된 자는 결박하는 자를 인도한다. 그리하여 다 같이 자유를 인식한다.

유산에 얽매이고 저승에 뿌리박고 밀크와 곡식으로 넉넉지 않게 살고 잔류자로서 지내는 자를 일요일에 방문하라! 그에게도 우리들 생의 위험과 훌륭함을 일러주라! 그러면 그도 마음 편히 이 세상에서 많은 열매를 따리라, 그는 자기에게 적합한 것만을 가진다. 경건

하게 성신의 양식을 증가시키기 위해 영원한 불기둥에 첫 수확을
내던진다.

그 옛날의 방랑자처럼 그대들은 나무껍질과 바위 위에, 뿐만 아니
라 모래와 눈 속에도 표식을 남긴다. 길가에서 죽음을 당할 때에도
그대들은 숨마저 꺼져 가면서도 먹이와 부드러운 주문으로 거친 새
들을 하늘에서 불러다 흰 날개에 새빨간 사랑의 문구를 쓴다.

그래도 우리들은 키스하바스 산에 비석을 세운다. 서리 맞은 바위
로 가득 찬 들과 노가주나무 들에 우리들의 전사자를 위해 기념비
를 세운다.

아직 루마니아의 산정은 겨울이다. 그러나 하늘에는 봄이다. 떡갈
나무 껍질은 갈색이 되어 나뭇잎이 떨어진다. 그 아래에 벌써 새 껍
질이 은색으로 번쩍인다. 우리들은 나뭇잎처럼 낯설은 들에서 떨어
진다. 우리들의 죽음에서 솟아나는 것은 무엇이겠는가?

별처럼 뭉쳐진 신앙으로 하여금 끊임없는 불빛으로 밝히게 하라!
아마 머지 않은 세월에 그 불빛은 거룩하게 응결된 넋의 순결한 결
정에 해당하리라. 이 넋은 얼음으로 머물러 있어도 이젠 녹지는 않
을 것이다. 그러나 렌즈처럼 무의식 중에 그는 다채로운 광선을 먼
초점으로 향해 굴절시켜 거기서 새로운 불꽃이 그 옛날의 대지에서
일어나리라.

이미 키스하바스 산의 시체는 썩었다. 우리들의 무기는 녹슬었다.
우리들의 꽃다발은 잊혀졌다. 이제 사람들은 다시 편안히 우리 입에

쓰디쓴 빵과 포도주를 즐길 것이다. 격렬한 조상에의 열망에서 빵은 만들어진 것이다. 넋은 여지껏 향해 보지 못한 희생의 각오가 되어진다. 뒤흔들어진 피 속에서 용감한 선구자는 솟아난다. 그리하여 모든 규칙은 노래인 것이다.

ㅡ밤 11시

아무 말 없이 이 시 전부를 들었다. 드디어 라프가 자기로서는 아주 조금밖에 이해하지 못했지만 마음에 들었다. 자기는 이것을 듣고 매우 마음이 상쾌해졌다고 말했다. 다른 사람들은 불타 내려앉은 건물을 바라보며 아무 말이 없었다. 유감스럽게도 다시 예기치 않았던 일이 발생했다. 작은 뤼티히가 갑자기 일어나서 비틀거리면서 제재소 쪽으로 걸어갔다. 누군가가 거기 서, 라고 외쳤고 또 한 사람은 뒤쫓아갔다. 그러나 뤼티히는 열 때문인지 모르핀 때문인지 비틀비틀 걸어가다가 갑자기 맥없이 쓰러졌다. 우리들은 그를 운반해 왔으나 그는 벌써 죽어 있었다. 얇은 쇠조각이 왼쪽 관자놀이에 꽂혀 있었다. 5시 15분 전에 러시아군은 다시 일제사격을 하였으나 30초밖에 계속되지 않았다. 5시에는 명령이라도 한 듯이 제재소의 폭발은 그쳤다. 계곡은 저녁노을과 밤에 싸였다. 크리스틀은 뤼티히를 위해 십자가를 만들고 그 위에 이름과 날짜를 새겼다. 시계와 인식표를 떼어서 보관하고는 그를 파묻었다. 땅은 깊숙이까지 얼어 있어 두 시간 이상이나 걸렸다. 눈과 별은 희미한 빛을 던져 주었다. 10시에 달이 떴을 때 우리들은 쇼스텔레크에 도착했다.

■ 작품 해설

카로사의 단절된 꿈의 세계

안문영 교수(충남대 독문과)

한스 카로사는 바이에른 남쪽 지방의 소도시 바트퇼츠에서 1878년 12월 15일 출생하였다. 증조부가 나폴레옹 군대를 따라 프랑스의 몽피에로부터 인Inn 강에 면해 있는 이곳으로 이주해 왔다. 부친은 의사였고, 모친은 바이에른 법조가문 출신의 교사였다. 인 강과 도나우 강이 흐르는 남부 바이에른의 풍경 속에서 성장한 카로사는 가톨릭 신자였으나 란츠후트의 인문고등학교를 다니며 문학적 교류를 시작했다.

이 시절의 체험이 1922년에 발표한 자전적 소설 《어린 시절》의 주요 내용을 이룬다. 그는 부친의 뜻에 따라 의학을 공부하러 1897년 뮌헨에 가서도 리하르트 데멜, 릴케, 프랑크 베데킨트, 알프레트 몽베르, 게오르게 그룹 등 여러 문인들과 사귀면서 〈신비의 별〉, 〈아침노래〉 등의 시를 발표하기도 했다. 그러나 어떤 문학 서클에도 정식으로 가입한 일은 없다. 뷔르츠부르크 대학으로 옮겨 의학공부를 계속한 카로사는 1903년 라이프치히 대학에서 의학박사 학위를 받은 이후 심장 및 폐 전문의로 일하는 동시에 작가활동도 병행했다. 그는 파사우에서 부친이 경영하던 병원 근무를 시작으로 뉘른베르크, 제슈테텐을 거쳐 1914년부터는 뮌헨에서 의사로 일했고, 제1차 세계대전 중이던 1916~1918년 사이에는 바이에른 보병대대의 의용 군의관으로 자원 봉사하며 프랑스, 루마니아, 플랑드르를 따라다녔다. 이때의 체험이 일기체 소설 《루마니아 일기》(1924)에 나타나 있다.

그의 문학적 재능을 일찍이 알아본 사람은 인상파 시인이었던 데멜이었다. 그는 당시 오스트리아 빈의 문화계에서 중심 역할을 하던 호프만스탈에게 카로사를 소개했으며, 또한 인젤출판사에서 1910년 카로사의 시집을 출판하도록 주선하였다. 이렇게 작가의 길을 시작한 카로사는 1913년 괴테의 《젊은 베르테르의 고뇌》에 영향받은 소설 《의사 뷔르거 박사의 운명》을 발표한 이후, 유년시절을 다룬 자전적 소설들을 계속해서 발표했다. 《어린 시절》(1922), 《유년의 변화》(1928), 《아름다운 유혹의 시절》(1931~41), 《늦여름의 하루》(1947), 《이탈리아 수상기》(1948), 《젊은 의사의 하루》(1955), 《지휘와 동행》(1933) 등이 그런 소설들이다. 카로사는 인본주의적 서양 유산을 이어받을 의무가 있다고 생각했으며, 1913년부터 1942년 사이의 이탈리아 여행뿐만 아니라 단테의 《신곡》과 루트비히 쿠르티우스, 그리고 칼 포슬러 같은 학자들의 글을 통하여 그런 유산에 접근하였다. 그는 자기의 작품이 괴테를 계승한다고 여겼다. 그의 작품 소재는 거의 자전적 체험에서 가져온 것이다. 그러나 로버트 무질이나 헤르만 헤세처럼 유년시절과 학교체험을 다루면서도, 교육제도를 증오하고 근본적으로 부정하는 개인의 모습을 그리지는 않았다.

1936년에 발간된 일기체 소설 《성숙한 인생의 비밀. 앙거만의 수기》는 중년 남성의 정신적 체험과 투쟁에 관한 내용으로 《의사 기온》(1931)과 유사하다. 《의사 기온》은 여러 나라 언어로 번역되었으며, 이 소설로 유명해진 카로사는 고트프리트 켈러 상(1928), 프랑크푸르트 괴테 상(1938)을 받았다. 여기서 카로사의 문학적 주제가 변화하는 모습을 특히 《의사 뷔르거 박사의 운명》과 비교하기 위하여 잠시 이 소설의 내용을 간략하게 소개할 필요가 있다.

도시의 의사 기온에게는 23세의 조각가 신시아라는 여자 친구가 있다. 신시아는 옷차림이나 태도가 남자 같고 격렬하게 화를 낼 줄도 아는, 성격이 거친 여성이었다. 그런 신시아가 몰라보게 달라진 것은 기온의 진료실을 찾아온 하녀 출신의 환자 에머렌츠를 우연히 마주친 이후였다. 에머렌츠는 백혈병을 앓고 있는 임신부였는데, 같은 신분의 남편은 세상을 떠났고, 병 때문에 유복자의 출산이 허용되지는 않았으나 활발하면서도 모성적인 특징을 지니고 있었다. 특히 에머렌츠의 모성애가 신시아에게 인간적이면서 동시에 예술적인 흥미를 불러일으켰다. 그러나 에머렌츠를 모델로 쓰고 싶다는 신시아의 소망은 부도덕하다는 남자친구의 핀잔에 부딪친다. 자기를 비난하는 기온에게 조각도구를 집어 던진 신시아는 에머렌츠와의 교류를 끊지 않고 어머니가 되어 가고 있는 그녀의 상태에 깊은 관심을 보인다. 그러던 어느 날 신시아의 작업실을 찾아온 에머렌츠는 그곳 간이침대에서 딸을 낳고 그 다음 날 세상을 떠난다. 에머렌츠의 주검을 지키고 있던 날 밤 신시아는 깁스를 붓는 것을 잊고 있던 진흙 형상들이 모두 무너져버리는 소리에 놀라고, 불안에 시달리던 끝에 기온을 찾아간다. 에머렌츠 때문에 심하게 다투어 한동안 서먹했던 두 사람은 서로 사랑을 고백한다. 어느 날 아침 신시아는 죽은 에머렌츠의 조상彫像을 만들어 낸다. 마침내 예술가로서, 그리고 한 사람의 여성으로서 성숙한 신시아는 기온과 결혼한다.

이 소설에서 카로사는 애인의 고통스런 운명에 직접 개입할 뿐만 아니라 스스로 목숨을 끊는 뷔르거 박사와 달리 신경쇠약 증세를 보인 애인이 신체적·정신적으로 회복되기를 기다릴 줄 아는, 직업과 개인적 감정 사이의 경계를 지킬 줄 아는 의사를 묘사하고 있다. 괴테의 후예다운 면모를 보인 이 작품으로 카로사는 유명해졌으며, 그의 성공과 명성은 히틀러의 제3제국까지 이어졌다.

나치의 권력자는 자기에게 의심의 눈초리를 보내는 외국을 상대로 자기가 인본주의적 전통을 계승한다는 것을 보여줄 간판 인물이 필요했다. 따라서 전혀 비정치적 인물이었던 카로사는 본인의 의지와는 반대로 나치가 지배하는 전체주의 체제에 흡수되어 버렸다. 문학활동에 극심한 혐오감을 느낀 카로사는 1920년대 말 제슈테텐의 부모 곁으로 물러났다가 1941년 리트슈타이크로 되돌아갔다. 끊임없이 나치의 유혹을 받았던 카로사는 1932년 프로이센 작가아카데미 가입을 거절했으나 개인적인 사정상 망명은 못했다. 그래도 망명한 헤세나 토마스 만과의 접촉은 단절되지 않았다. 그는 스위스에서 발간되던 잡지 《코로나》에 기고하였다. 잦은 외국여행을 통해 나치의 정치적 압력을 피해보려고 노력했음에도 불구하고, 때때로 명예직을 수행할 수밖에 없었다. 1941년에는 본인의 의지와 반대로 파시스트적인 유럽작가연맹의 회장으로 임명되었으며, 히틀러의 생일을 맞이하여 축시를 쓰기도 했다. 이 축시는 '영도자'를 위한 다른 찬양시들과 함께 책으로 출간되어 전쟁터에 나가는 군인들이 배낭에 넣고 가도록 지급되었다.

당시 카로사는 나치가 무고한 생명들을 안락사 시키고, 집단수용소 포로들과 폴란드 노동자들을 학대한다는 소식을 듣고 박해받는 사람들의 구제를 위한 청원서를 내보기도 했으나 상황을 바꿀 수는 없었다. 스위스는 1944년 나치 동조자였던 그의 입국을 거절하였다. 카로사는 전후 《불평등 세계》(1951)라는 글을 통하여 나치 시대의 자기 행동에 대한 변명을 시도했으나 그 진정성을 의심받기도 했다. 자기가 몸은 비록 국내에 머물렀지만 정신적으로는 외국으로 망명했던 사람들과 다름없이 '국내 망명'을 했다고 주장했으며, 나치에 동조했던 것은 다른 국내 망명자들과 마찬가지로 영혼의 균형을 상실했었기 때문이라고 변명했으나 동감을 얻지는 못했다. 그는 특히 히틀러의 유태인 말살정책이 없었다면 이스라엘 국가도 생기지 않았을 것이니 유태인들은 '복수를 포기'하고 독일인들에게 관용을 베풀어야 한다고 말함으로써 비판의 표적이 되었다. 그와 같은 논란에도 불구하고 그의 작품은 우수성을 인정받았다.

"뱀의 입에서 빛을 빼앗아라"—《루마니아 일기》 서두에 제사題詞로 적혀 있는 이 말은 카로사의 전 작품 앞에 놓을 수도 있다. 뱀은 악의 상징으로서 전쟁을 암시하고 빛은 그 전쟁으로 말미암은 고통과 죽음 뒤에 숨어 있는 긍정적인 삶의 의미를 뜻한다. 따라서 이 말은 카로사가 제1차 세계대전을 겪으며 갖게 된 생각, 즉 사악한 것이 착하고 아름다운 것을 지배하게 내버려 두어서는 안 된다는 생각을 표현하고 있다. 그것은 격동의 시기를 살아가며 전통적 이상과 휴머니즘(인본주의)의 가치를 보호하려 했던 작가의 입장을 함축적으로 보여준다. 그러나 카로사는 그가 살고 있는 시대의 현실적 사건에 벽을 쌓고 지냄으로써 선악의 이원적 관계를 빠져 나온다. 그는 불을 뿜는 전차들이 유럽을 휩쓸고 다닐 때 동요하지 않고 우편마차 길을 돌아다니며 시대의 혼란에 눈감아 버렸던 것이다. 때때로 통속적인 것으로 빗나가기도 하는 카로사의 단절된 꿈의 세계에서 많은 독자들은 조용한 명상의 기회를 찾고 또 그것에서 위안을 받았다고 볼 수 있다.

의사 뷔르거 박사의 운명

이 소설은 카로사의 첫 소설이다. 1913년 발간 당시에는《뷔르거 박사의 종말》이라는 제목이었으나 1930년에 재발행 된 판은 《뷔르거 박사의 운명》이라는 제목으로 바뀌었고, 이때 1916년에 발표되었던 〈도주 뷔르거 박사의 유고시〉가 부록으로 첨부되었다.

이 소설은 젊은 의사 뷔르기 박사의 1908년 7월 30일부터 1909년 5월 16일까지의 생활과 주변환경을 일기체로 서술하고 있다. 뷔르거 박사는 주교좌 도시 그렌츠부르크에서 폐결핵 전문의로 활동하고 있다. 그를 찾아오는 많은 환자들을 돌보면서 그는 자기의 의술로는 더 이상 구원할 수 없는 사람들 때문에 괴로워한다. 그러나 그를 무엇보다 괴롭게 한 것은 양심의 가책이었다. 아버지의 유언에 따라 폐병 전문의로서 환자를 돌보기 시작했을 때 가졌던 정성과 환자들의 무한한 신뢰에서 느끼던 '정화의 불꽃' 같은 보람도 어느덧 사라지고 대합실에 가득 찬 환자들이 이제는 자기의 '피를 빨아먹고자 하는 유령'처럼 보이게 된 것이 그는 너무나 괴로웠던 것이다. 그렇기 때문에 성모에 대한 절대적 신앙에 매달릴 뿐 의술에 관심을 보이지 않는 젊은 제화공의 태도에서 그가 '이상한 감동'을 느끼는 것은 당연할지도 모른다. 오히려 왕진 가는 배 안에서 만난 주교의 권유, 즉 특효가 있는 아버지의 치료법을 널리 펼 병원을 설립해야 되지 않겠느냐는 권유가 그에게는 부담스럽게 느껴진다.

그 자신이 죽음에의 동경과 삶에의 헌신 사이를 오락가락하면서 의사로서의 의무를 기계적으로 수행하던 그는, 어느 날 극장에서 바로 앞줄에 앉아 있던 젊은 여성한테 마음을 빼앗기게 된다.

그녀의 이름도 모르고 한 마디 말도 주고받은 일 없었지만 갑자기 그의 인생에 한 가지 '현상'이 나타나게 된 것이다. 그녀가 백화점 화장품 코너에서 일하는 한나 코르넷이라는 것을 알게 된 뷔르거 박사는 마음의 등대를 만난 듯 우울한 기분을 잠시나마 잊는다. 그러나 '이미 죽음에 바쳐진' 자기에게 사랑의 행복은 과분하다는 생각으로 혼자 있기로 다짐한다. 두 주일 후 그는 '꿈에 그리던 연인'을 다시 만난다. 그녀가 폐결핵을 앓게 되고, 그는 그녀를 치료하는 의사가 되었기 때문이다. 그는 온 힘을 기울여 그녀를 진찰하고, 절대 일하지 말 것을 명령하고, 필요한 처방을 쓰는 등 의사로서의 의무를 다한다. 그러나 곧 그의 태도는 연인을 대하듯 변하고, 마침내 꿈에 잠긴 의사와 아름다운 환자는 짜릿한 애정의 마술을 체험하게 된다. 그러는 중에 병세가 더욱 깊어지는 연인을 위해 뷔르거 박사가 좀더 강한 처방을 쓰기로 결심하지만 때는 이미 늦었다. 모든 치료도 헛되이 그녀는 온 세상에 새 생명의 호흡이 가득 찬 봄날 세상을 떠나버린다. 행복을 약속할 것 같았던 연인을 잃은 뷔르거 박사도 죽음에의 동경에 사로잡힌다. 그는 병든 한나가 정월 초하룻날 밤 선물로 준 은잔으로 독을 마신다.

이 소설은 카로사의 첫 작품이다. 때때로 그는 이 작품을 자기의 '베르테르'라고 일컬었다. 이 작품의 전기적 성격은 부인할 수 없다. 그렌츠부르크는 카로사가 수년 간 의사 생활을 보낸 파사우다. 그리고 뷔르거 박사의 수기는 이 작가의 내면 상황을 반영한다.

루마니아 일기

제1차 세계대전(1914~1918)의 체험에 관한 일기체 소설로 1924년에 발표되었으며, 《전쟁일기》라는 제목으로 1934년에 재발

행되었다. 대부분의 소설 내용이 카로사 자신의 전기적 요소를 포
함하고 있다.

소설이 시작되는 1916년 10월 4일, 카로사는 민간인 신분으로
북프랑스에 주둔 중인 바이에른 보병연대의 의무실에 근무하고
있었다. 의용병 군의관이라는 그의 신분은 소설 속에도 익살스럽
게 묘사되고 있다. 그는 아들한테서 온 편지를 외투 속에 꿰매어
달고 있었는데 넓은 감색 칼라가 붙은 그 외투는 포병대의 장군
이나 입는 것이기 때문에 규칙위반이라고 다른 장교들의 반발을
샀고, 결국 연대장의 허락으로 장군의 외투를 그냥 입고 근무하게
되었다는 것이다.

카로사는 가는 곳마다 전쟁의 참사를 목격하게 된다. 언제나 죽
음의 위험을 동반하고 행군하는 사병들의 고통스런 모습은 말할
것도 없고, 서로 다른 부대로 배치받아 전장으로 떠나는 아버지와
아들의 이별, 길에서 주운 수류탄을 갖고 놀다 크게 다치고 죽은
아이들과 어머니, 정신착란증에 걸린 노파, 심한 전투를 치른 고
지 주변에 널려있는 주검들 등등 괴로운 장면들을 기록한다. 또한
적을 죽이지 않으면 내가 죽을 것이 뻔한 상황에서 '사람을 죽일
의무'에 직면한 의사의 입장은 스스로가 보기에도 '참으로 난처
한 광경'이 아닐 수 없다. 그는 장병들의 신체를 검사하고 콜레라
예방접종을 실시하라는 명령이 떨어져 연대와 함께 동부전선으로
이동하게 된다. 수일간의 기차여행으로 지벤뷔르겐까지 독일 지
역을 통과하고, 다시 협궤열차로 파라이드까지 간 뒤 동카르파트
를 향한 힘든 행군을 시작한다. 전쟁이 시작된 지 벌써 3년이나
되었기 때문에 군대는 지칠 대로 지쳤고, 게다가 겨울이 닥쳐와
점점 더 큰 문제가 되었다.

그러던 중 장병이 보낼 편지를 검열하는 중위를 돕게 되고, 그

편지들 속에서 그는 글라비나라는 사병의 시적인 편지글을 알게 된다. 그 이후 자주 읽게 된 글라비나의 편지글은 카로사에게 가장 효과적인 정신적 피로회복법이 되었다. 글라비나의 글에는 절망 속의 구원에 대한 희망이 가득 차 있기 때문이다. 예컨대 글라비나는 자기가 살고 있는 세상이 '무서운 세상 속에서 강렬히 아름답게 빛나는 비누방울'이며 그 비누방울이 터지지 않도록 숨을 죽인다는 긴장감을 표현한다. "뱀의 입에서 빛을 빼앗아라"라는 말도 글라비아의 편지에서 카로사가 읽었던 것이다.

새로운 전선인 지벤뷔르겐— 루마니아 접경지역에서 카로사는 처음으로 대규모 의료 동원 작전을 체험하게 된다. 그는 로봇처럼 냉담하고 무심한 듯 의무를 수행할 뿐인, 일상화된 야전 의사들을 부러워한다. 전투는 격렬해지고, 손실이 많은 전투에서 연락병 글라비나도 전사한다. 카로사가 죽은 글라비나한테서 발견한 메모지에는 빽빽하게 글씨가 적혀 있었는데, 그것은 대부분 열광적이고 환상적인 찬미가였다. 이제부터는 그것을 읽고 명상하는 것이 의사의 일과가 되었다. 봐다스 산을 탈환하기 위하여 슐타 계곡에서 러시아 군과 한창 전쟁 중이던 12월 15일자로 기록은 중단된다.

전쟁은 결코 카로사를 의문에 빠뜨린 일이 없다. 전쟁은 부상병과 죽어 가는 사람들의 고통과 어려움을 수반하지만 그는 어느 순간에도 그의 활동이 지니는 의미를 의심하지 않았다. 그는 의사이기는 하지만 지도자에게 복종하는 장교로서 조금도 양심의 가책 없이, 엄격한 질서를 따르는 익명의 대중으로서의 '팀'의 전투 윤리를 존중한다. 그는 전쟁 자체의 부정적 의미에 대해서는 보고하지 않는다. 그에게는 글라비나의 글에서 본 것처럼 오직 '자유롭게 비약하는 넋'이 중요하기 때문이다. 전쟁은 역설적으로 그러한 넋의 가치를 확인하게 만드는 반면교사일 뿐이다. 그러므로 그는 전쟁일기를 기록하는 이유를 다음과 같이 설명한다.

요전까지만 해도 나는 무엇 때문에 일기를 쓰는지 정말 알지 못했다. 그러나 지금은 헨젤과 그레텔이 길을 잃지 않고 집으로 돌아갈 수 있게 숲 속에 뿌려둔 빵 조각 같은 것이라고 생각한다.

그가 돌아가야 할 집은 어디인가? 그것은 말할 것도 없이 영원한 정신의 고향인 휴머니즘이다. 그렇게 돌아가야 할 곳을 알고 있었기에 카로사는 모든 것을 파괴하고 인간을 황폐하게 만드는 전쟁 한가운데에서 의사로서의 자기의 직분을 끝까지 잊지 않고자 했고, 일기는 그 방편이었을 것이다. 그것은 바로 의사 카로사가 작가가 된 이유와 다르지 않다.

■ 연 보

1878년 12월 15일 남부 독일 바이에른의 요양지 바트 튈츠에서 태
어나다.

1879년 카로사 일가는 쾨니히스도르프로 이주하다. 이후 7년간 그
곳에서 거주하다.

1884년 초등학교에 입학하다.

1886년 카로사 일가는 카딩으로 이주하다. 그곳에서 초등학교를 졸
업하다. 출생에서 초등학교 졸업까지의 일을 《유년시절》에
쓰다.

1888년 란츠후트 김나지움에 입학하다. 졸업까지의 9년간의 체험을
《젊은이의 변모》에 쓰다.

1897년 10월에 뮌헨 대학에 입학하여 자연과학과 의학을 공부하
다. 이 무렵부터 약 1년간의 일을 《아름다운 유혹의 시절》
에 쓰다.

1898년 카로사 일가는 파사우로 이주하다.

1900년 가을 학기에 라이프치히 대학에서 의학을 공부하다. 이 무
렵부터 약 5년간의 경험을 《젊은 의사의 수기》에 쓰다.

1903년 4월 의사 면허 시험에 합격하다. 파사우의 아버지 곁에서
대신하여 진료를 맡기도 하다.

1906년 가을, 프리드리히 나우만 편집의 《구제》에 시를 싣다.

1907년 발레리에와 결혼하다. 대학시절부터의 서정시를 모은 《스텔
라 뮈스티카 혹은 천치의 꿈》을 소책자로 발표하다.

1910년 호프만슈탈의 추천으로 인젤 출판사에서 《시집》을 출판. 단

기간 뉘른베르크에서 살다.

1913년 《의사 뷔르거의 임종》 출판. 1930년에 《뷔르거 박사의 운명》으로 제목을 바꿔 출판.

1914년 1차 세계대전 발발. 뮌헨으로 이주하다. 군의관을 지원. 《유년시절》을 집필하기 시작하다.

1916년 루마니아 전선으로 전속. 전쟁터에서 《유년시절》의 집필을 계속하다. 《도주─뷔르거 박사의 유고에서》와 여러 편의 시를 쓰다.

1918년 군의관 대위로서 북부 프랑스에 종군하다.

1919년 루마니아에서 북부 프랑스로 전속되었으나, 왼팔에 부상을 입고 뮌헨으로 돌아오다. 다시 병원을 개업하다.

1920년 루마니아 전선에서 쓴 시를 포함하여 시집 《부활절》 출판.

1922년 《유년시절》 출판.

1924년 《루마니아 일기》 출판(이 작품은 1934년 이후에는 《전쟁 일기》로 제목을 바꿔 출판하다).

1925년 이탈리아 여행. 《베로나에서의 고독》을 쓰다(후에 《이탈리아 여행 》에 수록).

1926년 《자전 소묘自傳素描》를 잡지 《리테라투르》에 발표하다. 이 작품은 후에 《어느 청춘에 관한 이야기의 성립에 관하여》라는 제목으로 전집에 수록.

1928년 《젊은이의 변모》 출판. 1933년에는 《유년시절》과 합본하여 《유년시절과 청춘시절》이 되다. 뮌헨 시인상의 제1회 수상자가 되다. 50세의 탄신일을 기념하여 인젤 출판사에서 《한스 카로사에 대한 감사의 서書》 출판.

1930년 개정판 《뷔르거 박사의 운명》 출판.

1931년 스위스의 최고 문학상인 고트프리트 켈러상을 받다. 《의사 기온》 출판.

1933년 《지도와 순종》 출판. 히틀러 집권시에 나치스의 문예 아카
　　　데미 회원으로 추대받았으나 거절하다.

1935년 《겨울의 로마》를 쓰다(후에 《이탈리아 여행》에 수록).

1936년 《성년의 비밀 ― 안거만의 수기에서》 출판.

1937년 이탈리아 여행. 《라벤나의 추억》, 《테라치나의 하루》, 《베수
　　　비오 산상에서》 등을 쓰다(후에 《이탈리아 여행》에 수록).

1938년 프랑크푸르트시의 괴테상을 수상하다. 《현대에 있어서의 괴
　　　테의 영향》을 강연하다. 쾰른 대학에서 명예 박사학위를
　　　받다.

1939년 이탈리아의 쌍 레모상을 받다. 《파두아에서의 몇 시간》을
　　　쓰다(《이탈리아 여행》에 수록).

1941년 《아름다운 유혹의 시절》 출판. 나치의 선전 기관에 해당하
　　　는 유럽저작가연맹의 회장에 강제 취임되다. 《친근한 로마》
　　　를 쓰다(후에 《이탈리아 여행》에 수록).

1942년 이탈리아 단독 여행. 《이스키아에의 소여행》, 《나폴리의 한
　　　낮》, 《피렌체에서의 편지》를 쓰다(《이탈리아 여행》에 수록).
　　　아내 발레리에 사망.

1943년 《서구의 비가》 완성(후에 《이탈리아 여행》에 수록). 《뮌헨의
　　　하루》를 쓰다(《이탈리아 여행》에 수록). 헤드비히와 재혼.

1945년 5월 7일 독일 무조건 항복. 1933년에서 이 무렵까지를 《이
　　　질異質의 세계》에서 상세히 묘사하다.

1946년 시집 《숲속의 빈터에 비친 별》(1940~45) 출판.

1947년 수필집 《이탈리아 여행》 출판.

1948년 70회 탄신일에 파사우시의 명예 시민에 추대되다. 뮌헨 대
　　　학으로부터 명예 철학박사 학위를 받다. 다시 《한스 카로사
　　　에 대한 감사의 서》가 출판되다.

1949년 두 권의 《전집》 간행.

1951년 《이질의 세계》 출판. 단편 《1947년 늦여름의 하루》가 첨가
되다.

1953년 75회 탄신일에 서독 정부로부터 공로 대십자장功勞大十字章을
받다.

1955년 《젊은 의사의 수기》 출판.

1956년 의학 공로상을 수상. 9월 12일 파사우 근교의 리트쉬타이크
에서 78세로 사망. 《늙은 요술쟁이》(미완) 출판.

1957년 《유년시절》, 《젊은이의 변모》, 《아름다운 유혹의 시절》, 《젊
은 의사의 수기》를 합본하여 《어느 청춘의 이야기》로 출판.

1962년 인젤 출판사에서 《한스 카로사 전집》 출판.

옮긴이 곽복록

함북 성진 출생. 서울대학교 문리대 독문학과 졸업.
미국 시카고 대학원 독문학과 졸업.
독일 프라이부르크 대학에서 독문학 연구.
독일 뷔르츠부르크 대학에서 문학박사.
서독 정부 문화훈장, 한국번역문학상, 국민훈장 석류장 받음.
성균관대, 서울대, 서강대 교수. 서강대 명예교수 및
숭실대 대우교수 역임.
역서로는 《비극의 탄생》, 《고독한 당신을 위하여》
《나의 생애와 사상》, 《아담 너는 어디에 있었느냐》 외 다수가 있음.

루마니아 일기(외)

발행일 | 2021년 6월 10일 초판 1쇄 발행
2024년 2월 15일 초판 2쇄 발행

지은이 | 한스 카로사   **옮긴이** | 곽복록
펴낸이 | 윤재민   **펴낸곳** | 종합출판 범우(주)
교 정 | 김혜연   **인쇄처** | 태원인쇄

등록번호 | 제406-2004-000012호 (2004년 1월 6일)
(10881) 경기도 파주시 광인사길 9-13 (문발동)
대표전화 | 031-955-6900   **팩 스** | 031-955-6905
홈페이지 | www.bumwoosa.co.kr   **이메일** | bumwoosa1966@naver.com

ISBN 978-89-6365-344-0 03850

* 책값은 뒤표지에 있습니다.
* 잘못된 책은 바꾸어드립니다.